千載集前後

松野陽一

笠間書院

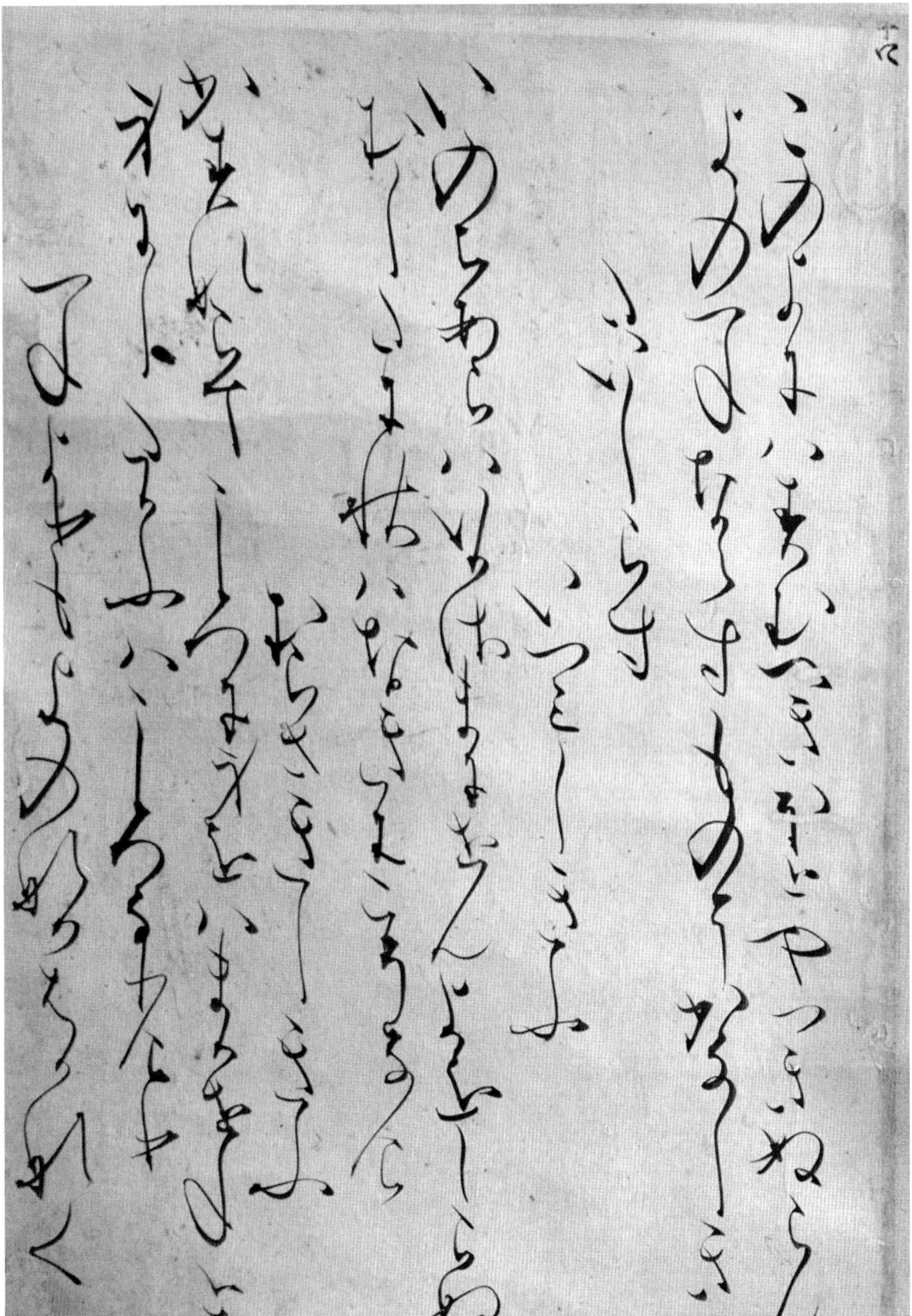

日野切

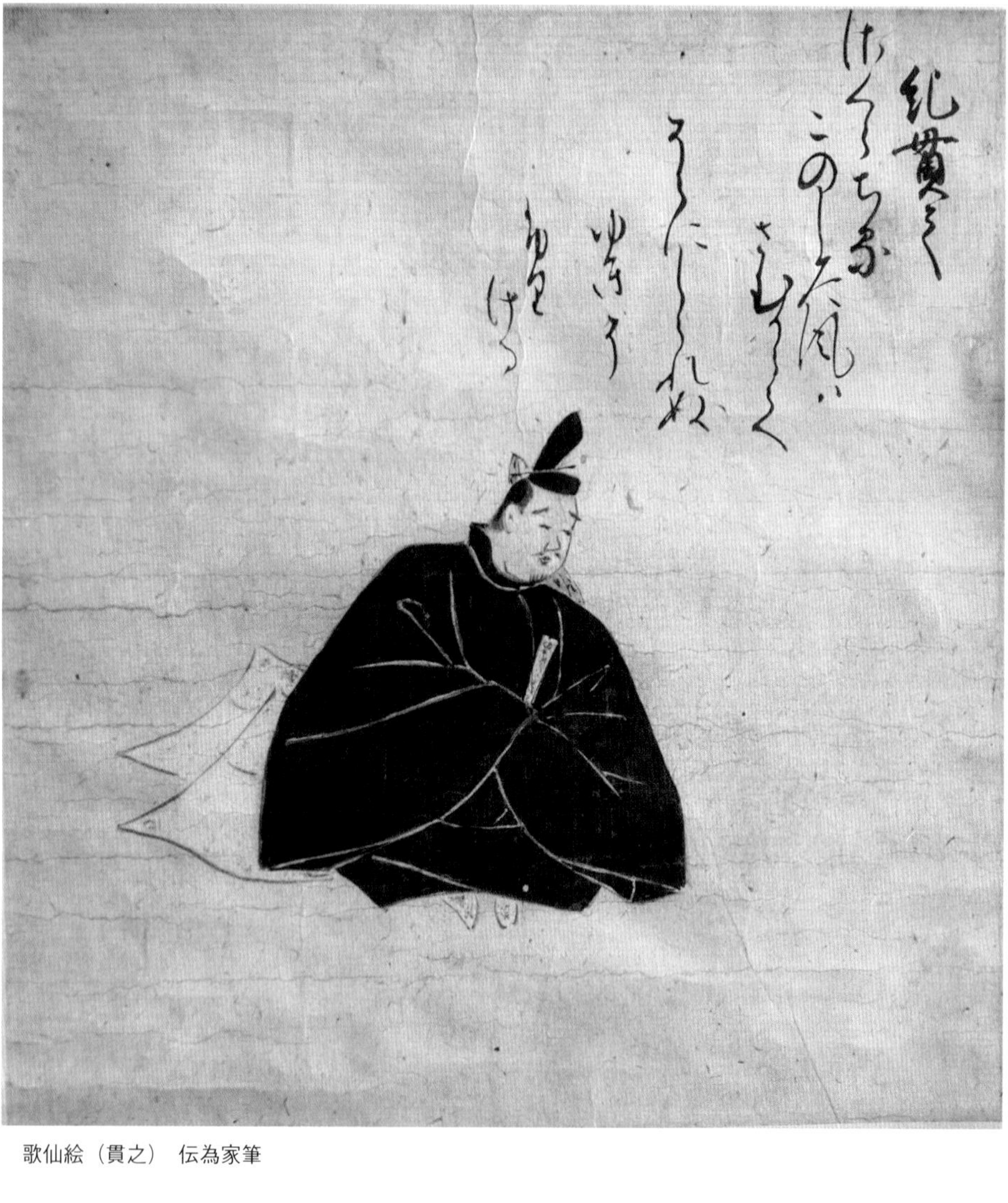

歌仙絵（貫之）　伝為家筆

『千載集前後』目次

口絵　〈表〉日野切
〈裏〉歌仙絵（貫之）伝為家筆

I　風葉抄［千載集前後　論考編］

II 書影覚書

Ⅰ 風葉抄

［千載集前後　論考編］

(1)　千載集本文の源流

千載集諸本の本文が、三首の基準歌の有無に拠って四類に分類できることは、調査の進んだ現在でも変っていない。しかしながら、撰者俊成自筆本文の断簡である「日野切」との関係が不分明なまま放置してきてしまった。

その後、日野切の未紹介部分が少しずつ判明したことと諸本研究がやや進んだことから、まだ微弱な論拠ながら、この原型からの伝流の筋道が朧気ながら見えてきたように推察される。

そこで、現在までに判ったことを総合して検討し、次の段階に備えることとしたい。

一　欠脱歌基準の基本分類と作者位置表記の新分類

従来の四類の分類基準歌というのは、次の三首であった。

a　巻七離別部495
王昭君の心を読侍ける　右大臣
あらずのみなりゆく旅の別路に手なれし琴のねこそなかれね

b　巻六冬部426の次
（千鳥）　右大臣
暁になりやしぬらん月影の清き河原に千鳥なくなり

c　巻十四恋四部859
（久安百首　恋）　藤原清輔朝臣
露深きあさまの野らにをかや刈る賤の袂もかくは濡れじを

この三首によって諸本を分類すると、

	a	b	c
甲類	有	無	有
乙類	無	無	有
丙類	無	有	無
丁類	無	有	有

となる。[1] このうち、丁類は、乙・丙の混態本と推定されるが、甲・乙・丙の関係は不明であった。ところが、近時、c歌を含んだ日野切が出現した。[2] 日野切は、文治四年四月二十日の明月記に見える奏覧本（巻子本）の副本（手控本）という性格を持った、四半本列帖装の冊子本の断簡と考えられるから、c歌は奏覧段階で入っており、それの無い丙類本は、B歌の参入（もしくは竄入）の事情は不明ながら、甲乙両類よりは後の成立本文と見てよいかと思われる。

そして、甲乙両類の諸伝本には古写の、性質の整った本文を有つ本が多く、且つ、大きく二系

注1　和歌大辞典（明治書院）の千載集項目（谷山茂氏執筆）に、基準歌abcが全て入っている伝本が紹介されている。稿者も近時（二〇一〇年東京古典会）、三首全入の八代集本（江戸後期写）の本文を確認した。しかし、作者表記等の本文の特徴から、甲類と丙類もしくは、丁類の混淆本文と認定し、千載伝本全体の分類基準の変更の必要はないと考える。

注2　正確には、この切、昭和四年名古屋市吉田氏外旧家所蔵品売立目録には載っていたとのことだが、現物を確認したのは近時のことである。

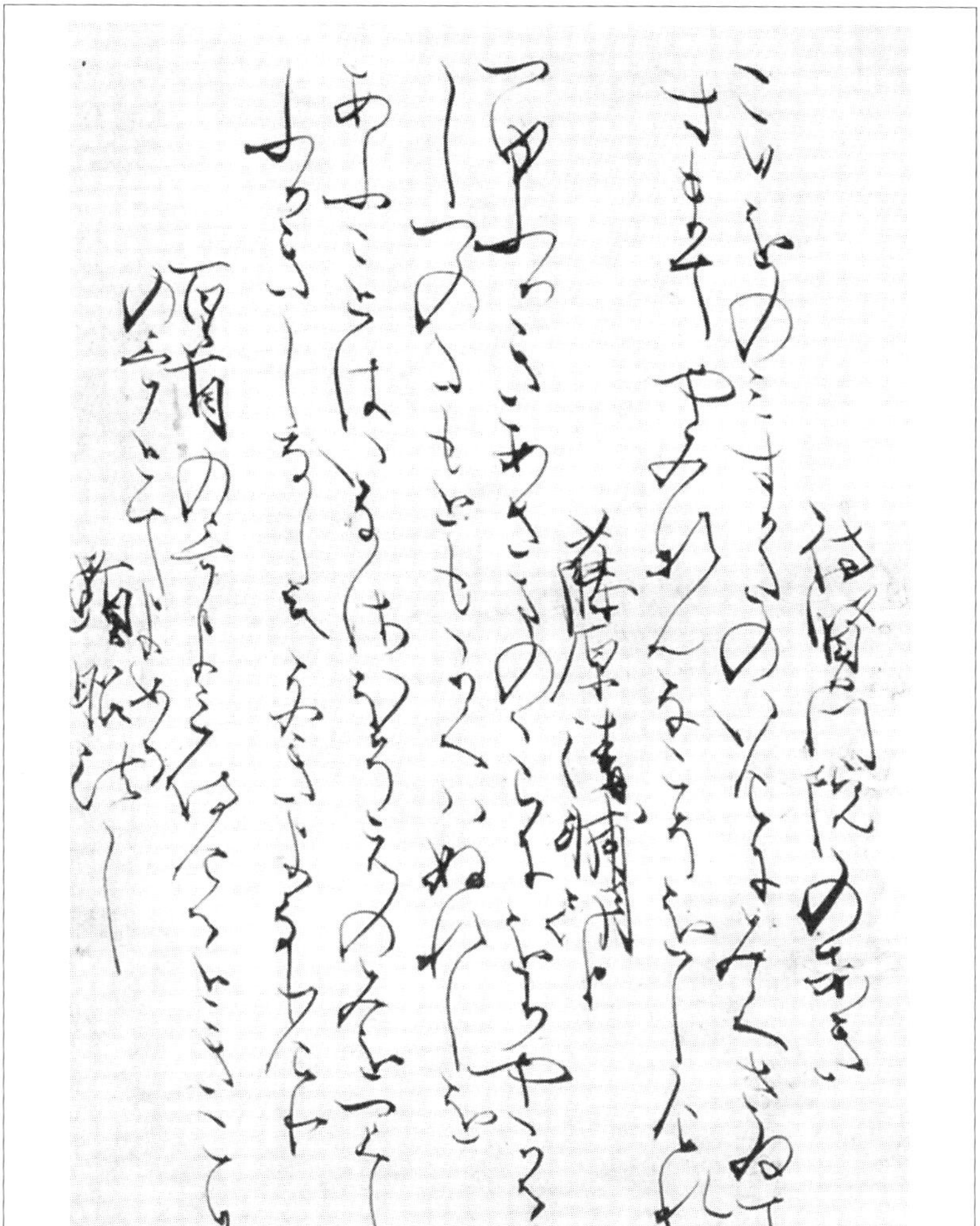

基準歌Ｃ　『やまとうた一千年』五島美術館、大東急記念文庫より転載

統に分けられるのである。その系統分けで、最も注目すべき点は、作者位署表記の対立異文で、源頼政14首14例、守覚法親王9首8例、輔仁親王5首5例にそれを見ることができる。この系統別の呼称を仮にA、Bと呼ぶとすれば、それは次の如くになる。

A系統	**B系統**
従三位頼政	前右京権大夫頼政
仁和寺二品法親王守覚	仁和寺法親王守覚
無品親王輔仁	延久三親王輔仁

即ち、A系統は「位」に拠る表記、B系統は、「官」に拠る表記ということになる。

こうなると両系統の前後関係が問題になるが、頼政については、早くから、日野切に「従三位よりまさ」の在ることが知られており、これを論拠とすれば、A系統は「日野切」の系統ということになり、奏覧本に最も近い、俊成自筆の原型本の系統ということになる。

日野切

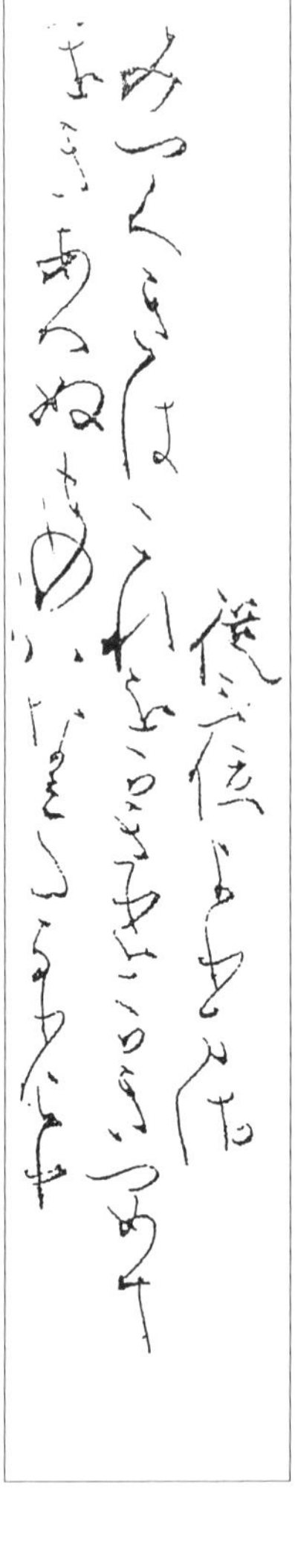

しからば、B系統の「官」表記の方はどう考えられるか。私は長い間、これは定家の所為ではないかと考えてきた。明月記の天福元年七月卅日の条に、千載集の証本を書写した際の感想が書かれており、

A系統

嵐吹く都ぞこひしくなりぬらん
仁和寺二品法親王もとえ
　　　　　　　　　　　　　　　　従三位頼政
一声はやみぞもさそきて都へこ雲地ろんおもきか[？]

B系統

暮天郭公といへる題よみ侍ける
　　　　　仁和寺法親王守覚
　　　　　　京右京権大夫頼政
時鳥むかつ嶺より出山夕なみ雲をとよめ鳴なり
一声はやみそやのあてに都へ雲路通ふ遠さろなり

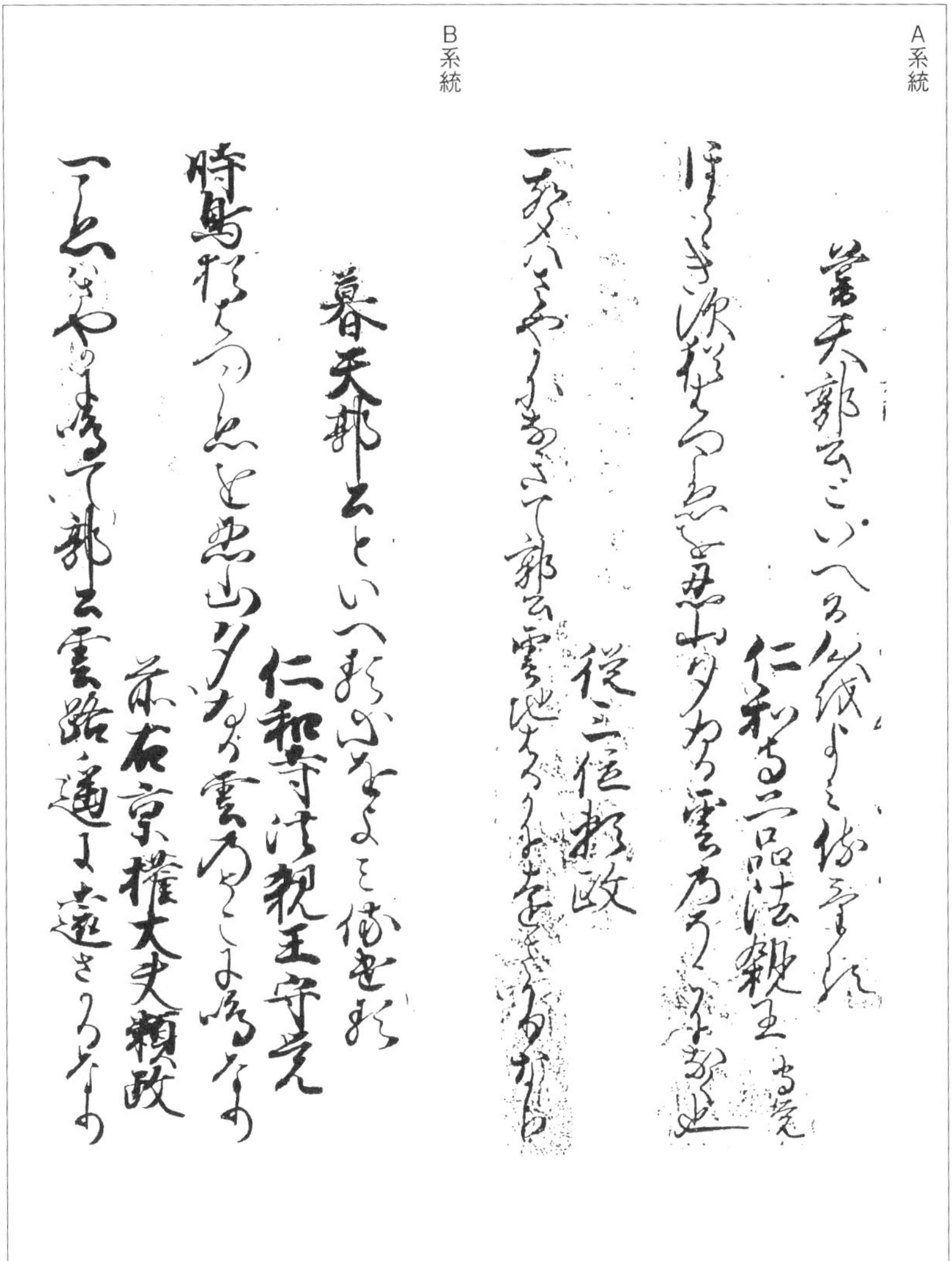

「此集作者之位署、題之年月等甚無謂事多」とし、父俊成を当事諌めたが、受入れてもらえなかったと記した上で、「惣付二万事一任二当時之存知一、不レ被レ勘二見先例准拠事一之故也」と難じているのである。

勅撰集の古今集以来の作者名の位署表記では、詞花集までの六集には「位」の表記はなく、▼3 千載集で初めて採用されているのが、この「先例準拠事」を考勘していないという指摘に当るのではないかと考えたからである。

しかしながら、定家も撰者に加わっている新古今集では「従二位家隆」の如く、用例は多いし、定家単独撰の新勅撰集ではもっと増加している。十三代集では通常の表記になっているのである。千載に於いても定家のいう「作者之位署」の中に「位」の表記が含まれていたとは考え難いように思う。▼4

ところで、古来風躰抄初撰本下帖には、守覚法親王の一首が千載歌抄出の中に見ることができる。古来風躰抄の撰歌では、歌本文は勅撰集の原型が尊重されているが、詞書・作者名の表記

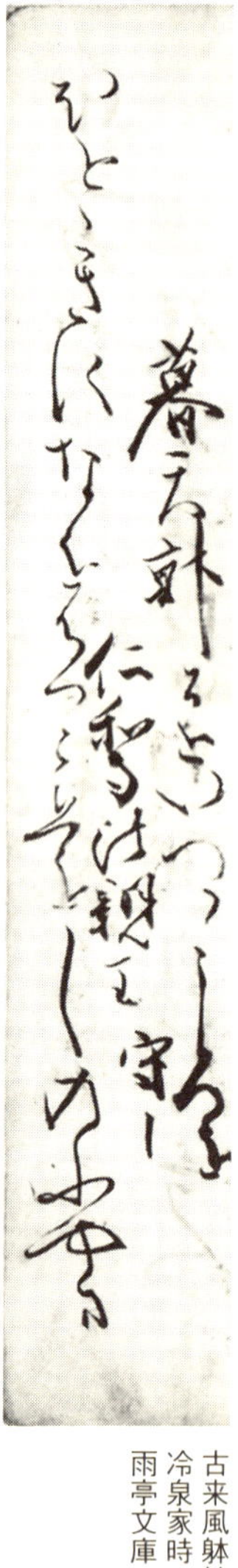

古来風躰抄
冷泉家時雨亭文庫

は、一般に「判れば良い」程度に略記されている場合が多い点が注意される。

この「仁和寺法親王守―」はB系統の本文であるが、右の理由から絶対的な証拠とは言えな

注3　私撰集では千載以前に、月詣集に「従三位頼政」四首、「従三位通盛」三首、「従三位季能」四首、「従三位頼輔母」二首、「仁和寺二品法親王」一二首の用例がある。頼政・守覚はこの月詣歌が千載の撰歌資料となったとみられ、その際作者表記もそのまま踏襲された可能性があると考えられる。

注4　定家が天福元年（一二三三）七月末に書写した千載集の証本の本文は、彼が嘗て父の撰集過程で見た「先例に準拠しない」正確ではない位署・年月の記された本文だったからこそ、あらためて批判の記述をし直したと考えられる。ところが、定家は、前年の貞永元年（一二三二）に、後堀河天皇に、新勅撰集の仮名序と二〇巻の部立の目録を奏覧し、「作者の

い。しかしながら、この前後の歌書に見える守覚法親王の略記は、通常、隆信集や秋篠月清集の「二品法親王家五十首」の如くに、「二品法親王」が用いられている。俊成自身も「二品法親王」と表記していた蓋然性が高い。それなのに、この俊成自筆である古来風躰抄初撰本の表記は独自性があり、尊重してよいかと思われる。

ということは、A系統が「日野切」から、奏覧時の文治四年の俊成自筆、B系統も古来風躰抄から建久八年の俊成自筆ということになり、作者位置表記も、奏覧時の「位」表記から、十年後の古来風躰抄の間に、俊成自身が「官」表記に改訂したということになる。

これを論拠とすれば、千載集諸伝本の中の甲乙両類については、A系統、B系統の分類基準を基本に本文の整理を進める必要があると思われる。その場合、「日野切」の俊成真筆・偽筆の問題にも関わるので、次にその点の考察をしておきたい。

二　日野切の真筆、偽筆、擬筆

日野切を初めて本格的に集成し、問題点を指摘したのは、田村悦子氏の「藤原俊成自筆千載和歌集断簡日野切の考察とその集成」（美術研究233号、昭和39・3）であった。

この時点では、展観図録等で、偽筆を峻別せずに「日野切」と呼称する例もあったようで、田村氏は俊成自筆断簡の研究を進める以上、偽筆資料は排除すべきだという当然の立場をとられ、論述の一番目の問題として、真偽の検証を取り上げられたのであった。

位置は本日（一〇月二日）を基準にしたい」旨を奏上、翌年六月に草稿本を奏覧している。無論これらの事柄は作者表記の「位・官」の記載を直接示す資料ではないが、前記の如き「位・官」混用の本文の現状を否定するものではないであろう。むしろ、「位・官」表記に関しては千載本文批判の範囲外のことだったと考えてよいであろう。恐らく、新勅撰集の撰集作業の最中だったからこそ、千載の表記が気になったのだろう。

なお、現在の千載集本文は、定家のいう程ひどいものではない。ことによると、この天福以降、定家の手が入って改訂、正則になっているのかもしれない。

真偽分別の第一条件は料紙。日野切真筆は奏覧の文治四年、平安末期の紙を用いているが、偽筆の方は現在出現している断簡は全てはるか後代の料紙で、俊成真筆ではあり得ないとする。次いで書跡の比較検討に入る。真筆日野切については、

次のような特色に気がついた。㈠歌は二行書きに書かれているが、第二行は意識的に下げて書いてあるらしい。㈡詞書の下に作者名を記すのに、詞書の文の最後が行の比較的上部で終り、その真下に作者名を書く余地がある場合でも、あらためて次の行に作者名を書している。㈢詞書が二行以上にわたる時は、行のあたまの揃いが左下りになる傾向が目につく。

と、慎重な言い廻しながら、その特色を指摘している。

そして、同一歌についての真筆・偽筆を並べて、比較している。同論文から引用すると、aが真筆、a'が偽筆ということになる。aでは第二行の頭の下げが小さいように見えるが、a'では明らかに揃っている。そして追加された偽筆bでは二行目の方がむしろ高いくらいで、真筆六三葉の全体の傾向とは明らかに異なっている。その後、見出した次の二葉を参照すると、真偽の差は確かにはっきりしてくる。a'bcdは、同一の時点でまとめて比較した訳ではないので、「ツレ」であることを確認出来ないが、書跡の特徴の共通点はあるように思われる。歌頭が揃っている点、行間が真筆程緊密ではなく、余白がとられている点などである。

ところで、aa'に戻って更に検討すると、いささか気になる点がある。それは、aとa'本文を

a

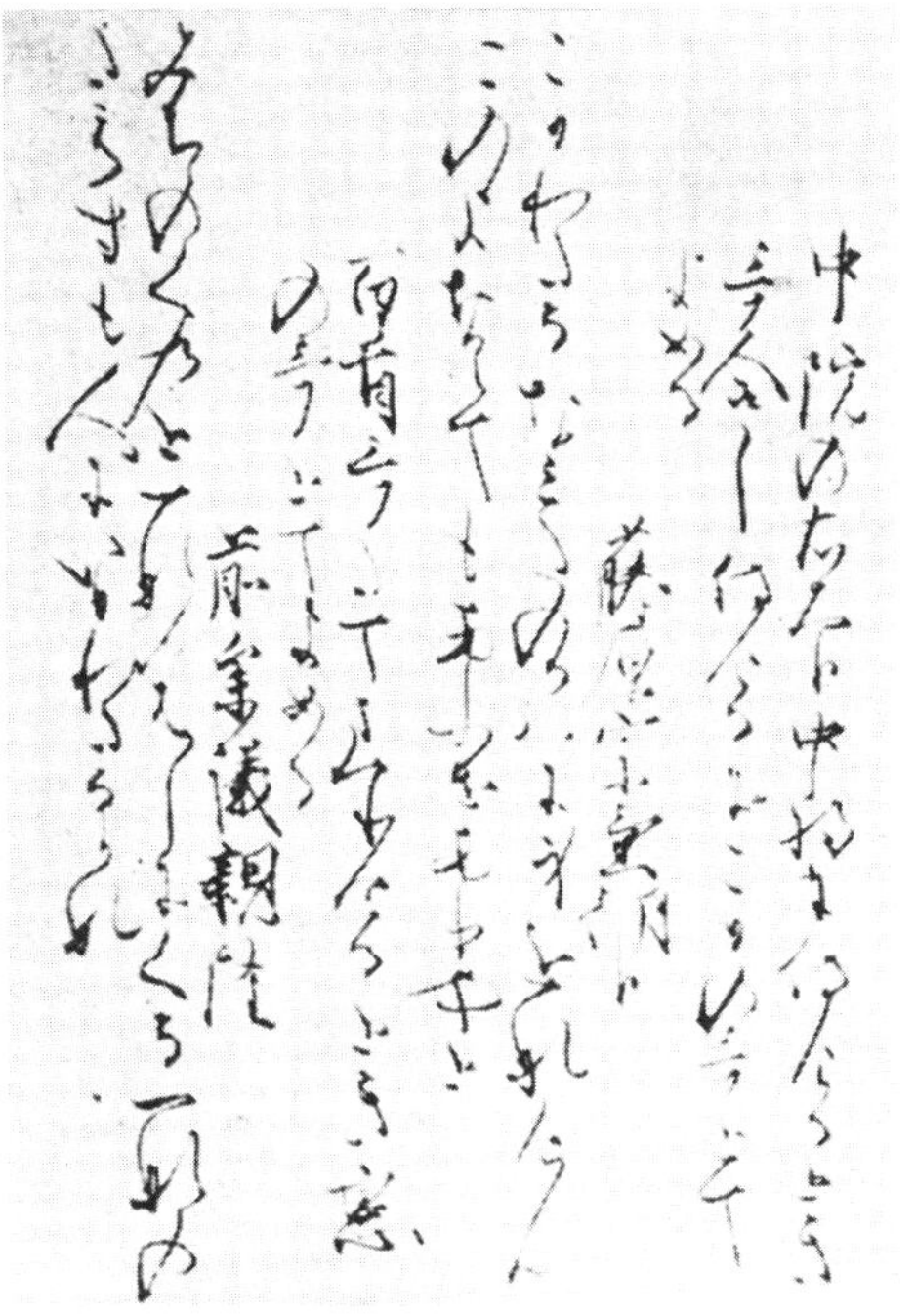

挿図1　日野切（千載集巻十二、恋二）『無羅千東離』

a'

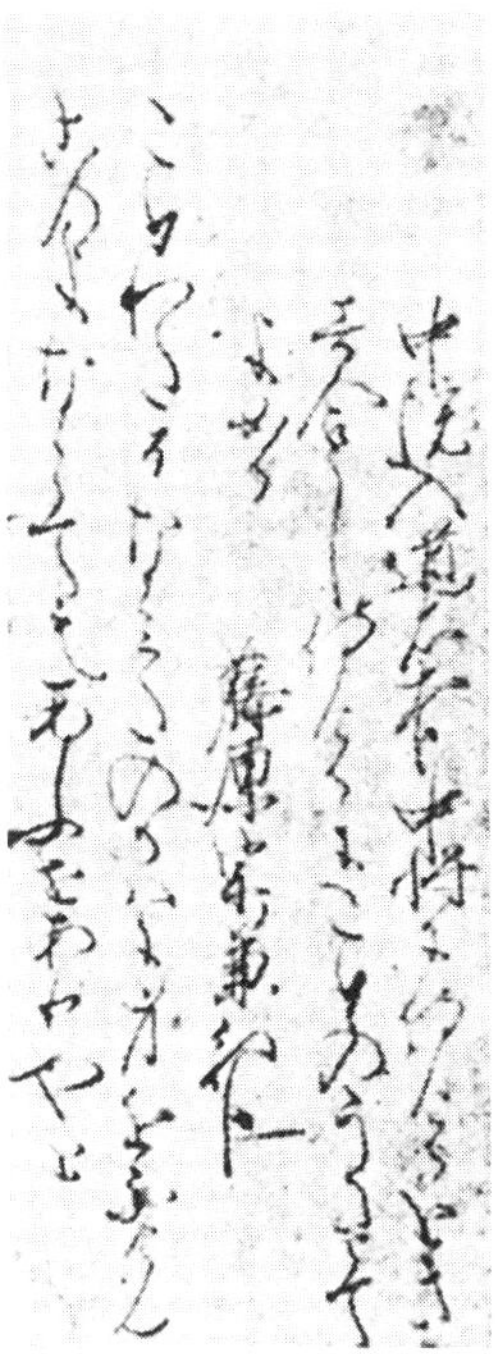

挿図2　日野切（千載集巻十二、恋二）「静岡県尾崎楽山堂此君室入札目録」

美術研究233　田村論文より転載

b

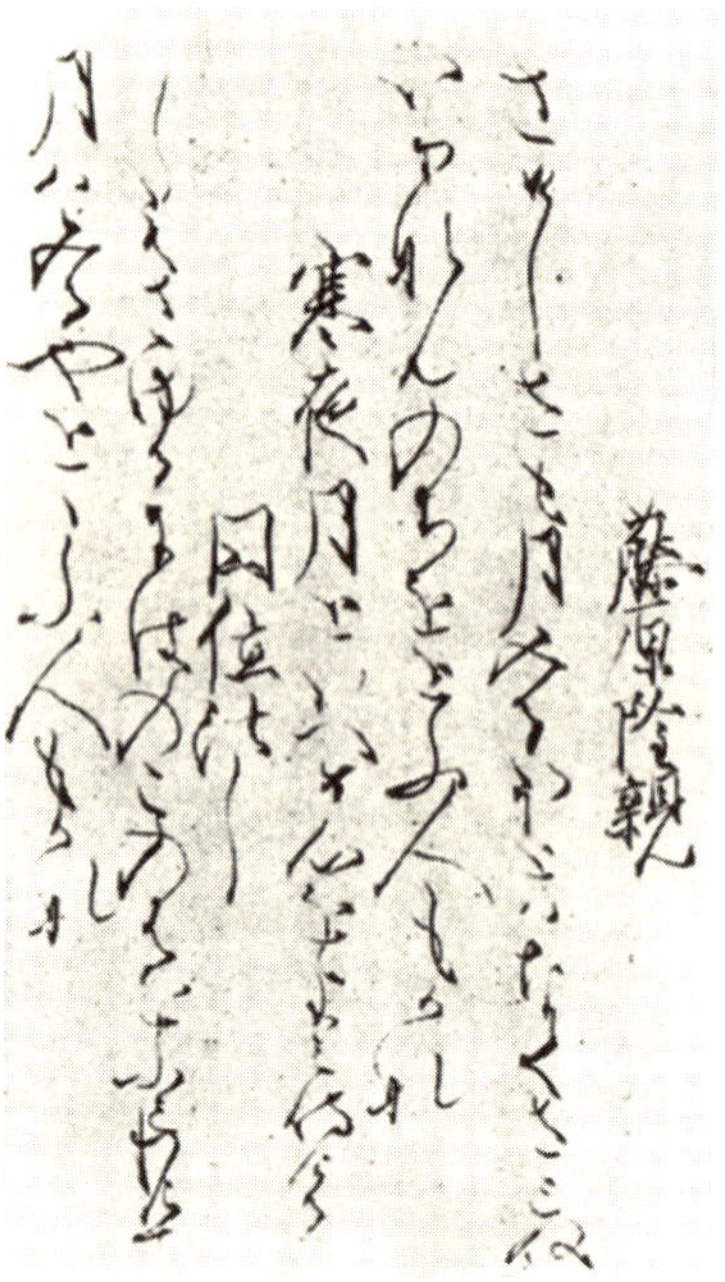

挿図３　日野切（千載集巻十六、雑上）
「香雪斎蔵品展観図録」

対校すると、異同があるからである。

①詞書

a＝中院の右大臣中将に侍けるとき

a'＝中院入道右大臣中将に侍けるとき

②歌本文の用字

a＝身を那けん

a'＝身をなけん

a＝このよならても

a'＝古のよならても

このことから、a'はaを臨模したのではないことが知られるが、①詞書の方の異同は、千載集諸本の系統別異同と対応していて、

a＝A系統の本文

a'＝B系統の本文

となる。「入道」の有無は小さくないのである。

c

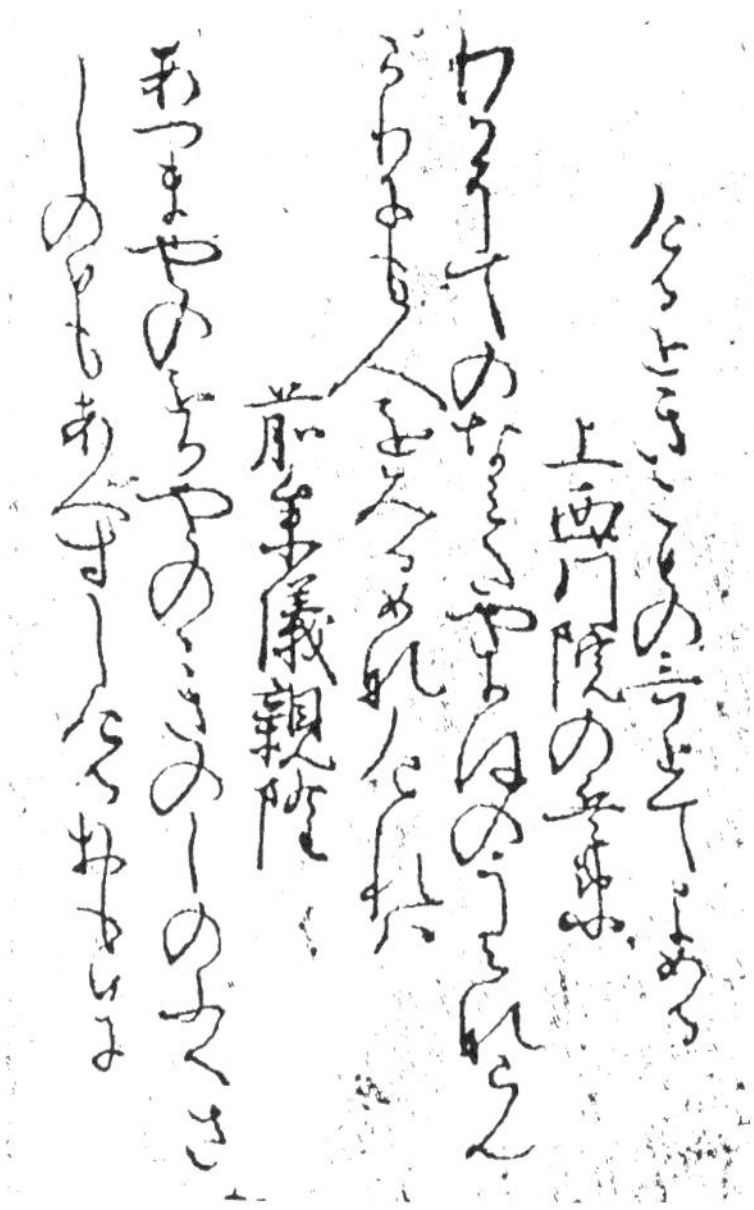

芸林荘書画目録（平成元・4）

d

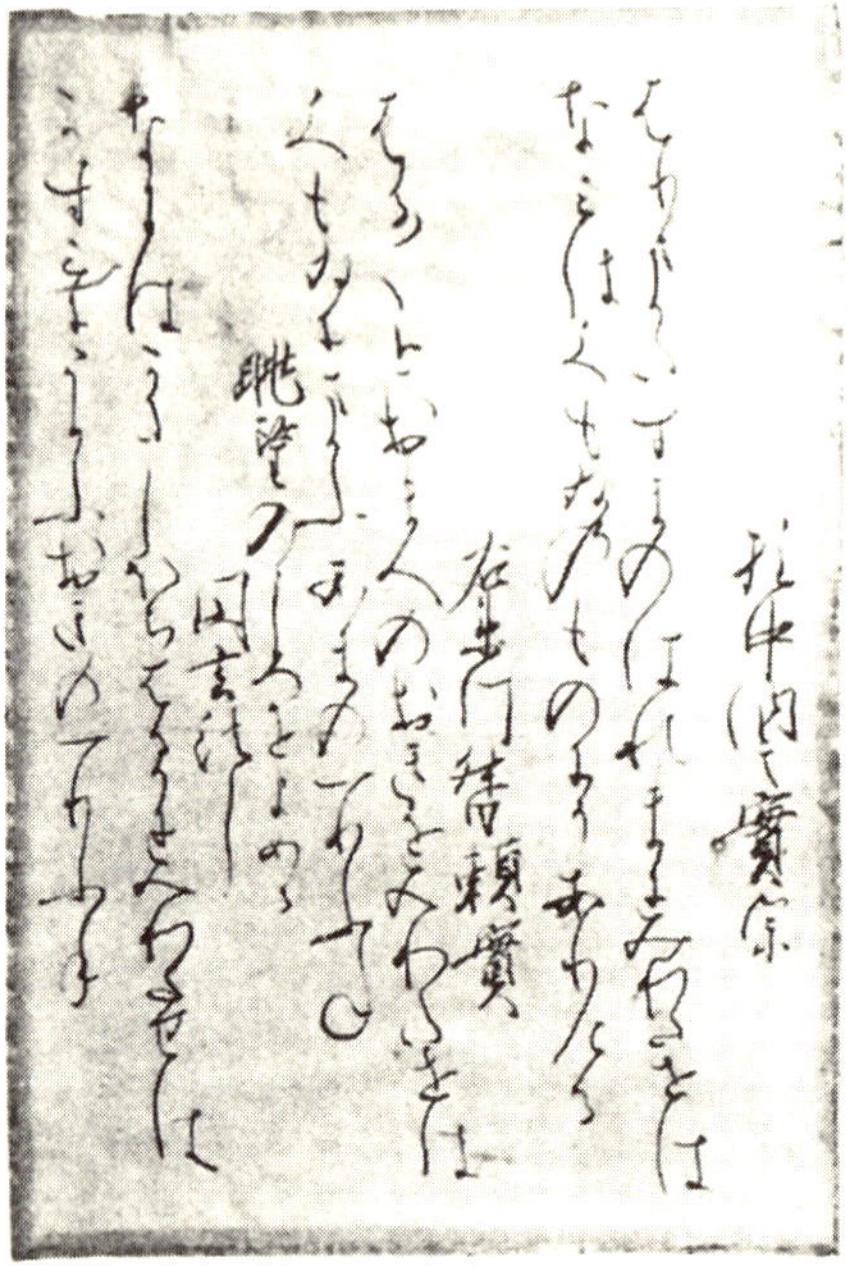

東京古典会入札目録（平成22・11）

これを諸本本文で例示すると、15ページの如くである。即ち、aが真筆系であることは確かだが、a'は偽筆と言えるのか、これも俊成筆を源流とするB系統の本文といえるのではないか。後人の手になることは確かだから、俊成の筆跡に似せた「擬筆」とでも呼んでいい資料であるといえよう。

真偽の問題としていえば、「偽」の本文は全く無視してよいということになるが、a'がB系統本文である以上、bcd以外の切も博捜して、本文の性格を確認する必要がある。

ただ、a'bcdは全て下帖部分であり、日野切から自由ならば上帖部分の切があってもよさそ

A系伝本（伝実隆筆本）

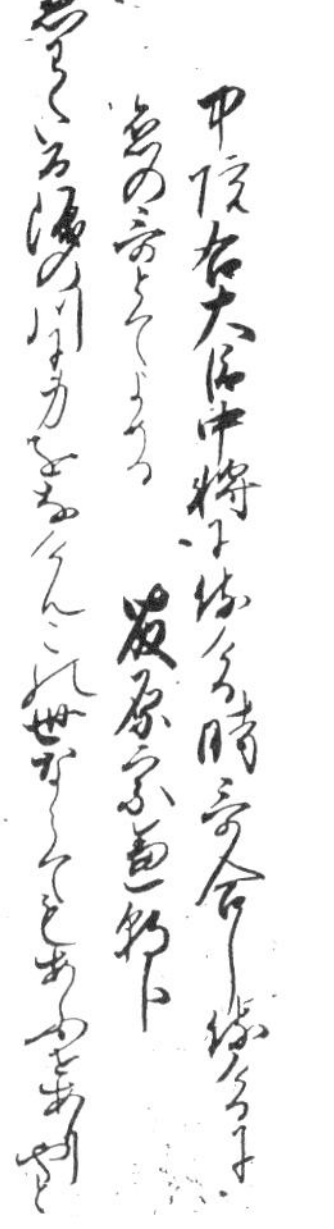

B系伝本（架蔵本）

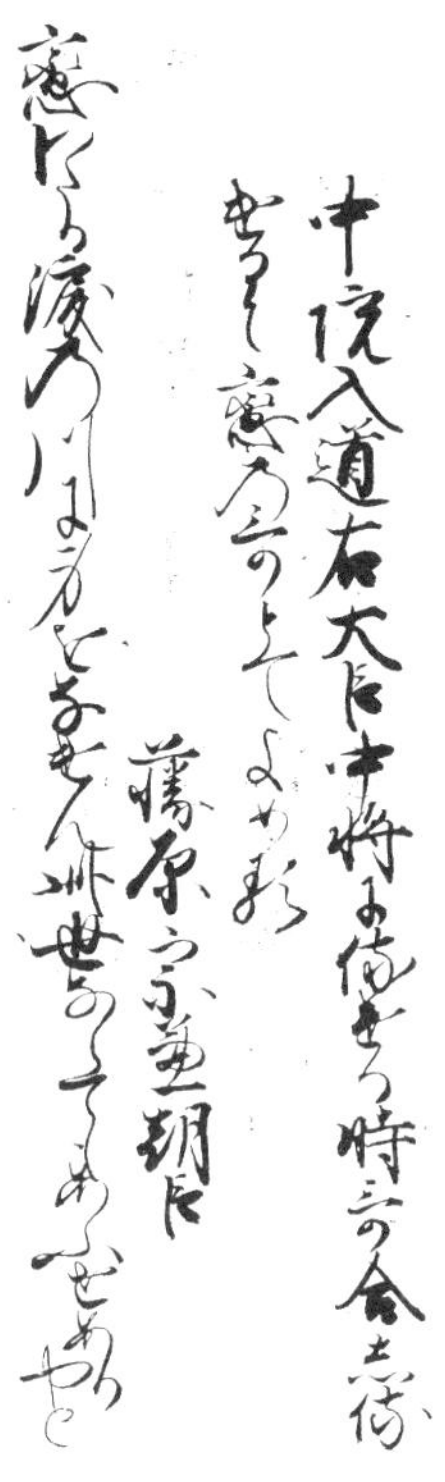

うであるが、絶対量が少い現状では何とも言い切れるものではない。

二〇〇七年刊の『藤原俊成全歌集』で問題提起したように、この辺で、俊成偽筆・擬筆は全て集め直して吟味する必要があるのではないだろうか。[5] 高名な古筆研究家が真筆と断定した、守覚法親王家五十首が、明らかに偽筆であることが証明された一方、三の丸尚蔵館蔵伝俊成筆「古今

注5　拙稿「俊成筆『御室五十首切』について」（日本古典文学影印叢刊、月報15、昭和56・1）

集」のように、俊成書風に敬意もしくは親近感を以て似せた、擬筆が存在するという幅広い資料の存在状況は、全体を検証しておく必要があると思われる。簡単に結論の出る問題ではないが、整理の時期に来ているといえよう。

(2) 入集〈歌合歌〉から見えること

――金葉期を中心に――

千載集は撰者自序によれば、その撰歌対象を「後拾遺集にえらび残されたる歌、かみ正暦のころほひより、しも文治の今に至るやまと歌」、つまり正暦990～文治三年1188の約二百年間の、先行勅撰集に採られなかった代々の歌と、当代の歌に置いている。撰歌範囲の上限が何故一条朝に設定されたのか、先行勅撰集時代の歌はどのような和歌史的認識と基準によって選択されたのか、又当代に対する同じ疑問はどうか、等々の撰集意図をめぐる問題については外部徴証による解答の手懸りに俟たねばならぬ部分が大きいが、ここでは千載集自体に即した内側からのアプローチを試みてみたい。

歌合歌は、判詞から、作品評価の手がかりを得られる場合がある。入集している歌合歌の全てを抽出した上で、時系列に沿って整理し、多角的な検討を加えることとした。本稿では、俊成が歌観の基礎を学んだと見られる、金葉期の俊頼・基俊の判詞を中心に考察してみる。

現在までに調査し得たところでは、千載集所収歌で、集の成立以前に張行された歌合にその歌の見える歌合名・歌（千載集の新国歌大観番号で示す）・判の区別・判者名等を列挙すると次の如くなる。

A　先行勅撰集時代

a後拾遺集成立までの歌合

(1)傅大納言道綱歌合　1首（424）
(2)賀陽院水閣歌合（長元八年［一〇三五］五月十六日）報賽歌　1首（1257）
(3)権大納言師房歌合（長久二年［一〇四一］四月七日）　1首（118）
(4)一品宮修子内親王歌合（同年五月）　1首（171）
(5)内裏歌合（永承六年［一〇五一］春）　1首（119）
(6)皇后宮寛子春秋歌合（天喜四年［一〇五六］四月三十日）判者頼宗　1首（6負）
(7)内裏歌合（承暦二年［一〇七八］四月二十八日）判者顕房　2首（306持・385持〔負〕）
(8)内裏後番歌合（同年四月晦日）判者白河天皇　1首（5持）

b金葉集成立までの歌合

(9)前関白師実歌合（嘉保元年［一〇九四］八月十九日）判者経信　7首（48勝・49負・81勝・452持・453勝・454勝・615持）
(10)郁芳門院媞子内親王前栽合（同二年［一〇九五］八月二十八日）判者俊房　1首（233勝）
(11)宰将中将国信歌合（康和二年［一一〇〇］四月二十八日）衆議判　1首（915勝）

(12)左近衛権中将俊忠歌合（長治元年［一一〇四］五月二十六日）判者俊頼　5首（196勝・644勝・645負・793負・851負）

(13)中宮篤子内親王歌合（嘉承二年［一一〇七］春）　1首（110）

○(14)右近衛中将師時山家五番歌合（天永元年［一一一〇］四月晦日）　4首（145・190・955・1027）

(15)院北面（鳥羽殿）歌合（永久四年［一一一六］四月四日）　1首（142）

(16)雲居寺結縁経後宴歌合（同年八月）　判者基俊　4首（244勝・352負・383持・384持）

(17)右近衛中将雅定歌合（元永元年［一一一八］五月）　3首（180・715・785）

(18)内大臣忠通歌合（同年十月二日）　判者俊頼・基俊　5首（346・401俊持基勝・403勝勝・713勝勝・714勝持）

(19)内大臣忠通歌合（同二年七月十三日）　判者顕季　1首（794負）

△(20)内蔵頭長実歌合（保安二年［一一二一］閏五月二十六日）　判者顕季　2首（139勝・731勝）

(21)関白内大臣忠通歌合（同年九月十二（三イ）日）　判者基俊　2首（305持・874負）

(22)摂政左大臣忠通歌合（大治元年［一一二六］八月）　判者俊頼　1首（508勝）

c　詞花集成立までの歌合

△(23)中宮亮顕輔歌合（長承三年［一一三四］九月十三日）　判者基俊　3首（288持・359勝・648勝）

B　千載集時代の歌合

○(24)太皇太后宮大進清輔歌合（永暦元年［一一六〇］七月）　判者通能　7首（449勝・722負・927持・994持・1079持・1080負・1119勝）

△(25)中宮亮重家歌合（永万二年［一一六六］）　判者顕広　9首（74持・75持・162勝・163勝・279持・466勝・719勝・735勝・757勝）
△(26)頼輔歌合（仁安二〈三イ〉年［一一六七］三月）　5首（38・221・222・666・667）
○(27)太皇太后宮亮経盛歌合（同年八月）　判者清輔　1首（681）
(28)住吉社歌合（嘉応二年［一一七〇］十月九日）　判者俊成　8首（525勝・526勝・527勝・528勝・1262勝・1263負・1264勝・1265勝）
(29)建春門院北面（法住寺殿）歌合（同年十月十六〈九イ〉日）　判者俊成　8首（361勝・362勝・363勝・364持・365勝・777持・778勝・779勝）
(30)広田社歌合（承安二年［一一七二］十月十七日）　判者俊成　5首（1046持・1047持・1048勝・1082持・1266勝）
(31)別雷社歌合（治承二年［一一七八］三月十五日）　判者俊成　5首（63勝・64負・1076勝・1146持・1273勝）
(32)右大臣兼実歌合（同三年十月十八日）　判者俊成　8首（8勝・165勝・539勝・701勝・742勝・897持・898持・1085勝）
○(33)十七番歌合（文治二年［一一八六］十月二十二日）　衆議判　1首（747持）
○(34)御裳濯河歌合（同三年）　判者俊成　10首（69勝・267勝・875持・928勝・929持・1009勝・1023勝・1066勝・1149持・1278持）
◎年代不明歌合
賀茂社後番歌合4首等19種27首（10・65・66・67・174・215・255・292・293・439・459・462・720・730・754・756・764・766・767・807・816・817・885・886・1013・1274・1280）が判明している。

＊歌合名に付した○印は千載集所収歌の詞書に歌合名を全く記さぬ歌合、△印は所収歌の一部の歌の詞書にのみ歌合名を記し

た歌合であることを示す。

先行勅撰集時代からの入集歌について、右表からまずうかがえる点は、撰集素材としての歌合は、その殆んどが金葉集時代に集中して居り、後拾遺集時代は歌合数はともかくとして入集歌数が極めて少なく、詞花集時代は僅か一つしかないという偏った傾向を示している事実である。かかる傾向を示すこと自体にその原因を問題とする必要があるが、ここでは当面の問題として、資料とすべき判詞が特定少数の判者に集中した形で現存する点に注目する必要があるように思う。具体的にいえば、経信・俊頼・基俊の三人に判詞が集中して、他の場合には独立させて取扱うに足るだけのものがない、というわけである。従って、本稿でも、この三人に重点を置き他の資料はそれにからませることによって検討してゆくつもりである。

a後拾遺集時代

まず、経信の判詞により、後拾遺集を中心とした時代からの入集歌について考えてみたい。彼の見解は、⑼前関白師実歌合の七首に対する判詞と、⑺承暦二年内裏歌合の二首に関する袋草紙所収の帥記逸文の記事（もっとも前者の中二首には判詞がなく、後者の中一首には評語がない）によって知ることができる。承暦二年内裏歌合は、この時代後拾遺集の成立に主体的な役割を果したた新進歌人層と歌壇の耆宿たる経信の見解を同時にうかがうことの出来る絶好の資料なのであるが、千載集入集の二首に関する部分は残念ながら余り本質的な点に触れていない。それ故どうしても師実歌合の判詞が中心になるが、少々問題となる点もあるので若干述べておきたい。

承暦二年内裏歌合は、近臣グループの人々で構成された右方の読人の手に成ったと考えられている廿巻本類聚歌合の判詞の本文と、主として音曲堪能の人々で構成された左方の読人により記録されたと推定されている（共に萩谷朴氏説による。「平安朝歌合大成」四参照）袋草紙引用の異種の判詞本文、更に左方の撰者であり、後者グループの指導者と目されている経信のこの歌合に関する見解のうかがわれる帥記逸文が同じく袋草紙に残されていて、当代歌壇の様相を具体的に知り得る性格を持っているのである。千載集に入集した二首について記すと、

十一番　鹿　左持　左中弁正家朝臣
夕暮は（されて〔千・袋〕）小野の萩原ふく風にさびしくもあるか鹿の鳴くなる（らむ〔袋〕）
〔類〕右人「歌は文字つかひをこそいへ。『もあるか』といへるわたりいと憎さげなり……」
〔袋〕「聞く人こそ心澄み、さびしき心地もせめ。鹿の心にはなにかさびしくもあらむ……」
〔帥記〕右人雖云、末字不快。私案、是古歌定詞也。
十二番　紅葉　右持〔類〕（負）〔袋〕匡房
立田山散るもみち葉を来てみれば秋はふもとに帰るなりけり
（判詞以下省略）

正家の歌の場合、類聚歌合の本文では右方から表現の点で難ぜられたのを、経信が「是古歌定

詞也」と弁護しているのがやや注目される点である。勿論、歌合故の難として考えるべきであるが、歌語として安定したもの、という点に弁護の論拠を置いている立場に注目したい。一首全体としても安定した歌境を持った歌として評価していたものでもあろうか。なお袋草紙本文では、判者が事理内容を問題としているが、（これも歌合特有の論難として考えてしまってもよいかもしれぬが）第五句末字が「鳴くらむ」とある場合には当然出て来そうな知巧的解釈であり、これは廿巻本の「なる」とある本文ならば鹿の鳴いている事実と作者の詠嘆の気持を叙した句となり、「さびしくもあるか」は鳴いている原因の憶測よりも作者の寂寥感をこめた複合的な意味合いの強い句となって生きてくることになる。千載集では（諸本共）「なる」であるが初句は「夕されば」とあって袋草紙本文の方であるので、どちらに拠ったものか、又俊成自身が手を入れたものか不明であるが、一応千載集の本文に近い廿巻本の方を採り、情趣的な面に美点のある歌と考え、経信の拠った立場もそこに考えておきたい。

　匡房の歌の場合は、両方の本文では判の結果が異なり、しかも肝心の判拠となる部分は曖昧（その為と長文に過ぎるので省略した）なのであるが、結局左右方人に応酬されたのは着想の点であり、歌自体も正家の歌の場合とは異なって趣向の面白さに価値の重点のある歌であったということができる。

　このように歌の情趣・抒情性に中心の置かれた前者と、着想・趣向といった知巧性に眼目を置く後者とは歌の性格を考える際の二つの大きな特徴と見做すことが出来るが、主として当代の新進歌人達によって支持された後者がやがて歌壇を席捲していったのは和歌史の示す通りであり、その意味で、千載集の先行勅撰集である後拾遺・金葉・詞花の三集が、この歌合から入集させた歌が主として後者の系列に属しているのはその事実を裏付けているが、先行勅撰集に「撰び残された」歌の中から前者の正家の歌を千載集が採り入れていることには、やはり重要な意義が認められると思う。が、同時に、後者の匡房の歌をも採っている点も看過してはならぬ事実であって、重点はともかくとして、それぞれの時代の風潮にも眼を背けずに採り入れている態度に注目しておくべきであろう。僅かに二首の入集歌に余りに大きな意義を付与したようであるが、以下に整理して提示してゆく判詞から帰納される最も大きな問題が集約的に現れている為にやや多言を費やしたわけである。

正家の歌の弁護の立場に回った経信の判じた歌では、どのような傾向の歌が千載集に採られているであろうか。(9)師実歌合からの七首の中、615の俊頼の歌には判詞が無く、454の同じく俊頼の歌と81の周防内侍の歌の場合は評語が付されてないので、他の四首によってその傾向をうかがうこととする。まず最も良く評価されている場合を引くと、

「桜」一番　左勝　中納言君
山さくら匂ふあたりの春かすみ風をばよそに立ちへだてなむ
「雪」一番　右持　通俊卿
おしなくて山の白雪つもれどもしるきは越の高嶺なりけり

の二首が「うるはし」と評されているのが注目される。前者は趣向も優であり、風趣も優雅端麗なものと認められたのであろう。後者は、八雲御抄に「山」と「高嶺」が同心病の例として引か

れていたり、同じく、匡房が「しるきは越の高ね」という句を「越のたかねむげに平懐なり」と難じたとあったりする歌であるが、必ずしも同心病と考えなくともよい解釈も成り立つし、「越のたかね」は当時既に陳腐なまでの常套句となっていたことは事実としても、この歌では「白雪」とそれに掩われた「やまなみ」に抜きん出た「越の高嶺」という清澄にして奥行きを持たせる、そして恐らく「祝いの心」をも含んだ句として詠み込んだものであり、判詞が一部の字句に拘泥していない点からみても端麗な歌として認めたものであろう。どちらも発想に於いて知巧的なものであるが、単なる興趣的な面のみに終わっていないということはいえよう。

49の題綱の歌は、肝心の趣向が古今集の類歌にほとんどそのままある、という独創性の欠如を難ぜられたものであり、453の題綱の歌も同じ難であって、共に歌合で特にあげつらわれる点であるが、裏を返して、更に一般的次元に置いてみれば、珍奇な面などの無い無難な発想の歌ということになる。他の三首は特に評語の付されなかった歌で、手懸りはないが、歌合歌として無難な歌であったということはいえる。七首を通していえることは、そのいずれもが当代の主潮たる知巧的な発想に棹さす傾向を持つという点であるが、千載に入集しなかった他の歌よりはその傾向が露骨ではないという点で、この歌合から金葉集に十一首、詞花集に八首もの入集を見た後にこれだけ経信の立場に肯定的に採り入れている点は注目されてよい。経信自身の歌は僅か一首しか千載集に採っていない俊成ではあるが、経信が志向した方向は、そっくりとはいわないまでもかなり採り入れようとしていたといってよいのではないだろうか。従って、後拾遺集を中心とした時代の歌からは、当代の主潮にもかなり意を配しながらも、やはり典雅で整った、情趣的な面を持った歌の摂取に努めた点に注目すべきであろう。

b金葉・詞花集時代

この二つの勅撰集の時代を一括したのは、先述した如く詞花集時代の歌合が一例しかなく、しかしその判者が基俊なので纏めて扱った方が便宜的な為で他意はない。この時代の歌合は、第二次資料に拠ったと考えられる⒁山家五番歌合を除いて概観すると、殆ど大部分が俊頼と基俊が判に関係しているものであり、他には僅かに顕季が三首に判（判詞のあるのは一首のみ）を記しているに過ぎない。

俊頼は⑾・⑿・⒅・㉒の四種の歌合の判に関係して居り、その中、十二首が千載集に入集している。一方基俊の方は⑾・⒃・⒅・㉑・㉓の五種の歌合で、十五首が入集している。量的にはほぼ同様であるが、内容的にはやや差があり、両者が同一の歌合の場で見解を異にしている場合など、千載集への入集状況と関連させると興味深い点が多い。千載入集歌に関する両者の判を一覧にすると次の如くなる。

歌合番号	俊頼	歌番号	基俊
⑾	×	915	勝○
⑿	勝	196	
	○勝	644	
	○×負	564	
	×負	793	
	○×負	851	
⒃		244	勝○△
		352	負（自作）

歌合番号	俊頼	歌番号	基俊
⒅	×持	401	勝
	○勝	403	勝○
	○勝	713	勝
	勝	714	持○
㉑		305	持○
		874	負○
㉒	○勝	508	
㉓		288	持

＊⑱
× 383 持△ 359 勝○
384 持△ 647 勝○
346 ○
○印はその歌に関しての肯定的評語のある場合。×印は否定的評語。△印はやや弱い否定的評語。

これによって知られるところでは、俊頼の場合、彼が難点を指摘している歌を千載集ではかなり採っているのに対し、基俊の方は、殆んど全てが肯定的に評価された歌であるという点が注目される（383・384の場合はさほどひどい難点ではないし、352の負判は自詠の為遠慮したもの、874は良く評価しながら相手の歌をより高く評価した為の負判である）。

具体的に例を上げて検討してゆくと、まず両者が共に絶讃した歌、つまり共通した秀歌例となるが、⑱内大臣忠通歌合の「時雨」七番左、定信朝臣の歌があげられる。

403 音にさへ袂をぬらす時雨かな槙の板屋の夜半の寝覚に

俊云、前歌、音をきくに袂濡るとよめるいとをかし。さもあることと聞ゆ。……

基云、槙の板屋の夜半の時雨は、ことに目覚しくきゝ侍るものかな。袂ぬるらむも、いとをかしく侍り。（中略）夜半の寝ざめぞ、げにさることゝは思ひ給ふる。

この場合は、判詞も殆んど同趣であり、繊細な神経の行きとどいた趣向から作り出された優美な情趣を「をかし」と評し、「さもあること」「げにさること」などと実感的に風趣の充分に形象化し得た点を高く評価しているのである。このような情趣的な面に両者の接点があることをまず諒解しておきたい。同じ傾向の面で、判の内容では対立しながら両者を折衷した形で採っている例がある。それは同じ歌合の「時雨」五番右の基俊の歌で、俊頼が持、基俊自身は勝とした歌である。

霜冴えて枯れ行くをの丶岡べなるならの朽（広〔千・家〕）葉に時雨降るなり

俊云、（中略）後うた、岡べなるすべらかに下らず。楢の朽葉もいかゞ。朽ちなばおとづれずもやあらむ。あながちの事か。

基云、（中略）〔左歌は〕いとすぐれたることのなければ、楢の朽葉におとづれむしぐれは今少しきゝなれたるここちぞし侍る。

俊頼の判は、「岡べなる」の句が「しらべ」の上から難点であること、「楢の朽葉に時雨が訪ずれてくる」という趣向は理に適わない（朽ちた者の所へ訪ねてくる筈がない、の意であろう）という二点を指摘して難じている。それに対し基俊は、自詠の趣向と風趣を肯定し、穏当な出来の作と自讃しているのである。通常、歌合の判者は自詠に関しては負とするか、持に止めるのが普通であったから、このことは自我の非常に強い人間であったことを示す例としてよく引用されるが、確かにそうした面もあろうが、行事様式から解放された自由な文芸の場としてこの歌合を考えるべきことと、基俊が歌の文芸的な価値に並々でない執着を持っていたという面を重視するのが妥当かと思う。しからば俊成は師基俊の意を尊重してこの歌を採ったのかというとそうばかりではないようである。というのは俊頼に指摘された第三句の「楢の朽葉」の句が千載集では「楢のひろ葉」となっているからである。つまり、俊頼の見解を妥当なものとした、といえる。なお、類従本基俊集・桂宮本乙本基俊集が共に「楢のひろ葉」として居り、流布本（類従本）基俊集は前半が堀河院御時奉献（堀河院嘉承二・七・一九崩御）の自撰歌集、後半がその後六、七年間（長治三年〜天永二年）の成立で、ほぼ基俊六十才以前のものであり、乙本基俊集は金葉集編撰のため需められた保安末年頃の自撰本と推定されている（桂宮本叢書第四巻解題）ので、基俊自身が「朽葉」を「ひろ葉」に改めた可能性があり、そうなると俊成はいずれかの基俊集に依って歌合本文を改訂して採ったのかもしれない。そのことは、基俊の立場をかばう意識の所産であったかもしれないが、結果的にみて俊頼の意見を容れたことになると思われる。結局この彫琢が、叙景化と、その結果としての情趣の深まりをねらったもので、その点に千載集入集歌としてのこの歌の意味があるといってよかろう。

　このように当代最高の批評家の評価がほぼ重なる部分として、抒情的な面を持った歌が見出されるわけであるが、この時代から採られている歌の全体の傾向を把える為に、個別に検討してみることとする。

　先ず俊頼から採り上げてゆくと、最初の⑾国信歌合（俊頼のリードによる衆議判という通説を覆えし、基俊の主導性による衆議判とされた萩谷氏の見解に従う。「平安朝歌合大成」四参照）の915基俊の歌の場合では「堰の古杭」という表現をめぐって俊頼は「優にも聞えぬ言葉」と難じ、基俊は証歌によって弁じているのであるが、俊頼自身「詠まぬにはあらねども」「詠まれぬ事と申すにはあらず」「深き難にはあらず」といっているように、歌合という条件を取りはずした場合には、伝統的手法に拠った歌として俊頼の立場からもさほど難ずる程の歌ではなかったようである。しかし、あくまで伝統的な歌語に頼るという保守的な発想による歌であることに留意しておきたい。

次の⑫俊忠歌合の五首（一首196は判詞なし）では、彼が肯定的に見ている歌（644筑前）は勿論あるが、むしろ否定しようとした古さ、古歌そのままで新しい歌境を開こうとしていない歌（793伊予三位の歌）や、歌病その他表現上の難点を指摘した654俊忠・851基俊の歌等のあるのが注目される。もっともこの歌合は俊成と縁故の深い人々が多いので千載集入集の基準は別の次元で考える必要があるかもしれないが、俊頼の庶幾した方向とはやや異なった傾向の歌が採られていることは事実である。しかし、彼が「をかしうよまれてはべり」と評した463筑前の歌〈おもふよりいつしかぬる丶袂かな涙ぞ恋のしるしなりける〉の如きは、巧みな着想の中に初恋という微妙な心情を盛った歌であり、これなどは趣向に長所を持った歌ではあるが抒情性もよく生かされている点に注目してゆきたい。

⒅忠通歌合は、先に401・403の両首について触れたが、346は、基俊の歌の「翁さびゆく」という表現に疑念を発した俊頼に対し、「残れる菊はかやうにも詠みてんと見え侍り」と自信満々の基俊の判詞があるのであるが、この場合は比喩表現の興趣に生命のある歌が採られているわけである。713の雅光の歌は技巧が上手に生かされ、俊頼が「をかし」と評した歌であり、基俊も主観的評語ながら認めている歌であって、伝統的な発想によった技巧に長所のある歌といえよう。714の重基の歌は、俊頼が「あしくも侍らず」と評し、基俊はこれ又主観的な評言によってかなり認めた歌で、やや誇張した表現がさほど俊頼に認められなかった原因であろう。伝統的な発想に基づいた歌である。

㉒忠通歌合の1首（508雅光）〈小夜ふかきくもゐの鴈もおとすなり我ひとりやは旅の空なる〉は

「頗心あり」と評されている歌で、旅途の宿の夜半、旅愁の中にある男の心にいよよ愁をかきたてた雁の声を「われひとりやは」という角度で把えた点を特に評価しているわけで、抒情性の豊かな一首である。

以上の俊頼の判に関係した歌を纏めると、彼が庶幾した新しい歌境を目指した歌はなく、趣向や着想の興趣に重点のある歌でも主に伝統的な発想の中のものであり、抒情性の豊かな歌が多いということができると思う。なお基俊と見解の差のある場合、殆んど彼が否定的立場に立っていることが知られる。

基俊の判の方に移って（俊頼の方と重複する歌合⑾・⒅は触れない）、⒃雲居寺結縁経後宴歌合の四首は、基俊としてはさほど良い評価を与えていない歌であり、この中では244道経の歌〈ふみしだきあさ行鹿や過つらんしどろに見ゆるのちの苅萱〉に「いひしりてをかし」と評しているのが例外で、伝統的な美感の範疇での風趣を賞しているわけである。352は基俊の自詠故の負判、383瞻西上人、384俊頼の歌は互に番えられた歌で、表現不足と「たをやかならず」とそれぞれ難ぜられているが、共に着想の面白さに主点のある歌である。

㉑忠通歌合の二首は、「おもへる所あり」と評された305時昌の歌〈いとゞ（露さむみイ）しくうらがれもていく秋の野に淋しくもある風の音かな〉と具体的な判詞はないが一応認めた874為真の歌で、共に情趣的傾向を持つ歌である。

金葉集時代までの基俊の判詞を綜合すると、383・384の如き知巧的傾向の歌の場合もあるが、概して情趣的な傾向にある歌であるということができる。俊頼も意見の差がある場合には既に述べたように彼の見解の肯定的な面が現われているように思われる。

最後に詞花集時代からの唯一の歌合である㉓顕輔歌合について触れておきたい。これは千載集の詞書から推定すると、第二次資料によっていると思われるが、晩年の基俊の判詞が残っているので、当代の歌の傾向との問題を考えるには足りないものの、簡単に記しておくこととする。288の道経の歌は特に判拠を提示せず持となった歌で判詞による手懸りはないが、359の顕輔の歌は古歌を踏まえた内容の深みを認めている評語があり、648の雅定の歌は「辞義花麗。心匠単可犖。謂秀逸乎」と評されている歌で、類型的な評語ながら風姿の整っている点がかわれているものと思われる。三首はいずれも知巧的な手法によったもので、当代歌壇の好尚を反映したものと見られるが、その傾向の中にあっては手法があらわでなく、風趣をそれぞれに生み出すのに成功して居るといえよう。

このほか顕季の判詞にも触れる必要があるが、六条家関係の人の主宰もしくは判者となっている歌合は、千載集では素材としての段階で既に別扱いとなっているように考えられる。

以上、先行勅撰集時代の歌合からの千載集への入集歌について、主として経信・俊頼・基俊の三人の判詞を通してその傾向をうかがってきたのであるが、これがそのままそれぞれの時代の歌に関する千載集の文芸的選歌基準とはならないとしても、一つの側面からの判断としての蓋然性を持つということは許されるであろう。この部分に関する結論めいたことに触れておくと、千載集の撰歌対象としての先行勅撰集時代の歌は、主潮であった知巧的手法による趣向や着想の興趣に中心を置いた歌もとられているが、それよりも抒情的傾向の強い歌が採取の際の重点になっているということがいえると思う。平凡な結論であるが、千載集は、後拾遺以降知巧的傾向が主潮となり、金葉・詞花の二先行勅撰集がその傾向に棹さす性格を持っていた（後拾遺集は同時代よりもやや先行する時代に撰集の中心があったようである）のに対し、その間の抒情的傾向を中心とした撰集を意図したものであったと考えられる。

〔補記〕本稿の元稿は、昭和三六年の夏休みの直前に、学部の卒業論文の指導教授だった岩津資雄先生の依頼で、研究室の院生学生に発表したものであった。私はこの年の春に「千載集」で修士論文を提出した直後、博士課程に進んだところであった。

岩津先生は、当時はまだ大学院の授業は担当しておらず、私は大学院の方針に拠って、時代順の配属ということで、岡一男研究室の片隅に座を与えられていた。

岩津研は小部屋だったから、聴き手は少なく、寺田純子さんや川平均君が、学部生で顔を出していた。部屋頭の藤平春男さんも出ていて、克明な解説を含んだ批評をしてくれた。

岩津先生が昭和初年からの論をまとめて、『歌合せの歌論史研究』を上梓されたのは、この一年半後の昭和三八年十一月、学生は熱心に歌合の研究会などを開いていたが、万事にゆったりした空気の部屋であった。今昔の国東文麿、敬語の辻村敏樹、新古今の田尻嘉信、それに藤平さん、昭和十年代後半、戦時中の岩津さんを囲む親密な集まりが中心にあって、それに私や寺田、川平といった若手が自然な話仲間として加わる「場」がある部屋だったのである。

昭和三五年十月に和歌史研究会が生まれて、次第に他の面に顔を向けるようになって行ったので、「歌合」を扱ったこの論はなつかしい。平板な論証ながら、次章の問題を引き出す基盤的整理になっていることと、谷山茂先生の『千載和歌集の研究』（孔版刷）の整理を見る前の論であるので、敢て採録した。

(3) 承暦二年内裏歌合「鹿」歌の撰入

一

千載集が撰歌対象とした資料には、(A)堀河百首・久安百首など定数歌や歌会歌、(B)歌合歌、(C)私家集、(D)後葉集、続詞花集、月詣集など私撰集といった大量出典源が確認されている。このうち(B)歌合歌については、先に整理結果を示したことがあり、成立年時のほぼ判明する歌合三四種一一七首と成立年時未詳歌合一九種二七首を掲出した。そして、判詞を手がかりに、撰歌傾向の客観的基準を求めてみようと意図したのであったが、サンプリングの少なさと、条件・性質の多様な資料を点綴しての論証には限界があり、平凡な結論しか提示できなかった。[1]

しかし、作品一首一首の解釈のためには歌合判詞の吟味はかなり有効な点を備えており、作者の注意や公表時の読者の受け取り方、それと配列構成などから推定できる千載集で与えようとしているその歌への役割りとの位相の差など、理解を深めるために資する点は多い。

注1　拙稿「千載集の撰集意図について—歌合歌の入集状況を素材として—」（和歌文学研究13　昭37・4）本書17ページ参照。

承暦二年〔一〇七八〕白河天皇内裏歌合からの千載集入集歌二首（三〇六「鹿」正家、三八五「紅葉」匡房）についても、右の拙稿で簡単に触れているが、千載集歌として吟味する場合にはなお、考うべき点があるので、更めて「鹿」題歌について取りあげてみたい。

二

千載集秋下三〇六に次の一首がある。竜門文庫本の本文によって示すと

承暦二年内裏歌合によめる　　藤原正家朝臣

ゆふぐれはをのゝ萩原ふくかぜにさびしくもあるか鹿のなくなる

となっている。この歌、晩秋の暮色濃い野末に話主が立って、萩を波立たせて吹き渡ってくる風と鹿鳴とを身にしみて感じ寂寥にひたっている状況を詠んだものと一応は解される。視覚聴覚等の感覚表現の道具立ては類型的だし、「さびし」と直截に言ってしまうのも平板だが、「もあるか」と万葉表現を用いているのがこの時点では眼をひく点だといえよう。「もあるか」は古今集にも用例（八四八）があり、平安期に入っても用いられたが、激減したことは確かであり、後述のようにこの歌合で耳馴れないことに起因する論難がなされている。

「も……か」は、係助詞「も」と終助詞「か」の呼応で、「も」「か」ともに詠嘆を表わす強調

表現と解してよいから、第一義的には「さびしくもあるか」は話主の寂寥感として用いられていると見なせるであろう。ところが、第五句に「鹿の鳴くなる」とあり、その「なる」との呼応で、「か」が疑問の係助詞、「なる」がその結びという解が生じ、「さびし」は鹿の感情でそれを推測することにかゝわる「か」と解することができる。実は歌合の「場」ではこの鹿の感ずる寂寥との理解での論難があったのであるが、この点についての吟味と、千載集の中での扱いを検討してみたい。

三

承暦二年［一〇七八］四月廿八日の白河天皇の内裏歌合の本文は、『平安朝歌合大成四』に、廿巻本模本に拠る証本本文と、原記録において全く別系統の性格をもつ袋草紙収録本文とが収載されている。しかし、萩谷朴氏はその後、日本古典文学大系『歌合集』に同歌合に入れて加注されているし、また、袋草紙は小沢正夫、後藤重郎、島津忠夫、樋口芳麻呂四氏共著の『袋草紙注釈下』に収録されているので、両加注本によって本文を引用し、注を参考に用いることとする。

〔証本本文〕

十一番　鹿左持　　左中弁正家朝臣

ゆふぐれは小野のはぎはらふくかぜにさびしくもあるかしかのなくなる

右　　左近中将公実朝臣

きりふかきやまのをのへにたつしかはこゑばかりにやともをしるらむ
実政「この歌は近き古歌なり」と申すに、公実「声ばかりこそ人に知らるれ」といふと、友のゆくかたを知るといふ事、異事なり」といふに、右人「歌は文字づかひをこそいへ。「もあるか」といへるわたり、いと憎さげなり。これも公基が家の歌合にかはらざめるは」といふに、又持と定められぬ。

〔袋草紙本文〕

十一番　鹿持

ゆふされはをのゝはぎはらふく風にさびしくもあるかしかのなくらん　正家朝臣

きりふかき山のをのへにたつしかはこゑばかりにやともをしるらん　公実朝臣

聞人こそ心すみ、さびしき心地もせめ。しかの心にはなにかさびしくもあらん。右、山のおのへ、おぼつかなき心地しながら、持となん。

経信卿記云、右人難云、末字不レ快。私案是古歌定詞也。

右の本文の性格については、判詞全体の記録性について萩谷氏と上野理氏に見解の違いがあり、判者誹謗を含む二十巻本本文は正式な記録とは言えず、袋草紙にいう『難判』に当り、袋草紙所収本文が公式の記録と推定する上野説に讃意を表するが▼2、当面十一番右歌判詞では偏頗性を免れているので、A二十巻本本文、B袋草紙本文、C帥記佚文本文として引用してゆくこととし

注2　同氏『後拾遺集前後』（笠間書院　昭51）一九四～六ページ

たい。

さて、A、B、Cを通じて問題となっているのは次の二点である。即ち、一つは第四句の「もあるか」の表現の問題であり、二つ目は「さびし」と感ずる主体を「鹿」と解する（即ち、「なる」を推定ととるか否かに関わる）問題である。無論、一、二は密接に相関し合う関係にある。

一は、Aで「歌は文字づかひをこそいへ」「いと憎さげなり」といっているように、当時の歌合歌の語感の問題として取りあげられている。和歌の価値基準の基本要件は「文字づかひ」だといい、「もあるか」はその要件から外れ、「憎さげ」だというのである。右方人の難じた点は、Cに「[3]末字不快。私案古歌定詞也」といっていることから推測すると、経信のように古歌（記紀歌謡・万葉歌など上代和歌）の定詞（慣用表現）に習熟していない当代歌人の歌語感に抵触するものであったのだろう。[4]古典大系頭注に「万葉調の用語を粗剛として斥けている」とし、『袋草紙注釈』（語釈）もそれを引用して肯定している通りだと思われる。ただし、稿者の語感では「粗剛」はいささか抵抗を感じる語である。

『新撰髄脳』に

凡こはく卑しく余りおいらかなる詞などをよくはからひしりて、優れたることとあるにあらずは詠むべからず。かも、らしなどの古詞などは常に詠むまじ。古く人の詠める詞をふしにしたるわろし。（中略）昔の様を好みて今の人ごとに好み詠む、われひとりよしと思ふらめど、なべてさしもおぼえねばあぢきなくなむあるべき（傍点稿者）。

注3　「第四句の末字の意」と解する『袋草紙注釈』に賛意を表する。

注4　この歌合三番鶯の判詞に、左の政長歌に対し「『わが宿』は近くはよまぬこととなむ聞く。言葉の文字は、古きよき歌によめりとも、ただ今の歌のさだめにぞ従ふべき」とあるのも参考になる。

とあるように、古詞が「こはく卑しく」とするのは一般であろうが、この場合の「文字づかひ」は右の公任の表現を用いるとすれば、むしろ「余りおいらかなる詞」に当る、「しらべ（声調）」の停滞感のある重い語感をいっているように思われる。更に敢て『新撰髄脳』の表現に寄せていえば、「打ぎき清げ」や「姿をいたはる」ことに反して耳に立つ古態の表現を排斥する立場に立った発言と解してよいであろう（無論、白河天皇近臣歌人を公任歌論信奉者といっているわけではない。念のため）。

歌合ではかくして古詞「もあるか」が難点として扱われ、判定材料となった。しかし、この詞、作者の正家が、さほど意識的に用いたかどうか、全く意見が残されていないので判然としない。また、論難した方人も、冒頭に記したような語義（「か」を詠嘆と解する、上代での用例）で理解していたかどうかは疑わしい。むしろ次にのべるように、「これも公基が家の歌合にかはらざめるは」と、「なる」を推量に解してゆく文脈で、「もあるか」を含んだ一首全体を理解しているのであるから、言葉続きの形だけの古態を問題とし、句の内容は別途に理解していたと見做した方がよいかもしれないのである。そこで、後で再びこの点に戻ることにして第二の問題に移る。

四

二番目の「さびし」の主体の問題は、Bの判詞と歌本文がそっくりそれに当てはまる。即ち、判詞は「聞人こそ心すみ、さびしき心地もせめ。しかの心にはなにかさびしくもあらん」（鹿の声を聞く人は心も澄み淋しい心地にもなろうが、鹿の心がどうして淋しいことがあろうか＝『袋草紙注釈』口語訳）となっている。明らかに淋しさを感じているのは鹿であると解して非難しているのである。

もっとも歌本文も第五句は「しかのなくらん」（初句も「ゆふされば」の異文である）となっていて、歌末は「なり」ではなく、推量の「らむ」を用いていて、声が聞えると判断することを表わす、いわゆる伝聞推定の助動詞の用法の「なり」ではなく、鹿の鳴くことについての「推量」を表わしているのである。▼5 歌の口語訳を『袋草紙注釈』によって示せば、

夕暮になると、小野の萩原を吹き渡る風にさそわれて鹿が鳴くのは、淋しさを感じているのだろうか

ということになる。当然「もあるか」の「か」は詠嘆には解されない。「らむ」を呼応して「淋しさを感じているのだろうか」の意になるのである。

このBの判詞右方難を古典大系頭注のように、（A左歌の解として）「全く誤解」とするわけにはゆかないであろう。念のためAにも目を通しておこう。当該文は前引の

これも公基が家の歌合にかはらざめるは

である。

この（左歌）も、公基家歌合での歌と（既に詠まれている作品と歌境、内容が）変っていないでしょうよ。

と一応解することができる。「これも」というのは、前掲のAの前半で、右歌（公実歌）に対し左方人の実政が「この歌は近き古歌なり」と、永承五年［一〇五〇］六月五日裕子内親王歌合の大

注5　助動詞「なり」の用法についての国語学者の研究は数多いが、次の論文の学恩を得た。

塚原鉄雄「活用語に接続する助動詞〈なり〉の生態的研究―王朝仮名文学作品を資料として―」（国語国文28―7　昭34・7）、北原保雄「〈終止なり〉と〈連体なり〉―その分布と構造的意味―」（国語と国文学　昭41・9）、同「『なり』の構造的意味」（国語学68　昭42・3）、森重敏「〈なり〉の表現価値―古今和歌集における語法と比喩」（国語国文37―8　昭43・8）、同「〈なり〉の表現価値上下―古今的なものから新古今的なものへ」（国語国文39―6、7　昭45・6、7）、原田芳起『平安時代文学語彙の研究続編』（風間書房　昭48）第六章終止形接続の「なり」の意味、第七章いわゆる伝聞推定

弐三位の歌との類想を指摘して難じたことを承ける。

公基歌合は、諸注の指摘するように[6]、康平六年〔一〇六三〕十月丹後守公基歌合で、その歌は

夕されば峰の嵐や寒からむ声ふり立てて鹿の鳴くなる

であろう。判者は範永であったが、この歌の判詞は二十巻本系本文には誤脱とおぼしき部分があるので、袋草紙所蔵本文に拠って引くと、

右、あらしのさむさに鹿のなきたる、証あるべし。されど、歌がらのけはひをかし。

右の歌は、嵐が寒いので鹿が鳴いたという証歌がほしいのだ。しかし、右の方が歌の風格に風情がある（『袋草紙注釈』）

とある。

鹿の声ふり立てて鳴く原因は峰の嵐の寒さを感じるものなのだろうという歌意であるから、寒さを感じるのは人でなく鹿で、この判詞でも「証あるべし」といっている。やはり認めない立場に立っての判ということになろう。

となると、承暦歌合での「公基が家の歌合にかはらざめるは」の難は、歌そのものの類想性ばかりでなく、範永判で証歌がほしいとして否定的に扱われたことを含めての難と考えるべきであろうか。そうであるとすれば、擬人化される用例が既にかなり集積していた「鹿」の歌材である

の「なり」

注6　文中の諸書の前に、峯岸義秋『歌合集』（朝日古典全集　昭22）。岩津資雄『歌合せの歌論史研究』（早大出版部　昭38）に指摘がある。

が、鹿鳴の原因として寒さやさびしさを（鹿が）感じるという把え方には、事理に背くとして忌避する発想があったということになる。

しかし、この場合に限っていえば、十一番の当の相手である右方の公実自身が、右の公基歌合鹿歌を引いて、後年、寛治三年［一〇八九］八月二十三日寛子扇合に

いもせ山峰の嵐や寒からむ衣かりがね空に鳴くなり

と詠んでいるし、承暦内裏歌合の直後、負けた右方人だけで同題で催した後番歌合での鹿題の一宮紀伊の歌に

秋風ぞ寒く吹くらし妻恋ふる声たかさごに男鹿なくなり

とあって、鹿鳴の因の「寒さの感得」への推測が詠まれており（もっとも判詞は簡略ながら「右歌もよからねば」と評価低いが）、絶対的に忌避するなどという共通認識があったわけではないと判断される。

従って、右方が「公基歌合」と口にしたのは夕景、風、鹿鳴の素材の組み立てと擬人化した鹿の心理の推量という類想性を問題にしたかったのだと解しておこう。

しかし、公基歌合の「嵐のさむさに鹿の鳴きたる」歌と正家歌を比較して承暦歌合で議論してゆく過程でBの発言がでていたことは間違いなかろう。Bに対して全く反論が見られないのは、

あるいは記録を落としたのかもしれないが、この歌合では二、三、六、十二、十三番と、証歌を廻っての激しい論難が記録されているのに比すると不思議である。後には正家の発想と同じ立場に立つ歌が前掲の紀伊・公実歌の如く出てくるにしても、その歌合の場ではBの発言がまかり通って反論はなかったと解してよいのではなかろうか。

つまり、前節で留保しておいた問題をも併せていえば、「もあるか」の「か」は詠嘆とは解されず、「あり＝らむ」の推量と照応する疑問の係助詞としてその場では理解されたと思われるのである。

五

千載集秋下部ではこの正家歌は、巻頭の秋思（三〇二）、秋風（三〇三～三〇五）の歌群の次に続く二十首（三〇六～三二五）の「鹿」歌群の冒頭歌として位置づけられている。前歌から詞書を省いて掲出すると、次の如くである。

露寒み[▼7]うらがれもてく秋の野にさびしくもあるかぜのおとかな（三〇五　時昌）
ゆふぐれはをのゝ萩原ふくかぜにさびしくもあるか鹿のなくなる（三〇六　正家）
みむろやまをろすあらしのさびしきにつまよぶしかの声たぐふなり（三〇七　肥後）

前歌の時昌の歌は、保安二年忠通家歌合の野風題で、露寒むのころになって次第にうら枯れて

注7　底本の竜門本は「きよみ」。陽明本などにより意改。

ゆく野、その上を渡ってゆく風を「さびしくもある」と把えている。「うら枯れもてく」の、野亭に長く日を過ごしている時間的経過を含んだ視覚表現に話主の境遇をうかがわせ、風は聴覚で複合的に把えて、独白調でまとめた工夫が、歌合判詞で「おもへるところあり」と評された点かと思われる。「さびしくもある」は話主に把えられた風の質感であって同時にその胸裡の寂寥に響いている表現である。

これに次ぐ正家歌は、夕暮れの時刻と鹿鳴を加味するが、前歌の晩秋の野景と風を承けており、第四句もそのままに「さびしくもあるか」と受けているので、「か」を詠嘆表現、話主の心境と把え易い配置である。

次歌も「あらしのさびしきに」と置き「鹿の声たぐふなり」と配するのであるから、山風と鹿鳴が入りまじって吹きおろしてくるのを話主が「さびし」と把えていると解せる。即ち、この三首に共通する「さびし」いずれも話主の感じ方と理解してよい。以下一八首の鹿歌があるが、基本的には聴覚的な把え方（例外の三二四も表面上の表現はないが、見えぬ姿の想像であるから、聴覚享受によって喚起された映像で、表現構造としては共通している）で、聞いている話主の心情を叙する歌、▼8心情表現はせず音素を描写する歌▼9が大半で、擬人化する場合も妻問いの男鹿の類型によっており、その中で鹿の心情を推測する発想のもの（三二〇、三二四）も男女間の感情に集中していて、正家歌（三〇六）で問題にしているような一般的な寂寥を鹿が感ずると推測する例はない。

つまり、千載集の「鹿」歌群二十首の中では、三〇六の正家歌も、鹿鳴を聞いている話主の心情のさびしさと解しておく方が、編纂意図に沿っているといえるのである。

しかし、配列面からの類推は蓋然性に留まるものであって、一首の例外をも許さぬといった論

注8　310・311・317・318・319・321・322・323

注9　308・309・312・313・314・315・316・325

拠たりえないことはいうまでもない。特に千載集の場合は、撰者俊成の自讃歌として知られる次の（「なり」の用例）歌が入集しており、近似の構造を有っていることを考慮しないわけにはゆかないのである。

六

その秋上二五九歌は、

ゆふされば野辺の秋風身にしみてうづらなくなりふか草のさと

である。この歌で、秋風を身にしみて感じているのは話主なのか鶉なのかは同趣の問題として考えてよかろう。

この歌当代では、話主が主体として解されていた徴証がある。それは『無名抄』に引く周知のエピソードの中の俊恵の評言である[10]。作者俊成自身が右の歌を「身にとりてはおもて歌」と自信に満ちて宣言したのに対し、俊恵は、

彼の歌は「身にしみて」と云ふ腰の句のいみじう無念に覚ゆるなり。是程に成りぬる歌は、景気をいひ流して、ただ空に身にしみけんかしと思はせたるこそ、心にくくも優にも侍れ。いみじういひもて行きて、歌の詮とすべきふしをさはといひ現はしたれば、むげにことあさくなりぬる。

注10　この挿話に関する論は多いが、稿者の見解を示すことに主眼があるので引用はしない。

と評したというのである。「無念」「景気をいひ流して、ただ空に身にしみけんかしと思はせ」「さはといひ現はし」という表現からは、話主が身にしみて感じていると解していた以上のことはうかがえない。鶉は寂寥感の状況歌材としか受け取っていなかったように見える。薄暮の風渡る秋の荒野、哀切な鶉の鳴く音に催される寂寥感。その効果をあげるためにこそ「身にしみて」などと感じとり方を生まに説明してしまっては浅くなるというのが俊恵の言の趣旨であろう。

ところが俊成自身は、後年『慈鎮和尚自歌合』で、この歌への自評に

伊勢物語に、深草の里の女の「鶉となりて」といへる事を、初めて詠みいで侍りし

と言っているのである。伊勢物語一二三段は和歌の効用によって夫婦仲が戻る、いわゆる歌徳譚であるが、この場合の俊成の摂取の仕方は結末を暗転させてやはり女が捨てられた話に発展させており、「身にしみて」の主体を「鶉」と解させる根拠を与えてくれるのである。即ち、一二三段は

昔、男ありけり。深草に住みける女をやうやう飽きがたにや思ひけむ。かかる歌を詠みけり。

年を経て住みこし里を出でていなばいとど深草野とやなりなむ

女、かへし

野とならば鶉となりて鳴きをらむ狩にだにやは君は来ざらむ

と詠めりけるに、めでて、行かむと思ふ心なくなりにけり

となっている。男は通わなくなり、歌の仮定条件の通りに家は荒れて草深い野となりはてた。女も荒野に似合わしい鶉[11]に化身して、狩（愛情を伴わない「仮」の意を掛ける）でなら来るかもしれない男を待った。こうした状況設定の下では、秋（飽き）風が身にしみて感ずるのは、誰よりもまず鶉であるとする解は当然に生まれてくる。

この歌、頭から読み下してくれば、前記の俊恵の解の如く、薄暮の深草の野に立つ話主自身が秋風を身にしみて感じ、鶉の声を耳にしている、と読める。恐らくこの歌が発想源になっていると推測される次の歌、

按察使公通家十首に野風を

藤原盛方朝臣

秋風のややはださむき時しもあれ鶉なくなりをのゝ篠原（万代集　九二二）

の、まぎれもない、話主の寂寥の因として感得する「風」と「鹿鳴」と同趣向の構造の歌として読めるのである。[12]

しかし、先の俊成自身の解説によれば、「深草の里の女の『鶉となりて』といへる事を」「詠みいで」たというのであるから、鶉は単なる哀切感増幅のための装置としての聴覚歌材ではなく、捨てられた深草の里の女の化身としての鶉であり、秋（飽き）風の身にしむ存在として設定され

注11　万葉以来の「荒廃の地」との取り合わせの用例があるが、古今六帖で「鶉」の歌材が「野」に分類されている点を指摘しておく。

注12　公通家十首は承安二年（一一七二）の催行。近時資料整理を行なった。拙稿「公通家十首会歌集成稿」（井上宗雄編『中世和歌　資料と論考』明治書院　平成4所収）。『鳥帚』に収録。

ていることは間違いない。となると、話主も別離の状況を熟知して声を聞きなすことになるから、捨てた男自身か、話を聞き知った人物として設定されて、深草の暮景の画面の外からではなく、中に入っての語り手となっていることが知られる。話主が画中に在り、読者が話主と重なったり離れたりしながら景を享受するという構造は、本歌取りの手法の歌に最も多く現われる傾向だが、この歌もその構造を備えているといってよかろう。即ち、「なり」の問題に戻れば、物語的世界の中の女の化身である鶉が身にしみて鳴くのを物語世界の中の男が聞きなしているのである。或は、同時に男も身にしみているのだという複合的理解も生ずるかもしれないが、その場合でもあくまで、鶉が身にしみているのが根本にあることを否定することはできない。▼13

七

冒頭の正家歌に戻っていえば、千載集では、第五節に見たように、話主がさびしく感じつつ鹿鳴を聞いていると配列されていると見てよかろう。第六節の如き、古物語が背景にあって限定がない限り、擬人化された景物が感じる主体となるとは解さない方がよいと思われる。が、その場合でも俊成に即していえば、動物だから人間と同じ感情を持つのはおかしいとするが如き事理の局面で把えていなかったとみてよかろう。歌合出詠の時点から既に在った二つの理解、特に音素発源を主体とする理解は擬人化される以上、当然事理の不自然さを越えて支持され、古典摂取の手法の装置がなくともその場を得ていく趨勢が、千載集の時点であったと考えておく。千載集本文は、この歌の場合、俊成自筆の日野切が無い部分なので原型は不明である。「なり」は諸本で

注13 「身にしみて」の主語を「鶉」と指摘したのは峯村文人「藤原俊成の自讃歌の問題」（国語4―2 昭30・9）。藤平春男『新古今とその前後』（笠間書院 昭58）は、『身にしみる』のは作者であるが、その作者は伊勢物語の世界に入りこんだ、伊勢物語一二三段の深草野に立つ作者であって、ナマの俊成そのものではない。物語の人物となって場面の中へ入りこみ、狩に来ている男になりあるいは鶉に化して悲しげになく女ともなりうる作者が『身にしみて』の主語であり、鶉のなくのを聞く主体でもあるのである」と説く（75ページ）。古典摂取の手法に関する構造的把握は同じだが、「話主」についてはもう少し限定的に考えたい。「女ともなり得る作者」のように多元的には理解しないでお

も圧倒的に連体形になっている例が多い。「か」の理解を厳密に区別しない、というより「か　く。

──なる」の対応で理解することが一般になって、後代の書写者にほとんど注意されることなく現在の諸本本文が我々の前にあるのであろう。

(4) 伝源義家作「勿来関路落花詠」
――八幡太郎の辺塞歌――

一

千載集春下一〇三に次の一首が見える。

陸奥国にまかりける時、なこその関にて花の散りければよめる　源義家朝臣

吹く風をなこその関と思へども道もせに散る山桜かな

作者は、更めて言うまでもなく八幡太郎、前九年・後三年の合戦の武威で知られる河内源氏の義家として表記されている。義家は、『古今著聞集』に伝える、前九年合戦の衣川の戦いでの安倍貞任との

衣のたては綻びにけり
年を経し糸のみだれのくるしさに

の贈答が有名であるためか、和歌に堪能と解され、この千載歌を義家の真作として疑いもなく受け取るのが通例のようである。この歌にしても、後三年合戦で陸奥に下る途中、とか、合戦後に京に戻る折とか、千載詞書や季節を恐らく折り込んでの叙述がなされたり、多くの場合、騎乗して関路の落花に接する「駒がいさめば花が散る」武者絵の図柄で鑑賞される例は少しとしない。これらの解も享受史の問題としての意義は当然有っているわけではあるが、こうした像の源流になったと見られる千載集では、撰者俊成はこの作品をどのように扱っているのかは、更めて検証しておいてよい問題かと思われる。義家には確実な詠作事跡は全く認められないからである。といっても、没後七十数年を経て、[1]しかも保元・平治乱で河内源氏が破滅的打撃を受けた状況の持続する中で、忽然と伝承歌が浮上してきた理由は何故か、といった問題には所詮答えは出し難いが、こうした伝承歌の扱い方から読みとれる撰者の作品理解や撰集意図について探ってみることとしたい。[2]

二

先にこの歌の源流は千載集としたが、実は文献上の初見は（目下のところ）[3]寿永元年［一一八二］

注1　義家没の嘉承元年（一一〇六）から月詣成立の寿永元年（一一八二）まで。

注2　桐原徳重「なこその関の詠歌・語意・比定地」（中世文学20・昭59・5）が義家歌を月詣・千載の配列との関係で考察し、「なこその関」を検証しているが、本稿とは観点の異なる点が多い。

注3　新出の冷泉家本『言葉集』や当代散佚私撰集に入集の可能性がある。

十一月成立の月詣集である。同集巻三附羈旅部・二五〇に

みちのくにへくだりはべりける時、なこそのせきにてよめる　源義家朝臣

吹風をなこそのせきとおもへどもみちもせにちる山ざくらかな（相輪寺切）

として入集している。月詣集には善本が無く、現存諸本から本文の問題を考えるのはかなり慎重な態度をとらねばならないが、可能な限りの蓋然性を追究してみよう。

杉山重行氏の『月詣集の校本とその基礎的研究』（昭和62・新典社）によると、歌本文には諸本に異同が無く、詞書も当面の問題を考える上では異同も小異にとどまるので、右本文によって千載集本文との問題を考えてみる。

両集の本文を比照してまず眼につくのは詞書の「散る花」の叙述の有無で、この点の事の重さは後で次第に明らかにするが、これを除くと、「みちのく」の「なこその関」で詠んだという叙述の共通性や、歌本文の一致、更には前後の平康頼歌、修範・覚法法親王歌も千載集に重複していることや、旅歌全体にも重複歌の多い（月詣集羈旅歌四九首中一五首が千載集に入る）ところから、千載撰集に際して、俊成は月詣集を採歌資料とした可能性は極めて大きく、当歌も月詣集から採られた蓋然性は高かろうと推測される。▼4

すると、「みちのく」での実作とするこの歌に対する認識は、千載集よりも先ず月詣集の問題として吟味されねばなるまい。

そこで月詣歌としてのこの歌だが、千載集の如く春歌として「落花」に視点を置いた撰歌では

注4　谷山茂『千載和歌集とその周辺』（著作集三　昭57　角川書店）第三章「千載集と諸私撰集」参照。

なく、羈旅歌として扱われている点が注目されるのである。

三

月詣集羈旅部は四九首（二四〇〜二八八）から成るが、その配列構造は、題詞表現を基準にすると次の如き六歌群によって構成されていると読み取る事が出来る（歌題を含むものは題を、その他は詞書を列記する）。

Ⅰ題詠歌群（春・夏の季題）　二四〇〜二四七
二四〇　暁路霞
二四一　羈中帰雁
二四二〜二四四　羈中郭公
二四五〜二四六　旅宿五月雨
二四七　旅の心〈無季〉
Ⅱ実詠的叙述の詞書歌群　二四八〜二五二
二四八　ものへまかりけるみちにあめのふりければ、宮こなる人のもとへ申つかはしける（光行）
二四九　心のほかなることにて、人のくにゝはべりけるによめる（康頼）
二五〇　みちのくにへくだりはべりける時、なこそのせきにてよめる（義家）

二五一　おほやけの御かしこまりにて、あづまのかたへまかりけるに、ゆくさきはるかにおぼえてよみはべりける（修範）

二五二　くまのへまかりけるみちにて（高野法親王〈覚法〉）

III題詠歌群（基層題）　二五三〜二六四

二五三〜二六四　旅の心を

IV題詠歌群（秋・冬の季題）　二六五〜二七二

二六五　海辺旅宿〈無季〉

二六六　旅宿虫

二六七〜二七〇　月前旅宿

二七一　旅宿冬月

二七二　羈中落葉

V実詠的叙述の詞書歌群　二七三〜二七四

二七三　つくしへまかりけるみちより宮こへいひつかはしける（登蓮）

二七四　おほやけの御かしこまりにて、あづまのかたへまかりけるみちにて、かすみをよめる（成範）

VI題詠歌群（冬の季題）　二七五〜二八八

二七五　旅宿時雨

二八三　海辺時雨

二八四〜二八六　旅行霰

二八七　旅宿歳暮
二八八　羇旅述懐〈無季〉

これによってみると、大枠は巻頭巻末に据えられたⅠⅣⅥの春夏秋冬の題詠歌群にあり、その間にⅡⅤの実詠的詞書の歌群と、Ⅲの基層的課題の「旅の心を」でくくられた歌群が挟まっていることが知られる。即ち、Ⅲを含めれば、大半が題詠歌で構成されているのである。このことは実は撰集の部立としての羇旅部では珍らしいことで、古今～詞花の勅撰集はもとより、後葉・続詞花の羇旅部も、実際の作歌事情はどうであったとしても、実際の旅の中で詠んだとする詞書をつけるのが通例になっていたのとは異っているのである。月詣集でいえばⅡⅤのような形で一巻が通貫されているのが平常のスタイルであったといえよう。この編纂上の軌範の強さは、題詠歌をかなり採り込んでいる千載・新古今でも基本的に変っていないところを見てもそれと知ることができよう。従って題詠歌を主調としている点は（他の部立にも共通するが、「別部」は月詣集も実詠的詞書が主調である）月詣集羇旅部の特色であるといってよい。

四季部などではこの傾向は早く出ていた。既に古今集の場合など、四季歌は題詠的な詠作が大半だったと推定されるが、「人の心を種としてよろづの言の葉とぞなれりける」という詠作観の建前があったために「ふる年に春立ちける日よめる」型の詞書となって、「旧年立春」型の題詠歌とは表記しなかったのであろう。（古今集巻頭部が歌会歌でこの歌題だったというのではない。全体の傾向を言っているのである）。それが、後拾遺頃から「～の心をよめる」「～のことをよめる」「～をよめる」の表記が混在し始め、金葉集からははっきり題詠歌たることが打ち出される

詞書となるということは既に指摘されるところである。▼5

恋部ではこの傾向はかなり遅れる。金葉・詞花でも題詠歌はかなり多くなっているが、実詠歌としての詞書が全体に濃厚である。後葉では前半に題詠歌を集中的に配列しているのでその印象が強いが、「後朝」以降には実詠的詞書が主流になって、恋の破局の印象をそれによって強める演出になっているので、配列効果の計算は後半に強調点があると読める。続詞花は両者のバランスが好いが、全体に詞書の文芸効果で恋の諸相を把えさせようとするねらいがはっきり読みとれる。月詣に至って初めて、恋上中下にわたって、全体に題詠歌の恋部という線を徹底させている。

旅歌は、だから、更に遅れて題詠化された部立であり、従って題詠歌が主調の月詣でも実詠的詞書歌群の伝統的部立意識が強く残存していると見てよいのであろう。この題詠歌中心の羇旅部構造の成因を速断することはできないが、その因の一つには、百首歌を初めとする定数歌や歌合の組題が普遍化し、題の本意をこなすことが自然の方法となっていたこの時代の、歌林苑会衆の意識の投影をこの撰集方針に看取ってよいのかもしれない。その題詠歌中心の配列の部立の中の実詠的詞書歌群の中に、伝義家歌は入っているのである。

四

そこでこの歌の吟味に入るが、その前に月詣集羇旅歌の基本部分である題詠歌に題意が如何表現されているかを検討しておこう。

注5　井上宗雄『「心を詠める」について』同「再び『心を詠める』について」（立教大学日本文学35、39　昭51・2、52・12）

とほざかるままに都のしのばれてかさなる山のうらめしきかな（二四七　顕昭）
あづまぢはゆきぞやられぬ入日さす山をみやこのかたとながめて（二五七　顕家）
東路のしばすり衣なれにけりいくあさ露にそぼちきぬらん（二九五　重保）

ここに見られる旅は異境の珍らしい景観に心勢ませ、心ひらく思いのそれではない。意に反して都を離れ、山野海浜をさすらわねばならぬ身を嘆ずる都人の、涙にくれつつ望京の思いの中にある旅である。

くさ枕かりねの夢にいく度かなれて都へゆきかへるらん（二六四　隆房）
玉つしまいその浦やのとまやがた夢だにみえぬ波の音かな（二五六　隆信）

旅枕に見る夢は都の夢。「夢だに見えぬ」は「恋しきを何につけてかなぐさめむ夢だに見えずぬる夜なければ」（拾遺・恋二・七三五　順）に拠っている如く、その夢は都に残してきた妻や恋人の夢で、その姿に触れる夢すら、都では聞くことのない波音に妨げられて見ることの出来ぬ境遇を詠嘆するのである。

故郷におもふ人なきたびぢにも草のまくらは露けからずや（二五三　右大臣）▼6

注6　「故郷有母秋風涙　旅宿無尽暮雨魂」（新撰朗詠　行旅　為憲）に拠ったと思われるから、「おもふ人」は第一義としては「母」だが、「妹」に転用していると解する。

も当然「おもふ人」が在ることが前提となって発想された作品である。愛する妹を家に残して旅する人間の嘆きを歌うのは既に万葉に見られた感情体験であるが、平安朝和歌でも、都の貴人がはるか隔たった鄙を流離するとき、最も強く情感を漂白させるのは、都に残してきた妻や恋人達を偲ぶという形をとった場合であった。

この旅歌の発想類型は、長い和歌史の中で一首一首の集積によって形成され、本意が軌範化されたものであるが、それが単なる無意識集成としてそこにあるのではなく、かなり意識化されたものとして読みとれる点が、月詣集旅部の和歌史的意義であるかと思われる。

理解を深めるために、更に本意の自覚化の進んだ新古今時代に目を移して旅歌の本意の整理をしておこう。後鳥羽院歌壇の三体和歌会は題意から更に進んで様式を条件化した企画であるが、その恋・旅歌で「艶にやさしく」[7]の条件が設定された時、

旅衣きつつなれゆく月やあらぬ春や都とかすむ夜の空（後鳥羽院）
旅ねする旅路はゆるせうつの山関とはきけどもる人はなし（家隆）
袖にふけさぞな旅ねの夢もみじおもふ方よりかよふ浦風（定家）

の如く、主要歌人の三者までが、伊勢物語九段（東下り）、源氏物語須磨光源氏歌等の物語歌を本歌としているのが注目される。

即ち、個々にはこれら古歌を本歌とする例は既に見られるが、条件にされた様式を明確に打ち出そうとするとき、効果の母源として共通してこれら流謫の都の貴人の詠嘆の物語が意識されて

注7　資料によって条件の表現が異るが、ここでは無名抄に拠った。

いるのが注目点なのである。無意識集合の意識化の核にこれらの古歌があると知られよう。八橋で「きつつなれにし妻しあればはるばるきぬる旅をしぞ思ふ」と詠み、宇津山で「うつつにも夢にも人にあはぬなりけり」と嘆じ、隅田河畔で「わが思ふ人はありやなしや」と「都鳥」に問ふ都人の詠嘆や、須磨の光源氏の「おもふかたより」の詠吟が——これらも既に発想類型の水脈の中から生れているのであるが——旅歌の本意の原郷として意識されていることが知られる。▼8

もとより旅歌の世界は、本来こうした詠嘆述懐の傾向のものばかりではない。例えば右の光源氏の接した須磨の景観も「かかる折ならずはをかしうもありなまし」なので、「をかし」と感興する旅歌も、叙景歌も、不遇感とは関わらない旅愁もないわけではなかった。しかし、旅歌一首一首の堆積の中で題詠化されていった時、収斂していったのは右のような傾向の世界であったのである。

「艶にやさしい」体に旅歌を仕立てることになった時、題の本意が意識された時からの発想の回路の型を踏襲することになり、方法の自覚化が物語歌を原姿に据えるに到った、とその後の旅歌題詠史を押えたわけだが、その和歌史の一世代前に、旅歌を題詠として一般化した歌林苑の集団活動の反映としての月詣集羈旅歌があり、その配列構成はその題詠史の点から評価すべきことを指摘しておきたいのである。この部の題詠歌には全体としては右の物語歌の如き原姿の核は無い。が、意に反して都を離れねばならぬ旅中の、都に残した妹への想いに詠嘆するという共通の感情設定が、どの作品にも通底しているのである。

注8　拙稿「難波塩湯浴み逍遥歌群注解—歌林苑会衆羈旅歌考—」（森本元子編『和歌文学新論』昭57　明治書院。後に松野『鳥帚』平7笠間書院に収録）に歌林苑会衆の物語による詠法についてのべた。なお、当代歌壇指導者の一人であった教長が保元乱後常陸に流刑された時の隅田河畔の歌は、長文の詞書に「むかし在中将のいざことゝはむみやこどりとよみけむを思ひいでられて」と明記し、不遇の感懐歌を詠んでいる（貧道集　八二五）。

五

ここでⅡ実詠的詞書歌群の歌を吟味してみよう（詞書は前記したので省略）。

君こふるなみだの雨のひまなくて心はれせぬ旅の空かな（二四八　光行）
かくばかりうき身のほどもわすられて猶恋しきは都なりけり（二四九　康頼）
ふく風をなこその関とおもへどもみちもせにちる山ざくらかな（二五〇　義家）
日をへつつ行くにはるけき道なれどすゑを都と思はましかば（二五一　修範）
さだめなきうきよの中としりぬればいづくも旅の心地こそすれ（二五二　高野法親王）

の五首で、二四八は「心はれせぬ旅」と旅の性格をいい、「君こふる涙」は詞書の「宮こなる人」と相応していて、意に反しての暗い思いの旅で、都に残してきた恋人への思いをかきたてる、という旅題歌の基本型に通じている歌と読める。二四九は「心のほかなることにて人の国にまかりけるに」という詞書の内容が、治承元年［一一七七］六月の鹿ヶ谷事件の結果の鬼界が島への配流を指すことは月詣集読者にとって極く身近な事件故に充分承知のことだったと思われるが、歌本文の表現は「うき身のほど」の旅で都を恋うという右の型に沿ったものとなっている。二五〇義家歌は後廻しにして、二五一の修範歌も配流の歌、▼9「おほやけの御かしこまりにて」とその点は詞書にも明記され、「ゆくすゑはるかにおぼえはべる」と将来の運命への茫漠たる不安を強調して歌意を補強する表現となっているが、歌表現そのものは、「すゑを都と思はましかば」と反

注9　平治乱で解官された修範の配流先は実は隠岐で、同時に東国（下野）へ流されたのは兄成範である。

実仮想の形で、自分の意志による旅でないことを含意し、「都」との関わりで旅を意識する基本型の旅歌としているのである。無論、康頼歌にしてもこの歌でも流謫の歌は政治的背景を要件とするから、当然一般の旅歌よりも不遇述懐性、復権すべき都という舞台がより強調され、読み手もそれを意識することになる。が、その措辞が旅題歌の基本型に塡って自然なることかくの如くであるのを確認しておきたい。二五二の高野法親王（覚法）歌は「高野へまゐりたまひける道にて（くまのへまかりけるみちにて＝相輪寺切）」とあって修業の途次の感懐という設定になっており、歌の措辞も「定めなき憂き世の中と知りぬれば」と無情観を前面に押し出しはするが、「いづくも旅の心地」と。〈捨テタ俗世ノ都モソウダッタガ、ココデモ〉と、都を含みこんでそれとの関連での現在の鄙の地での詠嘆という感情体験の表白の型をとっていると読むことができよう。

即ち、実詠的詞書を伴うこの歌群も、前述の題詠歌とほゞ等質の発想の型をもった歌が配列されているということが知られるのである（引用を省略するが、もう一つの実詠的詞書歌群Ⅴの二首二七三・二七四も同型歌である）。都鄙意識の中で把えられる旅情。実情的詞書は、その「本意」を強調し、リアリティを与える道具立てとして添えられているようにさえ見える。二四九、二五一の如き「配流」という歴史的事件から生まれた、現実感情が先に在っての歌ですら、題詠としての旅歌の本意本情に沿って、現実が切りとられ、塡められて歌が成っているのである。

こうした歌群の中に在る義家歌は、どうよめるだろうか。

「みちのくにへくだりはべりける時、なこそのせきにてよめる」の詞書は、『後三年絵』が承安元年に静賢の依嘱で絵師明美に画かせた（康富記）[10]という記録や、峻嶺に棲む鷲になぞらえて「同じき源氏と申せども、八幡太郎は恐ろしや」と唄われた伝承歌が『梁塵秘抄』に見えるとこ

注10　文安元年閏六月二三日条。なお、吉記承安四年三月一七日条も参照。

ろから類推すれば、八幡太郎義家に対する関心はこの時代少からず存在しており、一世紀前の軍旅と結合されてこれが読まれたと一応は解してよいであろう。その点では康頼・修範の配流の旅と共通して現実の境遇の中で詠まれた歌と読ませようとする詞書になっているわけである。陸奥征討の旅で到った「なこその関」。しかしそこは猛きもののふの（故郷に留まるをいさぎよしとせず、の）昂揚した心情の発奔する地ではない。旅歌の仕掛けの地としては、都から遠く隔ったことを強く嘆ずる場所であるはずなのは右に見てきた用例の旅歌に徴して明らかなところである。「なこその関」は次節に見るように比定地に問題はあるが、平安末期の都人にとって、白河関とともに陸奥、異境に入る区切目、境界線と意識された地であったと思われる。

吹イテ来ル風ニ対シテ、此処「ナコソノ関」ノ名ノヨウニ「ナ来ソ（吹イテクルナ）」ト願ウノダガ、（用捨モナク吹キツケテキテ）道モ狭クナルホドニ散リ敷ク山桜デアルコトダ

表現は話主の独白の型をとる。観賞者は話主を画面の中に塡め込み、そのつぶやきとしての独白を聴く。画面には落花散りしく関山の景観とその人物とが映っている。これに詞書と作者名からのイメージの増幅作用で、都から辺境への軍旅の途次の人物という具体性がこの画面の話主を彩る、というのが月詣撰者が与えようとしている条件と読めるわけである。そして前述の如き旅歌の発想型で読むとすれば、折しも暮春落花の時、異境を目前にして、空間時間のいずれも馴れ親しんだ都から引きずってきた世界との訣別を覚悟しつつも▼11離れ難く逡巡する心を、踏みもとおる落花に象徴させているということになる。

注11　注8の貧道集歌に続いて八二七に

かくてひたちの国までによそかあまりにまかりいたりぬ。いたらんずるところはしたのうきしまとなんまうす、うみのほとりにふねにのりける時よめる

ひをへてもすぎしみやこのつづきぞとおもふきしべをけふぞはなるる

の一首が見える。同じ境界歌とよめる。

このような辺境への軍旅の途次、関塞で望郷の感懐を表出するという歌境は、実は唐詩の辺塞詩に詠まれた世界であった。辺塞詩が吾朝に享受された跡をたどると、大きく好尚されたとはいえないものの、確かに咀嚼・転移されて吾詩に入ったことは認められる。新撰朗詠集「落花」の

胡関ニ春暮レテ難レシ留レメ雪　（落花遠近飛　明衡）

などはその典型であるが、[12] その義家歌と相似するところは、双子のそれといってもよい。同じ集の

逸馬嘶（いばゆ）晨風之中　蹄踏ム軽質之雪
征衣過グ夕陽之下　袖織ル廻文之霞　（別路花飛白　以言）

を重ねると、これは京出立の「別路」だが、落花の雪を踏みもとおるのが馬の蹄で、馬上から関路の寓目という義家歌鑑賞の視点の成り立ちにも根拠のあることがうかがわれる。即ち、「吹く風の」が義家の実作であるとしても、寛弘七年［一〇一〇］没の大江以言は勿論、治暦二年［一〇六六］没の藤原明衡の詩はその影響を直接に与えたか、何らかの共有の表現の場から生みだされたことは想定されてよいかと思われる。義家の父頼義には前九年役後の部下の恩賞のための奏状の表現に「決勝於鳥塞之外」があり（『本朝続文粋』奏状）、同じ『続文粋』には明衡の「胡関楚塞之外、遥望如雲之化者也」（詩序）の措辞や明衡と藤正家の「弁関塞」の問答（策）があって、明

注12　最新の注解に、柳沢良一「『新撰朗詠集』注解稿(十)」（金沢女子大学紀要4　平2・12）がある。

衡が「関塞」に関する知識や表現に関心が深く且つ源頼義の征奥やその表現に関係する環境にあったことは認められるのである。従って、「吹く風の」が義家自身によって詠まれ、あるいは義家に仮託されて詠まれた場が、こうした十一世紀漢詩文の世界に関連のある環境だったことは蓋然性として考えられてよい。少くともこうした詩境・歌境と征奥軍旅の史実が結合されて、義家作の伝承を支える基盤となり、月詣集羇旅歌への撰入の際の理解ともなっていると推察されるのである。「辺塞歌」として読むとき、前に見た同集羇旅歌の、都人の本意に沿わぬ旅の詠嘆という世界にぴたりと収まりを見せるのである。

六

ここで歌枕としての「なこその関」について触れておきたい。歌枕は、特に平安朝のそれは、和歌の修辞として考えておくことが肝要で、特別の例を除いて、それがどこかという比定地の議論に引きずられて本末を誤らぬのが大切である。みちのくの歌枕の場合、近世初期に各藩の文化政策で比定された地が大部分で根拠に乏しいものが多いことや、「関」の場合では時代によって公的機関としての機能・役割に相違があり、山地から平野部へ移ったり、又戻ったりと移動してそれぞれ伝承されているのに一ヶ所に限定してその地形と作品の関係を論じても害こそあれ、有益な作品理解に逢着しないことを考慮しなければならない。芭蕉の奥の細道の旅の白河関の例など、曽良日記では、関の明神、旗宿、二所関、関山と候補地を経めぐり、次の宿で等躬から別の追分の地を教えられて判断に迷ったはずであるが、奥の細道本文では、あたかも王朝以来一貫してそこに在った趾に到ったかのように叙述されているのは周知のところである。風土と作品の関係を考えるのに参考となろう。

しかし、前記の如く辺塞歌として問題とするならば、王朝末期の歌人達がどの程度地域性を意識していたかはやはり考えておかねばならない。

なこその関は通常現いわき市勿来町に九世紀後半までは在ったと推定されている「菊多剗（関）」との関連で、その別称とか後の呼び名とか解説されている▼13。両者の結合がいつからのことなのかは判然としないが、少くとも平安朝に関しては別の関であり、別の地に在ったと都人は考えていたものと思われる。『平安和歌歌枕地名索引』に徴しても海道沿いの関の水辺に材を取る歌は二首しか見えない。

みるめかるあまのゆきかふ湊路になこそのせきもわれはすゑぬに（小町集・小大君集）
みちのくや春まつしまのうら霞しばしなこそのせきぢにぞみる（拾玉集）

前歌は上句の「あまのゆきかふ湊路」も下句の「なこその関」も喩としての措辞で、これこそがこの歌枕の典型的な用法であるが、現実の関とは全く関係していない。それにしても水辺の材を用いているのは、『能因歌枕』にこの関を「遠江」としている方にむしろ関連があるかもしれない▼14。後歌はやや時代が下るが、慈円の文集題百首（承久三年作）で「望春春未到　可在海門東」の題を有つが、叙景歌の形で歌っており、春がまだ東路の果ての海門「なこその関」の更に東にあって我国土に到っていないと詠んでいるわけで「春待つ」・「松島」と掛けているが、当然景と

注13 『国史大辞典』各種地名辞典等。なお、高橋富雄「勿来関をめぐる諸問題」（『いわき地方史研究』8、昭45）、志田純一「勿来関について」（木本好信編『古代の東北―歴史と民俗―』平1、高科書店所収）参照。

注14 まつほどのとほたうみこそわびしけれなこそのせきに今はさはらじ（中務集　二一九）の一首がある。

しては関から松島の海上を見晴らして霞を望見した状態を叙していることになる。海辺の関にふさわしいが、地理の点では現いわき市から遠く北上することになる。もっとも「なこその関」は多賀城附近にも伝承地があり、[15]文治五年［一一八九］平泉遠征の翌年上京した源頼朝とこの歌枕を用いて贈答をしている慈円はことによってはそうした説に拠ったかもしれない。ただし贈答の際の用例は両人とも観念的な用法である。[16]

また、「関」を含む（「関路千鳥」の如き）歌題や素材の平安朝の用例を検しても、海辺や水辺に関係づける場合は、須磨関・清見関が大半で、稀に文字関があるが、「なこその関」は右の二例にとどまる。

即ち、王朝の京の歌人にとっては「なこその関」は海道沿いの関の認識はなかったのである。

さて、堀河百首「別」の師頼歌に

たちわかれはつかあまりになりにけりけふやなこそのせきをこゆらん

の一首が見える。都に残った者のみちのくへの旅人を思いやった歌であるが、書陵部本[17]『堀河院百首注抄』に「奥州しら川の関までは都より廿日路なるといへり。なこその関もおなじ程にや」とあるのが注目される。この注そのものは「菊多関＝勿来関」観が一般化した後の注と見られるし、緯度からみて菊多関と白河関がほぼ都から等日程と考えられても不思議はないが、堀河百首の詠作時点に立ち戻ってみると、どう認識されていたのかは問題となろう。白河関の異称説や、信夫里との関わりを持つ、内陸部の関の称であった可能性も一応考慮せねばなるまい。その場

注15　陸奥府北方（利府の北）。『仙台領地名所和歌』（伊達吉村編）、「奥州名所図会」（『日本名所風俗図会1』昭62　角川書店）参照。なお、入間田宣夫「陸奥府中ノート」（『日本中世政治社会の研究』平3　続群書類従完成会）参照。「なこそ」には「波越」の語源説があるが、此処には、和歌表現で「波越」と取り合される「末の松山」が隣接しており、その点からも興味深い。

注16　拾玉集五四四七、八の贈答は次の如くである。

又かまくらへかへりくだりなんとすときき て、京にすまはれんこそ世のためにもよからめなど申つかはすとてに

あづまぢのかたになこその関の名は君を都にすめとなりけり

かへし　前幕下

合、西行の一首は前の慈円とも関係深く、東北旅行の確実な人物の詠だけに吟味しておく必要があろうかと思われる。

新勅撰集・恋一・六七三

題しらず

あづまぢやしのぶのさとにやすらひてなこそのせきをこえぞわづらふ

がその歌である。これは恋歌であり、桐原氏も指摘するように[18]、恋情を「忍び」耐え、相手の「なこその関」（拒絶の障壁）を越え難い情況を東路の歌枕二種を用いる修辞によってまとめたところが手柄の歌と見做すべきである。従って両歌枕の地理上の位置関係とは無縁の作と考えて処理してしまってよいとも思われるが、もしこの作が、彼の三十歳ごろまでになされたと考えられている第一次の陸奥旅行の後の作品であるとすると、現実の反映は一応顧慮しないわけにもゆかなくなる。というのはその旅の白河関での作の詞書に見られる「信夫里」は特別思入れの深い表現をとった地であるからである。

せきに入りて、しのぶと申すわたり、あらぬよのことにおぼえてあはれなり、みやこいでし日かずおもひつづけられて、かすみとともにと侍ることのあと、たどりまできにける心ひとつに思ひしられてよめる

みやこいでてあふさかこえしをりまでは心かすめし白川のせき（山家集・一一二七）

（頼朝）
宮古には君にあふ坂ちかければ名こその関は遠きとをしれ

注17 橋本不美男・滝沢貞夫『校本堀河院御時百首和歌とその研究古注索引編』（昭52 笠間書院所収）。なお、貧道集（注11）に常陸まで「よそかあまり」とある。延喜式巻二十四主計上の行程では、（東山道）下野国下十七日、陸奥国 下廿五日、（東海道）常陸国 下十五日である。

注18 注2。なお、この歌は定家が撰歌したのであるから西行真作は信じてよいが、現存の西行諸家集のいずれにも入っていない。あるいは旅体験から家集に自撰しなかったとすれば、地理上の「不自然さ」が理由となったことも考慮せねばならない。注15説も親しか

白川の関を越えて入った信夫の地は「あらぬよのことにおぼえ」る異郷として感得され、ここで能因の歌を媒介にする形で「京」の存在が大きく浮び上ってきている。信夫が西行にとってこうした地である以上、「なこその関」も単にみちのくの歌枕としてだけの理由で取り合せられたであろうか。地理上も関を海道に考えても無理に解せば解せぬわけではないが、内陸部で近接した関の称と見做す方がやはり自然である。

要するに平安末期までの歌枕の用例としては菊多関との関連で詠まれたことは無いのであり、中世以降の徴証を遡行させて解さない方がよい点だけは確認しておきたい。

歌枕の修辞としては「ナ来ソ」の禁止の語義を活かして用いるのが一般であり、地理的には位置の明確な認識は持たぬものの、前記堀河百首、師頼歌の「はつかあまりになりにけり」や同百首「関」、顕仲歌の

はるばるとたづねきにけり東路に是やなこその関ととふまで

の如き、みちのく、東路の都からはるか隔った地という理解で扱っていたのが通例として見做してよいのかと思われる。伝義家歌の解としては海沿いの関ではなく、辺境に入る関山と理解しておくこととする。

った慈円との関係を考えれば捨て難い。また行宗集二五三の帰京の道筋に仕立てた恋歌も

はばかりもなこそのせきも越えはてて今あふさかぞうれしかりける

と同巧の作で参考になる。

七

月詣集羇旅歌は転じて千載集春下部の桜花歌群に再録される。伝義家歌がその桜歌の末尾の地

上に散り敷いた歌群に位置していることについても既に桐原氏の指摘[19]があるが、稿者の再吟味を示すと次の如くになる。即ち、春下部五九首のうち、前半の二九首が「桜」で全て「散る花」。近景・遠景の樹上からの飛花の諸相から、水上・地上に舞い静まるまでの配列で、最末尾（一〇〇〜一〇五）は、散り落ちた花（一〇四は樹上の散り残りも含意するが）の歌群で「山中」を共通する副素材としている。その後から三首目に伝義家歌は位置しているのである。二九首のほとんど全てが題詠。わずかに

花の散るを見てよみ侍りける（九八　道命法師）
池に桜の散りけるを見てよみ侍りける（九九　能因法師）

の二首だけが、実詠的詞書を有つが、ほとんど題詠と差のない内容と言っていいから、伝義家歌だけが唯一（実は春下部全体でも実質的にこの歌だけ）の実詠的詞書を伴った歌として入集しているのである。

しからば、こうした詞書を付してこの位置に配した撰者の意図はどのように読みとれるだろうか。

先に六首の落花最終歌群といったが、その前半三首は

山風に散りつむ花のながれずはいかで知らまし谷のした水（一〇〇・花浮澗水　花園左大臣）
花のみな散りてののちぞ山里のはらはぬ庭は見るべかりける（一〇一・山家落花　前大納言俊

注19　注2の論。有吉保編『千載和歌集の基礎的研究』（笠間書院　昭51）参照。

実）

ふるさとは花こそいとどしのばるれ散りぬるのちはとふ人もなし（一〇二・花落客稀　藤原基俊）

となっていて、実は三首を歌群として成り立たしめている主要素は、題によって表現されている景よりも、その景を見て居る話主の心象風景であるといってよい。即ち、山里・旧里に独居する人物の、「春のいそぎ」の夥しい花片の中にとり残された心情を、感興という姿勢で示して見せたのが前二首、直截に述懐したのが基俊歌と読める。話主は長い時を静座して景に対している。

これに対して後半三首は

陸奥国にまかりける時、なこその関にて花の散りければよめる　源義家朝臣

吹く風をなこその関と思へども道もせに散る山ざくらかな（一〇三）

小野の氷室山の方に残りの花尋ね侍りける日、僧都証観が房にてこれかれ歌よみ侍りけるによめる　源仲正朝臣

したさゆる氷室の山のおそざくら消えのこりける雪かとぞ見る（一〇四）

百首歌たてまつりける時、春の歌とてよめる　前参議親隆

鏡山ひかりは花の見せければちりつみてこそさびしかりけれ（一〇五）

とあり、話主が居所から動いて、出先き（の名所）で落花に出逢うという設定を共有している。即ち、義家歌は言うまでもなく、仲正歌も小野氷室山の証観坊に赴いた上での歌会、親隆歌は久安百首歌だが、逢坂関の外、東路にあっての鏡山の嘱目、という設定である。そして、いずれも名所詠の基本的な手法である地名を詠みこみ、それとの秀句（掛詞・縁語）でまとめる知巧的修辞で共通しているのである。

一〇三　「な来そ」と「なこその関」の掛詞。

一〇四　「冴ゆる」「氷室」と「消え」「雪」の縁語。

一〇五　「鏡」と「光」「見せ」が縁語。「ちり」が「散り」「塵」と掛けて「鏡」「塵」の縁語。

と、歴然とした知巧性を表示させながら、花の季節の終焉の寂寥を余情として湛え、それを以て前半三首（一〇〇～一〇二）の「静」の孤独感、寂寥感に通底させているのである。

このように解することのできる歌群の中で、伝義家歌は更にどのように読むことが可能だろうか。詞書に「陸奥国にまかりける時」の「関にて」と胡関・辺塞詠たることを明示し、読者に、その性格での観賞を要請しつつも、落花歌群中に置いて更に「花の散りければ」と強調するのは、当然、この歌を「落花」に中心を置いて読めという指示である。

俊成の為した処置ではあるが、背景には、師の基俊が、前引した如く、新撰朗詠集「落花」題に、明衡の「胡関春暮難留雪」を撰入した例（題は「落花遠近飛」）は頭にあったろうし、また、

さもこそはなこその関のかたからめ桜をさへもとどめけるかな（俊頼　散木奇歌集）
さくら花風をなこそのせきならばちるともなどかとどめざるべき（親隆　為忠家後度百首　関路桜）
春風をなこその関のおそ桜けふいくかにかたづねきつらむ（忠盛集）

など、金葉集以降みられるようになった「なこその関」と桜花の散り散らずの取り合せ例（これら三首と伝義家歌の前後関係は厳密に言えば不明であるが、今は千載集の配列が問題であるからこの点の深入りはしない）があるから、桜が固定化した景物にはなっていないものの、桜歌群に配置される素地はあったとしなければならない。その上でのことであるが、配列意図は次のようなものであったと考える。

胡関山中の落花の雪が歌本文の措辞から喚起される主たるイメージだが、「な来そ」の思いに反して散り敷いた雪を嘆ずる話主を画面に登場させて、それを地元の人物ではなく「都人」と感知させるように補強する指示が「陸奥国にまかりける時」の詞書表現には含まれていると解される。本来旅歌であったことを意識させ、喚起された落花の映像に喚情の奥行きを感得させる効果が計算されているといえよう。撰集の四季部に配列されて季歌に置き代えられた恋歌に共通するが、恋歌を本歌とした本歌取の季歌の構造効果に近似した、叙情性を増幅させるための編集上の仕掛けと見做せよう。「景」「情」の関係と編集効果については、既に古今集以来の問題だが、題の本意の一般化後の効果を取り入れている点では、千載集は既出の撰集の水準をかなり越える精密さが誕生しているとみてよいのではなかろうか。

かくして、俊成はこの歌に映像効果の点から季歌として位置づけつつ、叙情性の増幅をねらって旅歌の本意を（詞書の補強を含めて）複合させた、と解したのだが、その本意の範囲は月詣歌の吟味で示した如く、都人の不遇感からの詠嘆と読んでおいてよいと思われる。しかし、千載集には、こうした文芸性以外の配慮が付加される場合があり[20]、その場合には当然、異なった角度からの理解の生じる可能性がある。その点についての吟味を進めてみたい。

八

それは例えば、同じ桜歌群で春上部後半に位置する平忠度詠の対蹠的な存在との関係などからも連想されてくる問題である。余りにも著名な同歌は、

故郷花といへる心をよみ侍りける　　読人しらず

さゞ波や志賀の都は荒れにしをむかしながらの山ざくらかな（六六）

として、春上部桜歌群（四〇〜七六）三七首の後半に入っている[21]。万葉集巻一の人麿の過近江荒都歌の長歌表現に拠りつつ、「昔ながら」と「長等（山）」の、例によっての地名との掛詞でまとめるのを作意としたこの作品は、実際にはまだ平家興隆期の頃の為業家歌合に出詠された歌であ

注20　拙著『藤原俊成の研究』六二九ページ、同「遷都述懐歌小考—千載集の撰集意識をめぐって—」（『軍記物とその周辺』佐々木八郎博士古稀記念論文集　昭44。本書77ページ）に若干の例を述べた。

注21　後藤重郎「千載和歌集春の部桜の歌に関する一考察」（名古屋大学国語国文学3　昭34・10）。

るが、これまた伝義家歌と同じく、月詣集に入集したことによって千載集に採られることになったものと推測される（平家物語の叙述の如き、忠度集から直接採取したとは解さない。忠度集は月詣集の入集資料として賀茂社に奉納されたいわゆる寿永百首家集だからである）。そして平氏敗戦直後に成立した千載集では、本歌の壬申乱後の荒廃した旧都への鎮魂の思いの重層する、平氏全体への鎮魂歌としての観賞効果を生ぜしめたのである。忠度自身の詠作意図には無かったはずのその後の平氏の運命の予兆は、月詣集撰者にも感じとれなかったと思われるが、俊成は、それを鋭敏に感じ取った上で、勅勘者たることを以て「読人不知」の表記をあえてしてまで入集させたことによって、トピックスとしての享受効果をも計算しての入集であったと推測される。

これに対して戦勝の源氏に対する撰者俊成のスタンスは微妙である。下命者後白河院の源氏への扱いも反映していることであろうが、何よりも先き行きの見通しの立たぬ状態がそうさせたのであろう。平氏を都から追った木曽義仲は義経に敗れ、その義経も兄頼朝と不和になって姿をくらまし、遠く陸奥の藤原秀衡の許に身を寄せた。頼朝はその平泉の勢力に備えて鎌倉を動こうとしない。千載集成立の文治四年四月から七月にかけて[22]は源平の戦火終息後の見せかけの平和回復の状態であり、次に京都に登場する覇者が誰になるか、またその勢力がその先きどうなるかは、頼朝の時代の到来がほぼ決定的とはなりながらもまだ測りきれぬ不安の残っていた段階であった。親鎌倉色を鮮明に打ち出す摂政兼実と慈円。それに常に一歩距離を置く後白河院の立場は、この時期九条家に近い姿勢をとっていた俊成には意識せざるを得ないものがあったろう。しかし、都人にとって最も測り知れなかった存在は、政治的には非力だったとはいえ実戦能力では評価されていたはずの義経を迎え入れた平泉の秀衡の力であったろう。俊成の場合、この秀衡や頼

注22　久保田淳・松野陽一『千載和歌集』（昭44笠間書院）解題一八～二二ページ参照。

朝についての情報は都人の中でも意外に確実なものを持っていたものと推測される。というのも、青年期からの友人である西行が文治二年秋から三年春にかけて、鎌倉で頼朝に出逢い、平泉に滞在して帰っており、その西行と親しく接触していたからである。西行はこの旅以前に伊勢神宮奉納の二見浦百首の勧進を行ない、旅から帰って直ぐ、生涯に詠みためた和歌から秀歌を選っての内宮・外宮への奉納自歌合を企画し、前者内宮奉納の御裳濯河歌合の加判を俊成に依嘱した。西行にとってはその完成までは大切な詠作を断つ「起請」をしてまでの覚悟の企画であった。俊成の方も千載集撰集完了までは歌合判者はしないという「起請」をしていた折であったが、友人の懸命の願いを受けて、それを破っての加判を行なったのである。[23]この時期の両者の関係を見る時、西行の直前の陸奥体験が話題になった可能性は小さいとはいえない。

こうした情況の中で、伝義家歌は撰入されているのである。繰り返すが、この時点で義家の詠作事跡は他に伝えられていない。一首を残存資料として、それを旅歌ではなく落花詠として取りこんだのは、さしさわりのない形での鎌倉への配慮であり、前記の如き流離の都人ではなく、花も実もある勇将の感懐とも読める可能性を老練に配慮しての処置であったとも考えられるのではないか。恐らく、翌文治五年冬の秀衡没後の頼朝の平泉注進、更に翌年冬の征夷の勝者としての上京の際の儀礼は、祖義家の業を都人に更めて認識せしめたものと思われるし、この歌に対する時事的な関心も強めたものと思われる。即ち、月詣集での安定した像とは異った、現実の事態の進展についての理解の変化——撰集直後のまだ見通しの定まらぬ段階、強大と思われていた平泉の意外なもろさと「鳥塞之外」での圧倒的な戦捷の報の届いた後の時点、[24]美麗な軍装に威儀を整えた三十万騎と称する大軍を従えて入洛し、右大臣拝賀の儀に臨んだ頼朝を眼のあたりにしての

注23　注20拙著七二六～七三二ページ参照。

注24　入間田宣夫「鎌倉幕府はいつ、いかにして成立したか」(『争点　日本の歴史4』平3　新人物往来社)にこの儀礼性への認識強調の見解が見られる。

後、そして――それぞれの段階の都の（いまいましさをも含んだ）空気の中で、この歌の印象は変相していったと思われる。無論、俊成がどこまで見通していたかはわからないが、この一種の時事詠としての隠し絵の仕掛けの効果が、多様な解を生ましめた千載集の面白さの一面となっていることは確かなようである。

〔補記〕千載集本文は新編国歌大観に拠り、私意にて漢字を宛てた。

(5)　福原遷都述懐歌考

千載集雑中部に次のような歌がある。

都うつりなど聞えける又の年の春白河の花ざかりに女の手にて花の下におとしおきて侍りける　読人しらず

かくばかり憂世の末にいかにして春はさくらの猶にほふらむ

「都うつり」は、無論、治承四年の福原遷都のことで、結局平氏の意図が失敗に帰して十一月末に還都になった、その翌春の述懐の歌ということになる。黒川昌享氏は「千載集雑部の二、三の問題」という論文で[1]、この歌が入集していることをめぐっての撰集態度を検証し、この他の、保元の乱以降の主要な社会的事変に関わる歌とともに、「時代の嘆きのモニュメント」として撰者が意識的に入集させたものだという指摘をされた。千載集の性格を考える上でも極めて適切な提言であり、勅撰集の「雑部」の性格を問題とした点でも優れた論文であるが、若干、私見を加えてみたい点があることと、谷山茂博士が「平家歌壇と千載集」という論文にのべられた[2]「平家歌壇」の概念に関しても少々見解をのべてみたいので、主として、福原遷都をめぐっての歌人達

注1　『連歌とその周辺』昭和42・12、中世文芸叢書別巻Ⅰ所収。

注2　文学語学第29号、昭和38・9

の所懐を材料として援用しつつ、当代の社会的事件を千載集ではどう受けとめたかという問題を中心に考えてみることにしたい。

福原遷都は、治承四年六月、頼政挙兵事件後も根強い抵抗の姿勢を見せる寺院勢力から身をかわして、態勢を建て直す為に行なった平氏権力の打開策であった。当然のことながら、急激にして強引な方法は、貴族達の反発を招いたのであったが、その反発も武力の前にあっては、内向し、鬱々とした不満という形をとっていった。この間の事情は、玉葉や明月記等の記録類、また、方丈記・平家物語等の記述によって、よく知られているところであるが、惟盛・忠度らの源氏追討軍の記録的な敗北などの政策の行きづまりから、結局、十一月二十六日に還都ということになってしまう。この間、六カ月程の体験が貴族達の心裡に落した影は極めて大きなものがあったようで、この前後数年が、まさに激動の日々であり、都人を脅かし、驚愕、悲嘆させた事件にこと欠かないのに、その家集の多くに「都うつり有し年」「福原遷都の時」といった詞書を持つ歌が数多く見出されることによって、特に印象に強く残っていたということを知ることができる。▼3 事件を運命的なものとして、受動的に受けとめている姿勢は共通しているにせよ、彼等がそれぞれの立場で感じとったものは区々であったし、身の処し方にもそれぞれに差が見られる。混乱の世にこそ見られる人間模様を、しばらく彼等の家集の中から拾って見てゆくこととする。

平家物語巻五「月見」の章の冒頭は、次の如くに筆を起している（日本古典文学大系本の本文による）。

六月九日、新都の事はじめ、八月十日上棟、十一月十三日遷幸とさだめらる。ふるき都はあ

注3 以下に引く家集の中、親盛集・経盛集・経正集・広言集・経家集・頼輔集の六集は、いわゆる「寿永百首」で寿永元年にそれぞれ成立して月詣集の撰集資料になったもの。有房集（桂宮本）・親宗集・実家集もおおよそ寿永元年をあまり降らない頃の成立。高倉院昇遐記も、養和元年師走の月忌の記事があるから、寿永元年頃の成立とほぼ推定される。従って、それぞれ、遷都後一年ぐらい経た頃に回顧されて記された資料ということになる。『鳥帚』に論がある。

れゆけば、いまの都は繁昌す。あさましかりける夏もすぎ、秋にも已になりにけり。やう〳〵秋もなかばになりゆけば、福原の新都に在ます人々、名所の月をみんとて、或は源氏の大将の昔の跡をしのびつゝ、須磨より明石の浦づたひ、淡路のせとをおしわたり、絵島が磯の月をみる。或はしらら・吹上・和歌の浦、住吉・難波・高砂・尾上の月のあけぼのをながめてかへる人もあり。旧都にのこる人々は、伏見・広沢の月を見る。

旧都の大宮御所にひそかに戻って月をめでる実定の有名な挿話の序にあたる部分で、月見の条件を設定する為に、ことさらに名所の観月という風流韻事の強調をしている感があるのであるが、新都に移った現実の彼等も、韻事に韜晦してゆく例が実際にあったようだ。

A　藤原親盛集（彰考館本）

福原の都うつり侍しとき月おもしろきよはまにいてゝよめる

しほかせにうらさえわたるあきのつきふるきみやこの人にみせはや

B　有房中将集（桂宮本）

みやこうつりのとしのなつ、月のをもしろかりけれは、わたのかたに月みにまかるとて、とのゐ所をたつねけるに、たいりにさふらひて、ゐあはさりしを、ほいなきよしなと申て、おほくらきやうくにまさのもとより

まはゆさにたちよりしかと月かけはなをそもりこしわたのかさまつ

返し

まつかけにもりける月をもろともにいさなゐくしてなかめましかは

親盛はどのような役割を持っていたかは分明でないが、恐らく後白河院に近侍していたものと思われる。[4] 有房の方は、清盛女を妻とし（尊卑分脈）、遷幸に際しては、「内侍所」に騎馬で供奉し、還御の時には剣璽を奉じて仕候する（玉葉）という、純平氏派の官人である。立場の相異はあるが、この歌に見られるのは、少なくとも表面的には、共に遷都に関してはいささかの惑いも感じずに「みやび」の世界に遊ぶ姿勢である。が、事実は、彼等の前途にしのびよる不安の翳の重さを感じとっていたからこそ、一時の風雅に身を溺れさせていたのであろう。「古き都の人に見せばや」などという口調には、多分に歌会の主宰者であった平氏への迎合の匂いが感じられるし、有房の場合も後に見るように、真情は別のところにあったようだ。が、それにしても、彼等はしきりに歌会を催し、平氏の栄をことほいでいたのである。

C　経盛集（古典文庫本）

福原の北野の山荘にて、人々祝の哥よみ侍しに

さか（マヽ）へゆくひら野の松ぞたのもしき千とせのかけにすむ身と思へば

D　経正集（桂宮本）

福原に侍しころ人〳〵なかつきのつこもりわたにまかりて海辺九月尽の心をよみ侍しに

いりひさすかたをなかめてわたのはらなみちにあきをゝくるけふかな

注4　俊成家集に後白河院が崩じた際、出家したことが見えている。院の寵愛深かった近臣なのであろう。

平氏の貴族達は、それぞれに福原に別邸を持っていたであろうし、ここに都があった時期以外に、福原に赴いて歌会が催おされる例もあったろうから、この二首の詠作時点には問題があるが、ほぼ、この時期の平氏主宰の歌会の情況を示す資料と見做してよいであろう。経盛の歌は手放しの晴れの歌、経正のも、題の本意である流謫の孤愁という型通りの世界以上の風趣を創り出しているものの、地名の「輪田」を「わたの原」にかけた趣向など、旧都の時の歌会に変らぬ、決して沈鬱にのめりこんでしまわない調子の社交歌が詠み交された会であったことが推察される。

平氏の中では主要な位置にはいなかった経盛や経正ではあっても、無論、一門全体の行為は肯定されねばならぬ。それ故にこそ、雅会もまた、幾度か繰り返し催おされたのであろう。

ところで、旧都に残留した人々はどのような姿勢をとったであろうか。

a 経盛集

ふくはら遷都の時、顕昭古京に侍しもとへよみてつかはしける

みな人は花の都へくるものをなほふるさとの秋をしのふか

かへし　　　　　　　　顕昭

心をは都の秋にたくへしをふるさと人といふそあやしき

b中納言親宗集（古典文庫本）

遷都の比、月あかゝりければ肥後守資隆かもとへいひやる（マヽ）依為近津也

みな人のおもひすてたるふるさとに月もろともにすむ身とをしれ

c惟宗広言集（類従本）

福原京にみやこうつり侍しころ故郷暮秋といふことを人々よみ侍しに

うつり行都のかたをしたひてや秋もこよひは西へくれぬる

旧都に残留した理由は、人により区々であろう。意識的に背を向けて、それを為し得る立場にあったもの、むしろ行く意志は持ちながらもそれを許されぬ立場にあったものなどなど。顕昭の場合はどちらかといえばその前者であり、僧侶であるが故に許されたのであったろう。経盛もそれを承知の上で、歌友への挨拶をしているのである。当時顕昭は、もう仁和寺にあって、守覚法親王の為に歴代勅撰集の注を執筆する直前に当っていた。恐らくこの頃からこの仕事に手を染めたのであったろう。また、守覚法親王の下での毎月の歌会には、経盛は忠度と共に参じていたという（左記）から、特に親しい間柄であったのであろう。

親宗は、兄時忠が平氏派の重要人物であったのに対し、後白河院近臣として活動していた為、前年十一月の清盛のクーデターで解官され、この八月の半ばにゆるされたところであった（玉葉）。従ってこの歌は、七月の満月前後の感懐を詠んだものと思われるが、ここにうかがわれるのは、決して、遷都批判の姿勢でもなければ、消極的にでも己が抱負経綸の実現を予測する態度

でもない。政治的不遇者の訴嘆そのものである。彼は遷都後間もなく、鎌倉方と内通している容疑で取り調べられるなど、なおしばらく苦難の日々が続くが、やがて間もなく院近臣として活躍する時がやってくる。

広言の場合は、旧都に一時帰京した際の歌会とも考えられるが、それまでは思いも及ばなかった、京都を「古京」と詠み得るという題の本意を超えた実感の重みから、彼自身を見捨てられた土地の見捨てられた人間と受けとめているものとして考えておく。いわば、旧都に残った歌人の平均的心情と見做してよかろう。旧都でもそれなりに雅会は行なわれていたのである。

暮秋といえば、既に、東国で源氏が反逆したという風聞が伝わり、宇治で死んだはずの高倉宮や頼政が駿河を経て東方に向ったなどという噂も飛び、維盛・忠度らの追討軍も出立した、騒擾の時であったはずである。俊成は瘧病に伏し、定家は、「世上乱逆追討雖満耳不注之、紅旗征戎非吾事」の有名な一節を明月記に書きつけていた。

さて、もう一度新都に移った歌人達の方に戻ろう。

(イ)実家集（桂宮本）

つのくにゝみやこの人みなうつりゐたることありしころ、このみやこに、しのひてもの申たりし人のゝこりゐたるかり申おくりはへりし

なかめやるそなたのくものあともなくはるればいと、ものそかなしき

(ロ)有房中将集

をなしころ（稿者注、みやこうつりありしとしのあき〈前歌詞書〉）、ふくわらにて、まつかせのおとを、人りきくにも、ふるのゝさとにて、おもふとち、こと、ひわひきあわせて、あそひしこと思ひいてられて、わかみやの御かたなるねうはうのもとへ

ことのねはまつふくかせにかよひけりおもかけのみそへたてはてぬに

をなしきやうなる人のもとへ

そこかよふちとりのあとはみせすともありやなしやのつてたにもせよ

(ハ)経家集（桂宮本）

福原へみやこうつりありしに、十月にこの京にかへりたるに、ゆきふりたりしつとめて、新都へ人々つかはし、

いつしかとはなのみやこの名をかへてゆきふるさとゝなりにけるかな

晴れるにつけ曇るにつけ望郷の想いに涙する(イ)も、寂寥の慰藉を過去を共有する者に求める(ロ)も、先にA～Dに見た同じ新都の讃美者であった。それは、たまさかに旧都に戻れば、そこが荒涼たる「ふるさと」となったことを確認し、詠嘆する、運命に抗する術をもたぬ、(ハ)の如き官人でもあったのである。しかし、こうした点は、既に玉葉や明月記に記録され、方丈記に叙述され、平家物語の実定に造型された一般貴族の感懐の和歌資料による確認にしかすぎない。が、注目すべきは、一門の方策を肯定する立場に立つはずの平氏歌人の作にもまた同じ質の所懐の見出

される点である。

(ニ)経盛集

福原の宮こにて、左大将（稿者注、後徳大寺実定）宿所ちかく侍しに、鹿のなくをきゝてよみてつかはしける

きくらめや枕に鹿のなくこゑをふるき宮こはかくはなかりき

かへし　実定

おもへたゞきゝもならはぬさをしかの枕になるゝ秋の哀を

(ホ)経正集

福原に遷都之時、のわきして侍し朝に、権中納言（実守卿）許へ申つかはし侍し

とへかしなまたすみなれぬみやこにてのわきにあへるやとのけしきを

返し　権中納言実守卿

すみなれぬやとにちりくることのはにのわきのかせのつてそうれしき

(ヘ)有房中将集

みやこうつりとし（マヽ）のあき、のあきのをひたゝしくしたるつとめて、つねまさのもとより

とへかしなまたすみなれぬみやこにてのあきにあえる（マヽ）けさのこゝろを

かへし　有房

すみなれぬやとにそわくることのはそのあきの風のつてもうれしき

当代の和歌にあっては、題材の持つ本意の問題は無論考慮に入れられねばならない。都の形も整わず、未だ仮住居的な雰囲気の中にあって聞く鹿の声は、哀切さの極みに表現すべきものかもしれない。しかし、「古き都はかくはなかりき」とは、いかに経盛が平氏の主流になく、相手の実定が気のおけぬ永年の歌友であるとしても、問題とさるべき点を含んでいよう。㈭と㈬については、経正の同じ「とへかしな」の歌に対する経正集の実守の答歌と、有房集の有房の答歌の間には、第二句その他に小異があるだけで、同一歌と一応考えられ、経正が歌集編纂の際に相手を誤認して記したもの、と見るのが正しいと思われる。が、もしこれが偶然の一致で、経正が、実守にも有房にも同じ歌を贈ったのであるとすると、「すみなれぬ」新都の心細さを訴えてまわっているということになる。同一の答歌であるにしても、この心弱さは、時宜に合せて詠出する「みやび心」を抜け出て、露呈してしまっている。

遷都策による政局の行きづまりの打開は、平氏にとっても追いつめられた非常手段であり、ぜひとも成功すべく全力を尽す必要があったはずである。が、この二人、就中、経盛は、むしろ、一般貴族と同質の意識の中にあったといってよい。一挙に兵を京の各所に展開させて、政権転覆をやってのける清盛の果断さ、熾烈さとは縁の薄い精神風土にいたのである。

そこで思うのだ。平氏歌壇と呼ばれるような歌人集団を想定することが果して妥当、というより、この時代の歌界を考える上で有効かどうかということを。経盛は、仁安頃から確かに幾度もの歌合・歌会を主宰している。忠度・重盛・資盛・通盛にも少なくとも各一度の主宰歌合や歌会がある。これらを一括して平家歌壇と名付け、それが、富力を裏づけとして、貴族社会の最盛期を再現した場であり、青年歌人達に、後年の新古今歌風を形成させる触媒的役割を果した、と指摘される谷山茂氏の卓説[5]は、文化史的には確かに有効な説である。しかし、当代の歌界の情況を見る時、彼等は歌人としては、一門としての結合された意識よりも、個々独立した存在として、自由に他家の歌人の主宰する歌会にも同門の歌人の催す会にも出席していた、と考える方がよさそうに思う。永万の、二条天皇内裏歌壇の解体した後は、和歌には晴儀の場が与えられることはなく、安元頃から始まる未成熟で閉鎖的な兼実家歌壇を例外として、歌人誰もが歌会を主宰し、誰もが交互に出席し、出詠し合うという、自由な百花瞭乱の時代であったといってよかろう。その中で、比較的多くの場を提供したのが、白河の俊恵の歌林苑であり、守覚法親王の仁和寺であり、経盛の家であった、ということになろう[6]。和歌に関する限り、経盛にしても他の平氏歌人達にしても、実定や通親や頼政と同じ位置に並ぶ歌仲間同志だったのであり、リーダーシップをとる位置にはいなかったのである。経盛も経正も「平氏歌人」であるよりも「当代の平均的歌人」であったというべきである。無論、福原京の六カ月の如く、平氏中心にしか動きようのない特殊な時期には、A・Cに見たがような歌会が繰り返されたことであろう。が、その同じ時期にさえ、平氏歌人が、㈡・㈭・㈥の如き感懐を示している意味を考える必要がある。当代（おおよそ高倉天皇期を中心とした時代）の歌界では、あえていえば、歌林苑に核を置いた地下隠遁者歌人層を中心とした活動と、それに交友圏の輪は相交わりながら存在した上流歌人層では、兼実家歌壇と、親平氏派貴族達が大半を占める活動、という図式を看取ることはできるが、この上流歌人層の活動の中で平氏歌人達の占めた位置は、小さくはなかったが、中心であったとはいい難い。建

注5　前掲注2論文。

注6　谷山氏は、この歌壇情況を、人員構成の点で閉鎖的な兼実家歌壇に対して、開放的な経盛家歌壇というふうに説明されている。百花繚乱の歌壇の中での経盛家の核としての意味を、私見より強く評価されているわけである。

春門院・高倉天皇・安徳天皇の周辺で、平氏に協力の姿勢を示しながら、また、平氏滅亡後も生き残ってゆき得た官人達の和歌活動の中に彼等も組みこまれていた、という見方が、より妥当性があろう。従って、平氏歌人が活動の中心にあるかの印象を与える「平家歌壇」の語を避けて、「高倉天皇（期）文化圏」とでも呼ぶのが、当代の、和歌をも含めた親平氏派上流歌人層の文化活動の実態にふさわしいと考える。▼7 経盛や経正、資盛、行盛、そして東国遠征で不在であった忠度らは、この文化圏の一員だったのであり、それ故にこそ、共に新都の寂寥に涙し合ったのである。

さて、右に見たほどに、一般貴族には不満の大きかった新京も、いよいよ還都ということにもなれば、それなりに感慨を新たにかきたてる土地になっていた。

(ト)頼輔集（桂宮本）

ふくはらに、宮こうつりありて、ほとなくかへらせ給に、みなとかはより船にのりてさしいつるほと、なにとなくものあはれにてよみ侍し

すみなれぬわたりなれともみなとかはこきはなるれはそてそぬれけり（マヽ）

「すみなれぬわたり」でありながら、いつしか「すみなれし」都となっていた福原。旧都への追憶にのみ生きたその新京も、過ぎゆけばまた、なつかしく追懐される対象となってゆく。頼輔集は、寿永元年六月二十八日の自撰家集であるから、約一年半後に、あらためてかような形で回

注7 降房の「艶詞」、通親の「厳島御幸記」「高倉院昇遐記」の如き特色のある作品が生まれ、「平家公達草紙」などが創られる母胎となっていることは注目すべきであろう。

想されているのである。

痛苦の体験ほど美化され、より誇張された姿で記憶されるものであろうが、やはり、「福原遷都」の体験は、当代歌人にとって、忘却し去ってしまいたい意志とうらはらに、幾たびでも鮮やかに蘇えってくる痛恨の記憶であったようだ。

(チ)高倉院昇遐記〈通親〉

つの国の秋のゆふべなども見る心地して

つの国のなにはの事も忘ぬはこやすみなれし名残なる覧

思ひきや都を恋しつの国を又みやこにておもひいてんと

高倉院昇遐記は、院への追慕の記録であるから、そうした契機があって初めて、つの国（福原）は「おもひいづ」る対象となるのであるが、意識の表面に出ればもう、「なにはの事も忘ぬ」ほど身の奥底まで泌みこんだ体験となっているのである。福原京設営の中心として活躍した通親にして、後年になって回想されることなど思いも及ばぬ程の体験であったのである。新都生活の体験非体験を問わず、「都うつり」は、悪夢のように彼等の脳裏深く刻みこまれていたのである。

＊　＊　＊

ここで再び、冒頭にかかげた、千載集雑中部の読人しらずの歌に戻って考えてみたい。

黒川氏はこの歌について、「落し文」になっている点に注目され、一応、特定の社会事象への非難口調のない個人的な無常詠嘆の歌とみる余地もあると指摘されながらも、「都うつり」の翌春というシチュエイションの指定のあることからも、歌の「かくばかりうき世の末」の「かく」は、「福原遷都や法皇幽閉などの暴挙」を指すと理解すべきであり、そのような理解が、この作者の真意か否かは別としても、この詞書を付け加えた人（資料保存者または撰者俊成自身）が、そのような意味づけをしていることは確かだ、と述べられている。そして、この点と、千載集神祇部に

治承四年遷都の時、伊勢大神宮へ帰りまいりて君の御祈念し申侍てよみ侍ける

大中臣為定朝臣

月よみの神してらさばあま雲のかゝるうき世もはれざらめやは

そのゝち世の中なほり侍けるとならん

という一首と左注のある点から、俊成の遷都批判の意を汲みとっておられるのである。

確かにこの為定の歌の場合、「かゝるうき世」は、詞書の「遷都」を指し、左註に「そのゝち世の中なほり侍」とあることから、遷都批判の意がうかがえるし、読人しらずの歌の方も「かくばかりうき世の末」と詞書の「都うつり」が同じ関係に立つと考えられる。また、遷都の頃の俊成が、先に見た他の歌人達の受けとめ方とも大きく隔っていたとは考えられないし、千載集撰集時にその考え方が変化したとも思えぬので、この黒川氏の見方は首肯すべきだと思われる。

ただ、読人しらず歌の方には多少付加してみたい点があり、それがまた千載集の編纂意識に結びついていると思われるので、いささか吟味を加えてみることとする。

この歌の詞書では、「都うつりなど聞えける又の年の春」と「都うつり」が特に記されていること、「女の手による落し文」の歌であったことなどが、いかにもいわくありげに感じられる点である。詞書を素直に読んで、「都うつり」と「翌春の花見」との関係において歌に当れば、作者が、新都に同行したか旧都に留まっていたかはわからぬが、ともかく旧に復した都の桜の名所の春に再会し、過ぎた年々と変らずに咲き匂う桜に対して、旧京で花見をし得たことを実感しながらも、運命に奔弄される人間の嘆きを詠んだもの、とみることができる。が、遷都の翌春の花ざかりといえば、治承五年（養和元年）の三月頃（この年には閏二月がある）であろうから、遷都の治承四年十一月からそれまでの間には、十二月に重衡が南都の諸大寺を炎上させ、一月に入ると高倉院が崩じ、次いで諸国の源氏の蜂起の報が伝わり、閏二月には、平氏の大黒柱の清盛が薨ずる、といった大事件が次々に起っていたはずである。何か想像もつかぬような災いが今にも襲ってくるのではないかという、不吉な予感を誰しもが感じていた最中の花見であったに違いない。「かくばかりうき世の末」の「かく」には、遷都や大仏殿まで焼き払う平氏の横暴ばかりではなく、「文王」高倉院も雲隠れ、支配者清盛も逝くという、人間にはどうすることもできぬ運命的なものによって惹起された様々の事象がこめられているのであると思う。千載集の立場に立っても、「都うつりの翌春」という詞書は、こうした一連の事件が後続していることを内に含めた表現だったのではないだろうか。少なくとも、千載集撰集時の読者には、それらの事件が「都うつり」と切り離されて享受されたとは考えられない。それが、一見、「都うつり」のこととのみ結びつけられるような表現になっているのは、また、撰者の別の配慮が働いたことに原因を求めるべきなのであろう。なお、「女手による落し文」というのは、実際にあったか否か疑問であるが、特定の個人ではない点に、かえって、その時の都人一般の感じ取り方であったことを示そうという意図が撰者にあったのではないかと、推定しておく。

勅撰集は公的な立場に立つものであるから、撰集下命者と政治的立場を異にするものの歌があえて入集される場合には、当然、詠作事情が枉げられて記されることが有り得る。それは、政治色が無くとも、撰集下命者を讃美する為に為される幾多の粉飾とも共通する性質である。千載集の場合、撰歌対象の中心となっている現代が動乱の時代であり、その動乱そのものが歌人に詠作動機を与える場合が多かったのであるから、当然そうした歌の入集される機会が多かったのであるが、また一方に、当代の政治的な問題にはかかならず、何らかの形で後白河院が関与していると いう事情があり、こうした配慮が従来の勅撰集とは比較にならぬくらい必要であったことは注目されなくてはならない。いってみれば、当代和歌の主調は「詠嘆述懐」である。俊成個人のそれへの共感と、源平戦乱の終息した文治年間という時点で、後白河院の治世を讃美する立場に立って形を整える作業には、しばしば矛盾を感じざるを得なかったに違いない。が、俊成は、限界を意識はしつつも、この時代の詠嘆を取り入れようとつとめたようである。

千載集には、黒川氏の指摘されたが如く、保元の乱以来の社会的事件に関係した歌（先述の為定の歌一一七六を除いては全て述懐歌）が多い。即ち、

保元の乱　よみ人しらず（崇徳院ヵ）〈雑中一一二二〉・師長〈雑別四九四〉

平治の乱　静賢（道憲息）〈雑上九九三〉・師仲〈羇旅五一七〉

二条天皇近臣の処罰（平治二年）　惟方〈雑中一一一五〉
鹿ヶ谷事件　康頼〈羇旅五四〇・五四一・雑中一一一七〉
福原遷都　よみ人しらず（落し文）〈雑中一〇六七〉・為定〈神祇一二七六〉
都落ち　行盛〈異本・羇旅五四一の次〉

といった具合で、しかも単に入集しているというだけではなく、羇旅（それに関連した位置で離別も）・雑中では、明らかに政治的な問題によって生じた詠嘆であることがわかるように意識的に配列を行なっているのである。[8] これらを一連のものとしてみるとき、それぞれの事件に対する一定の立場からの批判の眼が働いていると見るよりは、そうしたさまざまな事件の起った当代の、同時代人の受難に対する撰者の共感、という見地で、撰集意図を理解するのが妥当だと思われる。公的な立場から、遷都を一見批判するかの如く受けとれる表現を詞書に用いていても、そのことは積極的に平氏批判を目立たそうという意図があるのではなかろう。それでは、あえて経盛・忠度・行盛・経正ら平氏歌人の歌を読人しらずとして入集させ、一度は都落ちに関する行盛の述懐歌、

君すめばこゝも雲居の月なれどなを恋しきは宮子なりけり

の一首を入集させようとしていた点と矛盾することになる。

無論、私は、俊成が遷都に批判的ではなかったなどというのではない。当時、彼は既に出家後で行動の自由はあるし、前述の如く病がちの日々であったから、自身が新都に赴くということはなかったが、治承四年暮から五年の正月にかけて、高倉院の許に出仕しようとする定家を制止している（明月記）点からみても、平氏への批判と、その勢力に捲きこまれてしまうことを警戒す

注8　拙稿「千載集の伝本に関するノート(2)」平安朝文学研究第二巻第三号、昭和42・4、『千載集―勅撰和歌集はどう編まれたか―』平凡社平成6）に詳述している。

る気持があったことは事実であろう。その点は、他の都人の姿勢とさほどの径庭はなかったと思われる。しかしその一方、彼が幼時から身につけた処生術で、各勢力家と結んでいた縁は、無論平氏にも及んで居り、その結果生じている血縁はもはや政略的なものを越えた親近感となっていたであろう。維盛の正妻となっている孫娘（後白河院京極の娘）などの運命には無関心ではいられなかったろうし、長年の歌友である経盛との交渉も、その縁に連なる人々を身近なものとして感じさせていたものと思われる。

そして、平和が回復し、平氏が敗者の烙印を負って眼前から姿を消した今、彼の胸中に去来するものは、個々の事象への怨念ではなく、逝きし者への鎮魂のそれだったであろう。その意味で、黒川氏ののべられた「各事件の述懐歌は、各時期の人々の欺きのモニュメントである」という記述は全く正しい。そしてそれはまた、後白河院が、千載集奏覧の年の春、高野山に命じて、保元以来の戦死者の追善法要を行なわせて、本格的に平和の治世に対処しようとしている意図にも照応することなのである。[9]

福原遷都は、俊成にとっても、当代歌人同様に、痛恨悲嘆の記憶であったろうが、その後の、より激烈な戦乱の只中を経た時点に到っては、それは、暗い暦の一コマとして、客体化し得るまでになっていたと思われる。

注9　拙稿「後白河院と千載集」中世文学第13号、昭和43・5

＊引用歌本文及び資料名は初稿のままとした。

⑹「撰集のやうなるもの」再考

俊成撰私撰和歌集（「打聞」「撰集のやうなもの」と呼ばれている）については、嘗て、その成立期が高倉朝であること、別の「三五代集」という集名の徴証から、勅撰集千載集の前段階に当ることとの推論を述べたことがある。▼1 しかし、証本が散佚したこともあり、本文の実態を知ることはできない状態が続いてきた。ところが、近時判明しつつある私撰和歌集の古筆断簡には、俊成撰打聞と推測させる徴証を持つものがあり、その一紙を入手した機会に、

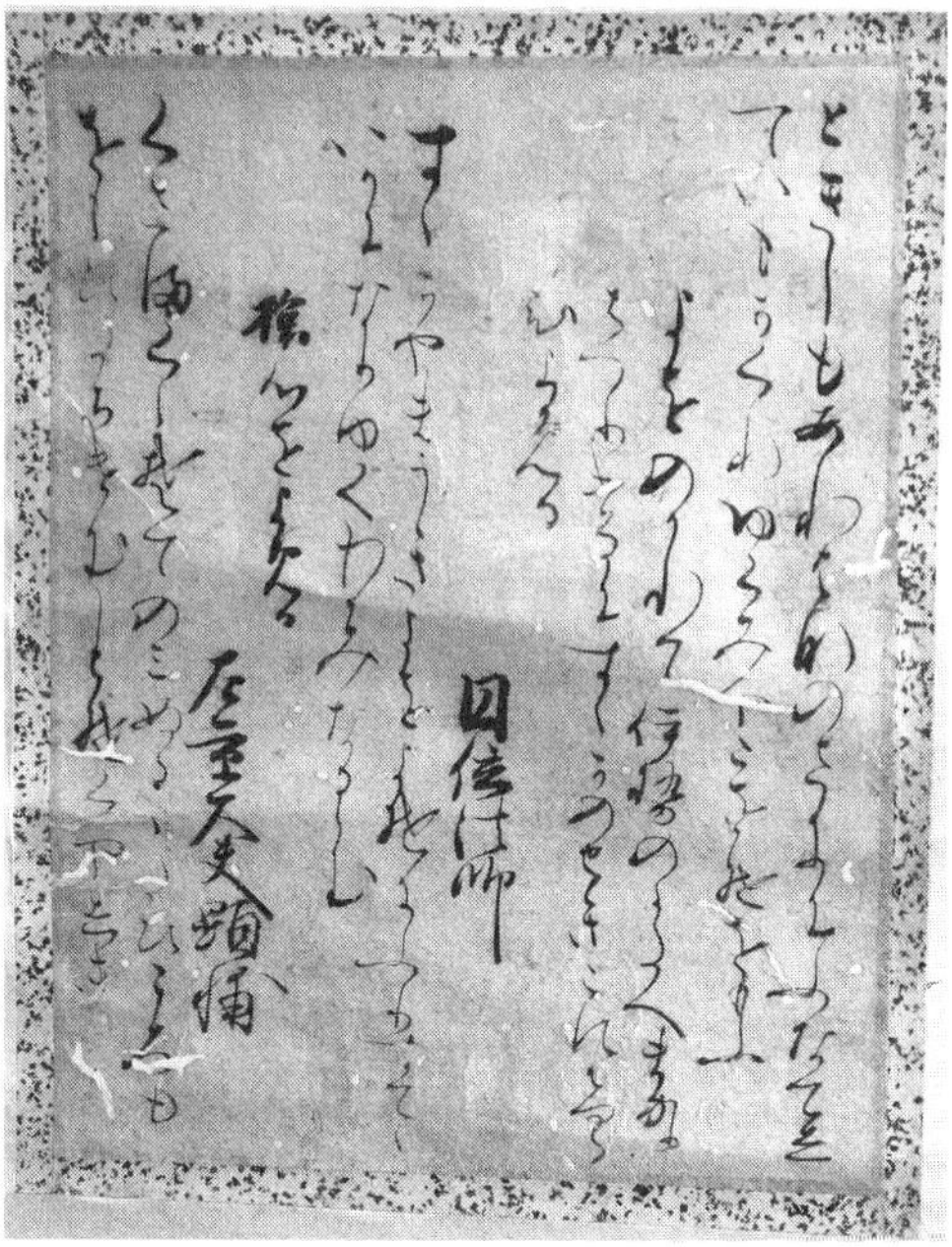

注1　「千載集の成立過程について」国文学研究42一九六一→『藤原俊成の研究』笠間書院一九七三。なお、谷山茂著作集3『千載和歌集とその周辺』角川書店一九八二参照。

見解を示すことにしたい。

該断簡は、一八・六cm×一四・八cmの一紙で軸装されている。一面一二行、歌二行書きで詞書は二字半下り、歌高は一七・四（～二）cm。料紙は斐紙、筆跡共々、既知の五紙とツレの切であることが確認される。▼2

六紙の伝承筆写は、西行、寂蓮、公猷（寂蓮息カ）とされているが、不詳。鎌倉期の書写と推定される。ツレはこの他にも二紙、別に複数紙の所在が確認されているが、関係者の紹介を待つこととし、今回は、右の範囲で浮上してきた問題点を組上に載せることにしたい。

一　釈文と加注

断簡a（別）架蔵　12行

①ときしもあれはなのさかりにふなてし
ていもかくれゆくみやこをそをもふ

②　よをのかれて伊勢のかたへまかり
はへりけるにすゝかのせきこえける
ひよめる　　　　円位法師
すゝかやまうきよをよそにふりすてゝ

注2　久保田淳氏「中世私撰集の資料について」国語と国文学一九七一・四、小松茂美氏『古筆学大成』25一九九三、久保田淳氏「東京古典会瞥見」和歌史研究会報99一九九一、松野「佚名私撰集断簡について」（『鳥帚』）一九九五、『大阪青山短大所蔵品図録』一九九二、『冷泉家の至宝展』図録一九九七、松野「高倉朝私撰和歌集の歌切断簡」解釈一九九八・二。

いかになりゆくわかみなるらむ

③　旅心をよめる

左京大夫顕輔

くさまくらそてのみぬるゝたひころも
をもひたちけむことそくやしき

①は、他に検索歌が見当たらない。船出の折の感懐であるから、旅の初め、留別の歌である。「ふなてして」「いもかくれゆく」の万葉的用語から、基層は難波江辺からの西下の設定、花の盛り、都の妹との離別から、王朝物語的に変質させた作と見做される。堀河百首辺以降の作風であろうか。

②は西行出家時の、よく知られた歌。

世をのがれて伊勢のかたへまかりけるにすゞか山にて（山家集）
世のがれて伊勢の方へまかるとてすゞか山にて（西行上人集）
伊勢にまかりける時よめる（新古今集）

などの詞書きのうち、前二集に近似している。これは、断簡私撰集成立の問題に関わるので、後でまとめて取り上げたい。

③は、久安百首の羇旅五首歌の一首（394）で、父顕季が堀河百首の「別」で詠んだ

唐衣袖の別の悲しきに思ひ立ちけむ事そ悲しき（1477）

と下句が略一致し、焼き直しの感がある。なお、新拾遺集・旅にも入集している。この三首、旅の初めというよりは、離別歌と見てよかろう。

断簡b（旅）古筆学大成（中山家）11行

④いそなれぬこゝろそたえぬたひねする
　あしのまろやにかくるしらなみ

⑤　こしのかたへまかりけるによめる
　　　　　　　　　　　　　坂上明兼
こしちゆくみねのふゝきはさむからて
かこのわたりそみはひえにける

⑥　あきころとをきところへまかりはへり
　けるにのによるとまりてよみはへりける
　　　　　　　　　　　　　兼覚法師
ひとよたにあかしかねつるのへやさはつひ
かすみかとおもふかなしさ

④は、新古今集羇旅（926）に
　水辺旅宿といへる心をよめる

源師賢朝臣

いそなれぬ心ぞたへぬ旅ねする
あしのまろ屋にかゝる白なみ

と入る歌である。師賢は、永保元（1081）年没で、後拾遺（5首）以下（金葉5、詞花2、千載0、新古1、新勅3）の歌人。千載に採られていない点が注目される。

⑤は他に検索歌が見当たらない。明兼は久安三（1147）年没で、詞花（1首。後葉に重複）以下、千載（1首、続詞花に重複）の歌人。後葉にもう一首（月138）が入っている。袋草紙に、金葉に入集しなかったことを立腹、詞花に入って宿執を遂げたという話が残っている。

この歌で問題になるのは「かこのわたり」である。この歌語、八雲御抄では歌枕とし、夫木抄も歌枕として扱って入れているが、ここでは普通名詞「篭の渡り（し）」と考えてよいのであろう。深山急峻で橋も架けられない谷に綱を渡し、篭を下げて、物や人を引き渡す設備を指すと思われる。

うち延へて篭の渡りに引く綱の行へは
君にまかせたらなん　（久安百首　隆季）

夫木抄
歌苑抄　大僧正快修
身を捨てゝかごの渡りをせしかども

君ばかりこそわすれざりしか

此歌は、こしのかたに修行しありきて帰りてのち、も

とあそびけるわらはのもとへ遺しけると云々

などの用例がある。快修歌の場合、歌苑抄から採ったとの夫木抄の注記に注目したい。このような珍しい歌語（ここでは歌枕として採用）は、同一歌集に何例も入るとは考え難い。即ち、明兼歌の入る該断簡私撰集は、歌苑抄ではないのではないか。

⑥も検索歌の見当らない歌である。続詞花・旅733（赤染集にも）

野ちかきところに、よるとまりて、むしのいたく鳴けれは

赤染衛門

一夜だにあかしかねぬる秋の野に

なくなくすぐるむしぞ悲しき

の類想歌がある。

兼覚の歌はほとんど見当らず、六花集・旅1619に

難波がたあし分舟におどろきてすがの村鳥立ちさわぐなり

の一首を見出したにすぎない。

断簡C（哀傷）古筆学大成　8行

⑦　師光めみまかりにけるいみのするゐ
　にとふらひにつかはすとてよめる
　　　　　　　　　　　　　　上野

あはれとはすくるひかすにいひをきて
とふにはことのはこそおほえね

⑧　かへし
　　　　　　　　　　　　　源師光

かなしさはまたよもあけぬこゝちして
とはぬひかすもいまこそはしれ

⑦⑧は、古筆学大成解説も指摘するように、治承三十六人歌合、十五番左、師光に見える。

　女の身まかりけるいみの末に、上野がもとより
哀とは過ぐる日数にいひつきて
問ふにはことのはこそ覚えね
　といへりければ、返し
恋しさはまだ夜も明けぬ心地して
問はぬ日数も今こそはしれ

師光は歌歴の長い歌人であるが、家集（寿永百首）等、上野との交渉を示す徴証はない。上野は、新院（崇徳院）女房で、続詞花、今撰に各一首。歌合には見えない。師光女についても現段階では知るところはない。

断簡d（哀傷）大阪青山短大所蔵品図録　6行（折目）7行

⑨　徳大寺左大臣かくれはへりけるいみに
　つかはしける
　　　　　前左衛門督公光
かみなつきもみちゝりくるこのもとに
しくれにぬるゝそてはいかにそ
⑩　かへし　　大納言公保
（折目）
近衛院かくれさせたまひて御葬
送のあした内にまいりてはへりける
に昼御座なとのあらたまれるをみて
よみはへりける
　　　　　右京大夫俊成
⑪のほりぬるよはのけむりのかなしさは

くものうへさへかはるなりけり

⑨⑩は、検索同一歌は無いが、保元二年九月二日に没した徳大寺左大臣実能に関わる哀傷歌である。公保父の死を悼んだ従弟公光の作。

公実──┬──実能──公保
　　　　└──季成──公光

なお、二人の官位表記は、公光が永万二年四月六日に、権中納言、左衛門督を「解却両官」させられていること、公保が仁安二年二月十一日に権大納言に任ぜられている点、後述する本撰集成立期に矛盾しない。

⑪は、長秋詠藻に、

近衛のゐんかくれおはしまして、御さうそうの又の日、近衛殿にまゐりたるに、日の御ましのみさうぞくもあらためて、御仏などかけたてまつりたるを見て、おぼえける

のぼりにし夜はの煙のかなしきは雲の上さへかはるなりけり

とあるのに合致している。本文的にかなり近い点、本撰集の成立に深く関わる例証なので後にまとめて考察する。

なお、この断簡中央の折目は、元列帖装で糸切れの際、中心部の一枚（か二枚）が失われ（あるいはこの一紙が脱落して伝存した）た故の現象と推測しておく。公保歌が書かれていた丁のオモ

テ、ウラ、次の丁のオモテ、ウラが失われ、更に次の丁のオモテに俊成歌が書かれていた、という理解である。

ｃｄ紙の⑦～⑪から推測すると哀傷部の収録歌はかなり多く、従って歌集全体の規模も小さくなかったことを推測させるものがある。

断簡ｅ（賀）冷泉家至宝展図録（入江家）11行

⑫　　　　右京大夫俊成
よろつよをいのりそかくるなかみねの
やまのさかきをさねこしにして

⑬　仁安三年大嘗会悠紀方倉あのさと
　のいねつき哥
　　　　　　　　宮内卿永範
ちとせつむくらふのさとのいねなれは
よをなかひことつきそはしむる

⑭　同年御屏風にわかまつのもりにを
　むなとん子日したるところをよめる

⑫は詞書はないが、長秋詠藻には長文の詞書きが付されている（月詣、大嘗会悠紀主基和歌六条天皇。夫木抄）。

仁安元年悠紀方歌よみ奉るべきよし宣旨ありしかば、さきざきつねは儒者などこそつかふまつるを、いかゞと辞び申ししを、猶よみて奉るべきよし御気色あるよし、行事俊経朝臣たびたび示し送りしかば、よみてたてまつりし歌

悠紀方　近江国風俗和歌十首

神楽歌　長峰山

万代を祈りぞかくるながみねの
山の榊をさねこじにして

仁安元年六条天皇の大嘗会悠紀方歌で十首のうち、稲舂歌に次いでの第二首目、当時俊成はまだ葉室家にあり、顕広を名告っていた。『大嘗会悠紀主基和歌』の作者表記は「従三位藤原朝臣顕広」となっている。

「さきざきつねは儒者などこそつかふまつるを、いかがと辞び申しし」の表現は、歴代の大嘗会にその傾向があったとしても、近くは近衛天皇の康治元年の悠紀方には六条家の顕輔が登用されており、その事実を承知の上で謙退の心をいったものであろう。

歌意は、卜合の近江坂田郡の地名「長峰山」の「長」に御代長久の賀意を用い、神楽歌採物の「榊」の神意をとり合せて、新帝万歳の予祝歌としたもの。「さねこじ」は「さ根掘じ」、琴歌譜の

島国の　淡路の　三原の篠　さねこじに　い掘じ持ち来て
朝妻の　御井の上に　植ゑつや　淡路の　三原の篠

に用例があるが、神楽歌慣用の歌句として用いたものであろうか。

⑬は、大嘗会悠紀主基和歌の高倉天皇悠紀方風俗和歌に、

従三位式部大輔藤原朝臣永範

稲春歌　倉部郷

ちとせつむくらぶのさとのいねなればよをながひことつきぞはじむる

と見える。永範は、既に後白河天皇即位の久寿二年に悠紀歌、六条天皇の仁安元年に主基歌を詠進した経歴のある儒者。この仁安三年の高倉天皇即位に際しての叙位で従三位となった。宮内卿には翌仁安四年四月十六日に七十歳で任ぜられている。

歌は二ヶ所に掛詞の修辞を用いている。断簡本文「倉あのさと」は地名の事実性からも「倉ふのさと」の誤記であろう。その「くらぶ」は、地名としては『和名抄』の「蔵部」を初め、「倉歴」「倉部」「暗部」などと書くが、卜合の「甲賀郡」で甲賀町油日付近と推定されている。稲を積む「倉」との掛詞である。他の一つは「世を長」と掛けた「長彦」で「ながひこ」は稲の異称である。歌意は千年も積載する倉の名のある蔵部の里の稲である故に、御代の長久の思いをこめて稲をつき始めたことだ、となろう。

⑭は、詞書の部分しか記されていないが、前歌の歌書を承けた「同年御屏風」であるから、仁

安三年高倉天皇大嘗会の屏風歌を指すことは言うまでもなく、「わかまつのもりにをむなとん子日したることをよめる」の詞書は、『大嘗会悠紀主基和歌』の同年十月三日、悠紀方、四尺屏風六帖和歌十八首中の第一首詞書と照応しているから、⑬と同じ永範の作であることが判明する。即ち

甲帖正二月

若松杜子日士女来遊

わかまつのもりにひきつれねのびして
ちよのみどりをてにぞそめつる

とある。屏風歌の詞書は原表記がどうであったか定かでないが、同書に拠る限り、仮名文も含まれるが、漢文表記になっているものが多い。あるいは儒者が多かった伝統によるのかもしれない。

「若松の森」は神崎郡八日市市神田町若松の若松天神付近の森を指すという。堀河天皇の寛治元年十一月十九日大嘗会の大江匡房の風俗歌に、

二葉なる若松の森年を経て神さびむまで君はましませ

また、後白河天皇の久寿二年十一月十日大嘗会悠紀方風俗歌に、永範自身が、

すべらぎの末栄ゆべきしるしには木高くぞなる若松の森

と詠んでいる。

「士女」は「士」が仕行ある意で美称。女房を指す。歌切の「をむなどん（も）」も宮廷女房達と解されよう。年中行事の子日の小松索きが描かれているのである。歌意は、女房を話主として新帝の長久を予祝させている内容である。

かくして、⑫⑬⑭は、仁安元年六条天皇、仁安三年高倉天皇の大嘗会歌が連続して配列されていることが確認された。

断簡f（雑）古筆学大成（中山家）10行

⑮　生のいはやにこもりてはへりけるにも
らぬいはやもといへる歌をおもひいててよめる
円位法師
つゆもらぬいはやもそてはぬれけりと
きかすはいかにあやしからまし

⑯　那智に籠てたきのもとにてよめる
湛覚法師
むかしよりたえすなかるゝたきのいと
はをこなふひとのくれはなりけり

⑮は円位（西行）の歌、

（ア）山家集陽明本

みたちより生のいはやへまかりけるに、もらぬいはやも　とありけんおりおもひいでられて

露もらぬいはやもそではぬれけりときかずはいかゞあやしからまし

（イ）西行上人集詞書

大峯の笙窟にて、もらぬいはやもと平等院僧正よみ給ひけんこと思ひだされて

などとあり、②の場合同様本文の近いことが注目される。大峯修行の途次の詠だが、「もらぬいはや」は、先達行尊僧正の

金葉集・雑上533

大峯の生の岩屋にてよめる　僧正行尊

草の庵なに露けしと思ひけむもらぬ窟も袖はぬれけり

に拠っている。行尊歌は更に、天慶四（941）年秋、ここで苦行中頓死し、六道めぐりで蘇生したと伝承のある、

新古今・釈教1923の
御嶽の笙の岩屋に篭りてよめる
日蔵上人
寂寞の苔の岩戸のしづけきになみだの雨のふらぬ日ぞなき
を承けており、日蔵→行尊→西行を重ねての入集と読みとってよかろう。
⑯は、検索同一歌未詳だが、西行に那智滝の花山院庵室で詠んだ、
このもとにすみけるあとをみつるかな　なちのたかねの花を尋て（山家集　雑）
があり、⑮同様、修行を重ねての地での感懐を配列したものと見てよかろう。
湛覚の歌歴が不詳だが、月詣に四首、文治二年十月二十二日の経房家歌合出詠などが確認される。本撰集では歌歴の浅い歌人と見倣してよいであろう。

二　成立期、部立、撰歌資料

右の六紙一六首の「未詳私撰和歌集」断簡から判明するところを探ってみよう。
第一には成立期。作者の官位表記で、現存者と目されるのは次の四人である。
前左衛門督公光（d9）
大納言公保（d10）
右京大夫俊成（d11e12）
宮内卿永範（e13）

このうち絞られるのは俊成、永範で、

俊成　任右京大夫　仁安三・一二・一八
　　辞右京大夫　安元元・一二・八
永範　任宮内御　仁安四・四・一六
　　没（極官）　治承四・一一・一〇

このことから

仁安四年四月一六日　上限
安元元年一二月八日　下限

という撰集期の範囲が限定されてくる。

部立は各部巻頭部分が発見されていないので明確なことはいえないが、各歌の性質から、

離別　①②③
羇旅　④⑤⑥
哀傷　⑦⑧⑨⑩⑪
賀　⑫⑬⑭
雑　⑮⑯

の、五部の存在は確実だし、無論、春・夏・秋・冬、恋等は在ったろうし、多量歌数収録の場合は「上・下」等も在って、哀傷の場合から推測すると、かなり規模が大きく、二〇巻千首程度の歌集だったことが想定される。前記の如く、既に所在が確認されている切の他、今後も発見の可能性は小さくない、少しでも可能性の拡大されることを望むものである。

次に、撰集資料について推測をしておきたい。成立の問題にかかわるからである。無論、撰集源が何であったかということなどは、完本の撰集であっても確実なことはいえるものではない。しかし、可能性を考えることはしておきたい。

注目すべきことは、円位（西行）と俊成歌に関することである。

西行は、断簡a②、f⑮の本文が特に詞書の部分で山家集（陽明本）に近いものを示していた。俊成の断簡d⑪の場合も長秋詠藻本文に近似していた。

こうした場合、後代になってから、山家集、長秋詠藻から採歌し、作者の官位表記を古いものにつけ代えて、偽歌集を詭計したという可能性も考えねばならないが、しかし、材料を素直に受け取って筋道をつけることができないわけではない。このような面倒な言い廻しをするのは、該私撰集の成立期が前記の如く、仁安四（1169）年～安元元（1175）年とすると、長秋詠藻（治承二（1178）成立）も山家集（成立年不詳。治承初年頃成立カ）も共に出来上っていない時期になるからである。

しかしながら、山家集、長秋詠藻の両集はそれぞれに、原型部分がもう少し早い時点で成立し、次第に増益（逆に切り出しもあったことであろう）して、何段階目かに最終形態になったことが、私自身を含めて何人かの研究者によって論証されているのである。

更に注目すべきは、長秋詠藻の原型部分の最終歌（下巻雑歌の最終歌400・401）の位置に西行と俊成の「撰集のやうなるもの」に関する贈答歌が据えられているという点である。

即ち、

西行法師高野にこもりゐて侍りしが、撰集のやうなるものすなりとき、て、哥書き集めたるもの送りて、つゝみ紙に書きたりし

西行法師

花ならぬことの葉なれどおのづから　色もやあると君ひろはなむ

返し

世をすてて入りにしみちのことのはぞ　あはれもふかき色はみえける

とある。まだ高野にいた西行が、俊成の「撰集のやうなるもの」のために「歌書き集めたるもの」を送って撰集を乞うたというのである。[3] これが、それぞれの家集の原型の時期で、しかもかなりまとまってきている段階であるとすれば、前記、西行の②⑮、俊成の⑪がこの時撰歌された歌、即ち、この断簡群私撰集こそ、俊成撰の「撰集のやうなるもの」になるわけである。

西行がこの撰集の下限、安元元年一二月八日頃までに他の歌人に歌稿を送ることは考え難い。俊成またこの翌年九月には身心衰弱のため、出家遁世するので、絶対とはいえないが、同様の状況であったろう。従って、この断簡群私撰集が他の歌人の撰集である可能性は極めて少いと考える。

注3　この「撰集のやうなるもの」の時に高野から西行が送った歌稿は、『山家心中集』であったとする近時の説が、山田昭全氏によって出されている『妙法院本　山家心中集』解説。（妙法院門跡刊二〇〇五・一〇・二五）。久保田淳氏は山家集の原型をなすものを「右京大夫俊成」に送ったとされている（『草庵の旅路に歌う西行』新典社。一九九六）。

三　余説

この俊成撰打聞が高倉天皇期に成立したことに関してもう少し話を拡げておきたい。

断簡eの⑫俊成⑬⑭永範の大嘗会歌のことである。⑫俊成歌に関しては、長秋詠藻歌との関係に触れたが、⑫⑬⑭は全て『大嘗会悠紀主基和歌』所収歌である。この書、第三部仁明天皇承和の『和歌』のうち、後白河を「一院」、六条を「新院」、高倉を「当今」とするところから、この部分の第一次成立は高倉天皇期であったと推察される。⑬⑭の大嘗会歌製作に際しての歴代歌の集成があったのではないか。そしてそのことに俊成も関係していたのではないか。後年、千載集が後撰～詞花の勅撰集大嘗会歌の貧弱な扱いを破って、

古今・神遊歌（翻物歌）の

仁明　天長十
清和　貞観元
陽成　元慶元
光孝　元慶八
今上（醍醐）　寛平九

を復活、強化し、

賀　　　　　　　神祇
後一条　長和五　　後朱雀　長元九
白河　承保元　　後三条　治暦四

後白河　久寿二　　　堀河　寛治元
二条　平治元2首　　後白河　久寿二
高倉　仁安三　　　　高倉　*嘉応元
今上（後鳥羽）元暦元　安徳　寿永元
　　　　　　　　　　今上（後鳥羽）元暦元2首

と、巻十（上巻）巻末、巻二十（下巻）巻末に対置列挙して王権讃美の配列を企画したのも、この高倉天皇期の大嘗会歌集成整備に淵源があったのではないか。

嘗て、窪田章一郎氏は『西行の研究』（東京堂一九六一）で、

新勅撰集・雑二

高倉院の御時、伝奏せさする事侍りけるに、書き添へて侍りける

西行法師

1153 跡とめて古きをしたふ世ならなむ今もあり経ば昔なるべし
1154 頼もしな君きみにます時にあひて心の色を筆に染めつる

に、俊成撰集の勅撰集化に西行が後援した趣意を読みとっていたが、あるいはそのようなこともあったかもしれない。

三五代集の名称は、私的性格にとどまるように思うが、高倉天皇期の撰集に俊成はどこまで思いをこめていたのか、今少し、資料の出現を楽しみに俟つことにしたい。

〔補注〕本論の礎稿は、平成一七年一〇月三〇日の和歌文学会大会での同題の研究発表である。同発表では、久保木秀夫氏「『歌苑抄』再考――藤原資経筆断簡の紹介から――」（『文学』二〇〇二年、三・四）で紹介された断簡二葉を、本論の六葉と併せ、ツレの如き扱いで論じてしまった。両者は別料紙・別筆跡であり、当然区別して扱わねばならない。別歌集の可能性もあるからである。同一歌集別伝本の断簡の見解は捨てていないが、厳密な手続きが必要なのはいうまでもない。久保木論は右二葉を論拠とする厳密な論であるのに、あたかも両断簡にわたる論であるかの如き紹介をしてしまった。同氏にお詫びしたい。

(7) 『言葉集』の撰集方針
――恋下部の寄物型題配列の意図――

一

冷泉家本の『言葉集』(惟宗広言撰)が新編国歌大観で活字化され、影印が冷泉家時雨亭叢書に入って[1]、内容の検討ができるようになってからもうかなり時が経つが、なかなか精読する機会を得ずにいた。近時漸く幾つかの問題点を見出すことができたので、その中の一点を取り上げてみることとしたい。なお、引用本文は影印本に拠ることとする。

現存本は永仁四年〔一二九六〕七月十二日に西山善峰寺の承空が書写した本である。巻十一恋上、巻十二恋中、巻十三恋下、巻十四雑上、巻十五雑下、巻十六述懐の六巻、四百二首を収録するのみの零本で、全体の構成の中でこの六巻がどのような位置を占めていたかは判然としない。表紙に「言葉集下」とあり、巻十一恋部から始まることからみれば、古今集以下二十巻仕立ての

注1　第七巻　平安中世私撰集、平成五年八月、朝日新聞社刊。赤瀬信吾・岩坪健氏の解題が備わる。井上宗雄氏「『言葉集』雑感」(和歌史研究会会報一〇〇、平成四年一二月)共々参照されたい。なお、本集の成立期は確定していないが、治承元～二年(一一七七～七八)頃の線を想定して論を進める。

勅撰集である、拾遺集・後拾遺集、また、後葉集・続詞花集などの先例に拠れば二十巻の後半で、「下」は後半十巻一冊仕立てを意味すると考えられるが、承空本の書写状況を見ると、巻十二以降は部立が変わっても改丁せず、前の巻末に続いて同じ行間の空白もなく次の巻の部立見出しが続いて書かれており、しかも巻十六巻末は九行目までで紙面の半部は余白となって終わっていて、ここが歌集全体の終末とも見える印象を与える。となると「下」の表記は、巻一から六、もしくは四までの四季部の「上」、七から十、もしくは五から十までの「中」に対応する三冊仕立てであることを意味してこよう。

しかし、承空本の部立毎に改丁しない書写状況は注目すべき点ではあるが、底本またはそれを遡る本が同様であったことを保証するものではなく、原型が二十巻であったことを否定する材料とはなり得ない。下冊の完本・残欠本のいずれかであるかは、現存本文の吟味から始めなければならないのである。

二

現存六巻の排列構成は、大略次のようになっている。

巻十一	恋上（一～八三）	八十三首
十二	恋中（八四～一四九）	六十六首
十三	恋下（一五〇～二一七）	六十八首
十四	雑上（二一八～二九六）	七十九首

十五	雑下（二九七〜三四七）	五十一首
十六	述懐（三四八〜四〇二）	五十五首
	計	四百二首

恋部は全部で二百十七首、前後の私撰集、続詞花集（恋上中下）百九十三首、月詣集（恋上中下）百九十三首と同規模で、後葉集（恋一〜四）百二十首、今撰集五十首よりはかなり多い収録数である。ところが同規模の続詞花集・月詣集が、恋三巻全体で統一的な配列基準（ゆるやかな恋の進行順）になっているのに対し、言葉集は、恋上中の二巻は同様な恋の進行順の基準による配列なのに対して、恋下は全て「寄〇恋」題で統一し、それを四季・雑の流れで並べるという独自の構成をとっているのである（注1の井上論に指摘がある）。

即ち、恋上は、一初恋に始まって、巻末は

八三　ナニノコハコトアリカホニサヨ衣ウツリカヲノミ、ニハシムラン　ヨミ人シラス

となっており、まだ逢うに到らぬ歌で終わっている。

恋中は、

八四　コヒ〳〵テアフウレシサヲイカニセンタモトハ、ヤク、チニシ物ヲ　ツレナカリケル女ニハシメテツカハシケル　前大宰大弐重家

の逢恋で始まり、

右大臣家ノ哥合ニ旅宿恋　源行頼

一四九　ヒキムスフコスケノマクラカリニテモカハサヌヨハ、ツユケカリケリ

の、枕交わさぬ状況の歌を巻末に据えている。恋の配列構成は厳密には基準を指摘し難い場合が多いが、この集の上中部が全体としては恋の進行順という一般的な配列となっていることは認めてよいように思われる。

ところが、恋下部は、歌の内容こそ恋中に連続して、修復し得ない恋の終末の状況を六十八首全体として並べ立てているが▼2、歌題は全て寄物型題に統一し、大枠では四季の進行順、そして雑の組題の構成をとっている。即ち、

寄立春恋　治部卿通俊

一五〇　イツシカトハルノケシキニナリヌレトツレナキ人ハカハラサリケリ

に始まり、以下、寄子日恋、寄霞恋、寄若菜恋……と進んで（寄残雪以下は巻末まで「恋」が省略されるが、承空本の省略された表記であると考えておく）、

寄水鳥　惟宗光成

一九五　ワカコヒハイリエニアサルニホトリノウキシツミツ、イクヨヘヌラン

まで冬題で四季の進行順、次の一九六寄七夕は異質（この辺底本までの段階で書写状況の混乱があるか）だが、一九七寄旅宿、一九八寄枕からは雑題に入って、巻末の、

注2　個別にはかならずしも全てが終末の状況とは限らない。

寄無常　　　　印禅法師

二一七　アリヘテモアヒテルヘシトオモハネハハカナキヨトテナケキヲモセシ

に及んでいる。寄物型題の恋歌の配列に新機軸を打ち出したといってよいであろう。しからばこの配列には編集上にどのようなねらいがこめられているであろうか。吟味を進めてみたい。

三

寄物型題の四季・雑の配列といったが、この部の場合、やはり基本は堀河百首題によって構成されていることが知られる。[3]「寄」「恋」を除いて題材を列記すると次の如くなる。

〔春〕

立春　子日　霞　若菜　鶯　残雪　梅花　桜花　散花　帰雁　春雨　躑躅　牡丹

〔堀河百首〕

立春　子日　霞　鶯　若菜　残雪　梅　柳　早蕨　桜　春雨　春駒　帰雁　呼子鳥　苗代
菫菜　杜若　藤　款冬　三月尽

〔夏〕

更衣　葵　水鶏　郭公　五月雨　早苗　蚊遣火

注3　以下歌題構成については、松野『鳥帚　千載集時代和歌の研究』（風間書房　平成七年）Ｉ組題定数歌考の各論と図表参照。

〔堀河百首〕
更衣　卯花　葵　郭公　菖蒲　早苗　照射　五月雨　蘆橘　蛍　蚊遣火　蓮　氷室　泉　荒和祓
〔秋〕
立秋　秋風　七夕　萩　女郎（花）　草花　荻　薄　露　鶉　月　槿花　雁　鹿　虫　菊　紅葉
〔堀河百首〕
立秋　七夕　萩　女郎花　薄　刈萱　蘭　荻　雁　鹿　露　霧　槿　駒迎　月　擣衣　虫　菊　紅葉　九月尽
〔冬〕
初冬　時雨　霜　雪　霰　網代　氷　千鳥　水鳥
〔堀河百首〕
初冬　時雨　霜　霰　雪　寒芦　千鳥　氷　網代　神楽　鷹狩　炭竈　炉火　除夜

＊傍点は堀河百首題以外の題。

四季四十六題のうち、異題は七題、順の異同もあるが、基本は堀河百首題に拠る配列といってよいであろう。
さて雑題は、
旅宿　枕　夢　述懐　祝
帯　神　弓　鏡　筆　書

物語　風俗　催馬楽△　神楽　源氏
笛△　絵　下女　物語　無常○

＊○＝堀河百首題。△＝崇徳院句題百首題。

の二十一題であるが、堀河百首の二十題と重なるのは、

旅　夢　述懐　祝　無常

の五題のみ。利用していることは確かだが、全体が拠っているとは言い難い。むしろ、為忠後度百首、崇徳院句題百首の恋題中の寄物型題が参考になった可能性がある。即ち、

〔為忠後度百首〕

寄井恋　寄鷹恋　寄鏡恋　寄錦恋　寄糸恋

〔崇徳院句題百首〕

寄晴恋　寄関恋　寄苔恋　寄弓△恋　寄鏡△恋　寄錦恋　寄琴恋　寄笛△恋　寄舞恋　寄催馬楽△恋

のうち、特に後者は、広言自身が同百首出詠者であった（連夜照射百首が広言集に見られる）▼4 ので参考にされた可能性が高い。

そもそも恋題は規範化が遅れ、特に雑題と結合する歌題は言葉集の成立に近い頃に急激に実験化が拡大したと見られるのであって、頼政集等に見られる「寄源氏物語恋、寄催馬楽恋――歌林苑二首会」の如き類縁歌題の工夫が、堀河百首雑題、崇徳院句題百首寄物型恋十題▼5（十首会としてのこの十題は催された〈風情集〉）を核に集成されて構成されていったのであろう。が、雑題の頭（旅宿　夢　述懐　祝）と巻末（無常）に堀河百首題が置かれていることは、四季題と相俟って、全体として同百首題を骨格に組織構成がなされていると見てよいかと思われる。

注4　（注3）二五ページ参照。

注5　（注3）二八ページ参照。

四

さて、恋下部が如上の寄物型恋題で、堀河百首題の組題に基本を置く配列構成だったとすると、撰者広言は、特に寄物型恋題に強い関心を寄せて撰歌をしたのであろうか。後述の如く、寄物題が一般化した時代になったとはいえ、寄物型題歌はそれほど多量に制作され、撰歌材料となっていたとは思われない。そこで重複歌の資料調査をしてみると、次のような興味深い結果を得ることができたのである。

一五一　寄子日恋
　又、はじめてあひたる女に、正月朔日、子日松をつかはすとて（頼政集・雑六〇九）
一五二　寄霞恋
　春の恋といへる事を（散木奇歌集・恋一〇九六）
一五五　寄残雪
　おなじ所（日吉の社）にて、寄残雪恋といふ事をよめる（成仲集・恋六四）
一五六　寄梅花
　（師光家にて、人々梅歌あまた読侍るに＝〈師光百首〉）（林葉集・春六七）
一六三　寄更衣
　更衣の朝に人のがりつかはしける（散木奇歌集・恋一一〇六）
一六九　寄蚊遣火

かやり火〈長秋詠藻・述懐百首・夏一三二〉
一七二　寄七夕
内にて、又、当座御会、寄織女恋〈二条天皇歌会〉〈重家集・六一〉
一七八　寄露
たびによせるこひ内〈崇徳天皇歌会〉〈成通集・五四〉
一八〇　寄月
月前恋歌合〈広言集・恋七九〉
一八七　寄初冬
初冬恋〈俊忠集Ⅱ・四三〉
一八九　寄霜
霜〈紀伊集第五句「きえかへるらん」、堀河百首・冬九二七「きえかへるかな」〉
一九一　寄霰
あられ〈長秋詠藻・述懐百首・冬一六〇〉
一九四　寄千鳥
寄鳥恋〈散木奇歌集・恋一一一二〉
一九七　寄旅宿
右大臣家歌合に旅恋を〈安元元年七月二十三日兼実歌合〉〈季経集・五六〉
一九八　寄枕
寄枕恋〈治承三十六人歌合二五八〉

一九九　寄夢
寝覚恋〈保延元年四月二十九日崇徳天皇内裏歌会〉（行宗集・二九一）
二〇五　寄鏡
かゝみによするこひ（実家集・二二一）
二〇八　寄物語
ものがたりの名によする恋といふことをよめる（月詣集・恋中五〇一）
二一〇　寄催馬楽
寄催馬楽恋（歌林苑にて、会に）（頼政集・恋四一三）

以上十九例のうち、完全に一致するのは、寄残雪恋、寄織女寄、寄枕恋、寄鏡恋、寄催馬楽の五例、ほぼ一致するのが、寄物語恋（寄物題名恋）、寄千鳥恋（寄鳥恋）の二例で、他の十二例は様々な差があるが、異なる題または詞書の例であるといってよい。

一五一寄子日恋は、頼政集で生活詠としての詞書が付されている。「はじめてあひたる女に」とある、恋歌ではなく雑歌である。「君と寝の日の待つをこそ」とかなり慎みのない言い回しを恋歌にとりなして採録したものと思われる。

一五二寄霰恋は、散木集では「春の恋といへる事を」とある。歌会歌であろうが「霰」は題そのものではない。霰を歌材とする歌を探して広言が填め込み、歌題を変えたのであろう。

一五六寄梅花（恋）は、林葉集では春歌で、「師光家にて、人々梅歌あまた侍るに」とある八首歌群の一首である。恐らく師光家百首歌[6]の梅題十首（この中から清輔家撰歌合歌が抄出された）で、恋情を強く読みとって利用したものであろう。

注6（注3）四六ページ参照。

一六三寄更衣（恋）は、散木集では更衣の朝につれない女に送った歌とあって、題詠歌ではない。恐らくもう一度心をこちらに向けさせる内容の歌として、題詠歌として採ったもの。

一六九寄蚊遣火（恋）は、俊成の述懐百首歌で、夕立に湿める蚊遣火の序詞は、無論、不遇感の「しめりはてぬる心」の比喩である。恋歌によみなしての利用例である。

一七八寄露（恋）は、崇徳天皇内裏歌会歌で、「寄旅恋」の寄物題の恋歌である。旅歌としては採らず、配列上、歌材から「露」に寄せたが、宵（露）と昼（干る）の対照が同等の重さの歌意であり、「露」題歌とするのはやや苦しい。配列のために無理に選んだ例といえよう。

一八〇寄月（恋）は、撰者広言自身の歌で、家集では「月前恋」の歌合歌となっている。どちらの題でも通用するには違いないが、原題の方がより適切であることは間違いない。これも寄物題で一貫させせんがための変更の例といえる。

一八七寄初冬（恋）は、俊忠集では「初冬恋」。一八〇の例とほぼ同じケースと見做せよう。

一八九寄霜（恋）は、堀河百首冬歌の「霜」。「忍びの妻」の見立てから恋歌にとりなした。なお、第五句の本文は、堀河百首「きえかへるかな」、一宮紀伊集「きえかへるらん」で、言葉集は家集からの採録か。

一九一寄霰（恋）は、一六九蚊遣火と同様に俊成述懐百首からの述懐歌を恋歌に読み換えた例。

一九七寄旅宿（恋）は、安元元年の右大臣兼実家歌合の旅題歌で、季経集は「旅恋を」、月詣集の詞書では「旅の心を」。旅題の本意には都に残した妻への思いが旅の苦難と結合している状態が常に含まれるが、その部分の恋情を強く取り出す形で恋題歌としたもの。

一九九寄夢（恋）は、行宗集では、崇徳天皇内裏歌会の「寝覚恋」歌。歌よりも覚めた現実に中心のある歌意でるから、「夢」題ではやや傍題気味だが、そこは「寄」のあいまいさで、辛うじて生かされた例。

以上の十二例の吟味からいえることは、これらは全て言葉集の撰集資料になったとはいえないものの、ほぼ撰集の時点での表記を伝えている資料なのであり、広言は寄物型恋題の歌だけを集めてこの巻に収録したのではなく、この巻の配列方針、堀河百首題の四季・雑題の題材を用いた。恋のほぼ終末期を内容とした恋歌を集め、原資料でも「寄○恋」の題はそのままに、その他は「寄○恋」に訂して配列したのであろうということはいえると思われる。寄物型題で一貫した部立に仕立てあげるための歌題の変更は確実にあったといってよいであろう。

五

しからば、かような寄物型題の部立構成を何故とったのだろうか。広言の意図を探る前に、題詠史の中で、寄物型題がいつ頃発生し、どのように展開してきたのかをみておきたい。

『平安朝和歌歌題索引』（瞿麦会）には、寄物型題は全部で二百四十二例、このうち摂関期以前の用例は二十九で、それは全て人麿集、赤人集収録の題である。他の二百十三例は、勅撰集でいえば金葉集以降、私撰集・私家集・歌合・定数歌とも金葉集時代以降である。▼7 人麿集・赤人集の寄物型題は万葉集に拠っているから、平安期の歌題としては金葉集時代に発生、以降に発展していった題であることが知られる。

注7　能因集II八九・九○の寄山恋が例外的に早い。先駆的事例と見做し、継続的に出てくるのは金葉集時代以降とみておく。

万葉集では、巻七の譬喩歌、巻十の相聞歌、巻十一の譬喩歌、また巻十一、十二の寄物陳思歌が寄物型題的な歌であるが、各歌の歌題というより、万葉集撰者の編集意識による、分類見出しというのが基本的性格であり、平安期に入ってはそのまま題詠歌題としては継承されず、金葉集時代に入って、主として表現面からの万葉集への関心の高まりが歌題にも及んで、「寄物」見出しが歌題として採用されるようになったのでもあろうか。▼8

勅撰集では、金葉集で初めて登場する。

寄三月尽恋（九一　忠通）、寄織女恋（三六三　公教母）、寄水鳥恋（三六四　師俊、四五四　忠通）、寄夢恋（三六五　実能、異本　七〇〇　行宗）、寄花恋（四一一　忠通、異本　六九三　雅光）、寄山恋（四一四　公長）、寄石恋（五〇八　堀河）▼9、寄三日月恋（異本　六九二　為忠）、寄関恋（異本　六九八　俊頼）

と九例十二首を数え、一見多かったように見えるが、歌壇全体ではまだ盛行していたわけではなく、歌会・歌合等で寄物型題が設定されるのはむしろ極めて少なかったといってよいであろう。『平安朝歌合大成』に徴しても、言葉集成立以前の歌合では次の七ヶ度に見られるに過ぎない。

①師時山家五番歌合　天永元年四月二十九日
　寄衣恋
②忠通前度歌合　永久三年十月二十六日
　寄神楽恋
③鳥羽天皇内裏歌合　永久五年
　寄雲恋

注8　類聚古集には「寄物陳思」はあるが、「寄物題」はない。

注9　金葉集二度本・三度本とも作者表記は「前斎院六条」だが、言葉集成立期の通行の女房名で堀河とした。

④実行歌合　元永元年六月二十九日

寄泉恋

⑤（崇徳）殿上蔵人歌合　大治五年九月十三夜

寄月恋　寄月祝

⑥為忠歌合　長承三年六月

寄星恋

⑦家成歌合　保延二年三月

寄水恋

＊他に文治年間に石清水歌合二例がある。

即ち、寄物型題は六百番歌合の如き大規模で特殊な組織が登場するまでは歌合では殆んど設定されなかったのである。

百首歌では、恋題と雑題に若干の位相差が見られる。即ち、恋題は前記した、崇徳天皇期の為忠後度百首、院句題百首の五題、十題の寄物型恋題に整理体系化の萌芽が見えた後、二条天皇内裏百首の恋題重視（寄物型ではない。初恋・忍恋・初逢恋・後朝恋・会不会恋各十首で計五十首）を経て、重保・登蓮・西行らの恋百首▼10が登場するのが言葉集直前の状況であった。重保百首は「寄霞恋」一例のみだが、堀河百首題に沿った寄物型恋題の百題百首であったものと思われる。登蓮・西行歌は現存本文では無題だが、西行の恋百十首には「この歌、題も、又人にかはりたることどもありげなれども、かゝず」という左注が見えていて、本来は歌題が附された百首で、三者は関連のある百首であった可能性がある。即ち、恋の寄物型の百題百首（乃至多数題の定数歌題）が出

注10　（注3）四一ページ参照。

である。

現する環境が整っていたのであり、後の六百番歌合の寄物型恋五十題の先蹤にもなっていたので

単一主題百首として類縁のある述懐題は、寄物型題よりも、堀河百首題をそのまま用いて、モチーフを「述懐」で一貫させるという形が多い。[11]

法輪寺百首は源仲正・頼政父子の詠で『類題抄』によれば、保延五年（一一三九）九月十八日の成立。「題寄述懐」とあって、「霞、梅、桜、郭公、五月雨、月、虫、雪、氷、山家、羇旅、閑居」の十一題があがっている。四季各二題で、雑の一題が枠外の題なのであろう。寄物型述懐題は家集には散見するが、定数歌組題には殆ど見られないで、保延六、七年（一一四〇、四一）の俊成述懐百首、永暦～仁安（一一六〇～六九）の惟方述懐百首が堀河百首題、保元元年（一一五六）の公重、また清輔の百首が現存本では無題になっている。一般に百首歌は述懐性が色濃いのが普通であるが、徹底した単一主題として定着したのがこの時期であったという点では恋百首と軌を一にしている。恋題の虚構性の強さに対して、作者の現実生活により密着している点が、寄物型題をとらないことと相関性を持っているのだろうか。

右を総括していえば、寄物型恋題は、金葉集時代の歌合・歌会からみえ始め、崇徳天皇期前後から複数組題の定数歌題として一般化し、二条天皇期以降、百題の組題も出現するが、まだ盛行したというには到らないというのが言葉集成立期頃の状況だったといえよう。

注11（注3）四一ページ参照。

注12（注3）四五ページ参照。

六

かような状況の中での寄物型恋題だけの部立の出現、それも、堀河百首題を基本に据えた構成となれば、言葉集恋下部は、恋の組題百首の性格を持つ部と見做すことができ、それこそが撰者の編集意図であったということができよう。

このことは、巻十六述懐部が、寄物型題をとらず、しかも堀河百首題を構成基準にしているという点で、前述の当代の述懐百首が寄物型題によらず堀河百首題に拠る構成をとっているという、百首歌世界の傾向と符合していることが思い合わせられる。恋百首・述懐百首が歌界に一般化し始めたことが、撰集に反映しているといえるのではないか。

冷泉家時雨亭叢書の解題には、夫木抄・雑八・一二二一一「渡」の項の、

名所歌中　言葉　読人不知

うれしきはけふしかすがのわたりにてみやこいでたる人にあひぬる

が引用され、名所歌の部立のあったことが推定されている。名所歌もこの治承期ごろまでに組題化の進んだ世界である[13]。

早く、高遠・能因らによる開拓があったが、当代に入って一般化が進められた。天治〜天承（一一二四〜三一）頃の為忠家「三河国名所歌合」（夫木抄）、久安二年（一一四六）六月の顕輔家歌合（夫木抄）の名所の副題現象、同じく久安頃に、公重、清輔、成仲、教長、隆縁、顕方が参加したと推定される教長家二十五名所和歌、承安頃の後徳大寺実定家結題百首の名所十題、そして、寂念が堀河百首題で詠んだと推定される名所百首（夫木抄）といった徴証からは、名所歌だ

注13　（注3）九〇、一五二ページ参照。

けの集められた部立の存在の蓋然性は高いと判断できる。そして久安百首旅題五首に名所歴覧の制作意図の認められる歌人の処理が多いことや、成仲集所載の前記教長家二十五名所和歌に「存歴覧意」の註記のあることから推定すれば、名所題と旅題の近接・重複の傾向も当代和歌に認めることができ、憶測をたくましゅうすれば、言葉集の部立構成に関して、

恋上　　雑上　　離別
恋中　　雑下　　羇旅
恋下（恋百首）　述懐（述懐百首）　名所（名所百首）

といった組織があったことも想定されるのである。無論ここでいう「百首」は「百首歌」そのものを指すのではなく、題詠を組題化することを撰集基準に応用する際のモデルをいっているつもりである。特に名所題は、恋・述懐が堀河百首題で構成し易いのに対し、数の絶対量も少なく、配列順に典型のなかったろうことは、前記の歌会・定数歌の例や、文治三年（一一八七）の殷富門院大輔百首の「寄名所恋」十題の例によっても推測することができる。しかし、組題定数歌的意識で構成されたと見ることは許されていいのではないか。

恋下部の寄物型恋題に焦点をあてて構成の問題を考えると、言葉集は組題定数歌の構成原理を導入して、従来型の構成の部立と組み合わせるという方法を採っている点で、従来知られていた当代の撰集、後葉・続詞花・月詣とは異なる特色を持っていること、また、その方針は当代の組題定数歌（百首歌だけを言っているのではい。三題、五題、十題といった、多く催された定数歌会）の構成意識を強く反映していることなどを指摘しておきたい。

哀傷と賀、釈教と神祇、俳諧歌、物名歌、長歌、旋頭歌など、続詞花と千載に挟まれた時代の

撰集であるだけに、どんな処理がなされたか興味深いが、今の段階では推測をこれ以上拡げることはできない。

ただ、恋・雑の歌数の規模から見て、全体で千首を越えることはないのではないか。また、恋下、雑上下、述懐で、三度も四季・雑の配列が繰り返されるところから、前半十巻の大半は四季歌で、全体としても四季・恋・雑の構成をとる（極端には春三・夏二・秋三・冬二。後撰集の夏・冬を上下に割った形）可能性もあったのではないか。となると、前記の哀傷以下の部は巻十七以下に入って二十巻構成となるということになる。つまり堀河百首題の部立をイメージするわけだが、あまりにも組題百首の構成に引きつけ過ぎた想像だろうか。ただ、既に指摘のあるように[14]、詞書が正確に次歌にかかるように整理されていない（玄玉集に同じ）点とか、配列にも厳密性を欠く場合が多いとか、現存承空本からは原型がそのままであったか否か判断に迷うことが多い。一方では、十六巻までであった可能性も充分考え得ることで、軽々な速断はしまいとは思いつつも、一つの見方を提出した次第である。

〔補記〕本稿は、平成八年八月二六日から三〇日まで、大学院生を対象に行なわれた国文学研究資料館の「セミナー〔原典を読む〕」の「言葉和歌集を読む」の講義ノートの一部である。

注14　（注1）解題。

⑻　版本千載集

付　活字本千載集一覧

はじめに

室町以前に成立した古典籍について、近世版本がどのような系統の本文を採用したかを確認しておくことは、その後の作品の享受・研究を考えて行く上で重要な問題点である。

本稿は、かねてより調査を続けている千載集の伝本のうち、版本に関して右のテーマに寄せてまとめた小論である。千載集の場合、明治以降刊行された最近までの活字本の本文は管見の及ぶ限り全て版本を底本としており、享受の問題を考えるためにも江戸初期以来の版本の整理は基本的な点だけでも進めておかねばならなく、架蔵本によって検討する。版本書誌調査の方法に暗いため、一部を除いて重版・覆せ彫り、修訂の問題等にはほとんど配慮が及んでいない。

一　伝本と分類基準

現在までに確認し得た千載集の版本の伝本は次の如くである。

(1)正保四年吉田四郎右衛門尉版廿一集本（大本）
　＊①明暦元年八尾勘兵衛版八代集本
　　②無刊記二十一代集本
などの同版本がある。

(2)無刊記二十一代集本（小本）
　（一説、吉田四郎右衛門尉版）
　無刊年出雲寺和泉掾版の同版本がある由[1]（未見）。
(3)天和二年八代集抄本
(4)無刊年千載集一六行二冊本（半紙本）
　①匡郭本
　②無匡郭本
　③無匡郭絵入第一種本
　　＊山形屋利兵衛版。
　④無匡郭絵入第二種本
　　＊出雲寺和泉掾版、近江屋久兵衛版

(5)文政七年出雲寺文治郎・遠藤平右衛門・吉田四郎右衛門版（極小本）

注1　後藤重郎氏「新古今和歌集板本考」（名古屋大学文学部二十周年記念論集　昭43・12）

このほかに国書総目録には元治元年版八代集（大宰府天満宮一四冊）が見えるが未調である。[2]

千載集の伝本のうち、写本は百数十本の存在が確認されているが、その本文系統は基準歌三首の有無によって四系統に大分類されている。[3] 新編国歌大観に拠ってそれを示すと、次の如くなる。

基準歌A（巻七離別歌495）

王昭君のこころをよみ侍りける　右大臣

あらずのみなりゆくたびの別ぢにてなれしことのねこそかはらね

基準歌B（巻六冬歌426と427の間）

右大臣

暁になりやしぬらむ月影の清き河原に千鳥なくなり

基準歌C（恋歌四859）

露ふかきあさまののらにをがやかるしづのたもともかくはぬれじを

右の三首の有無についての諸本は四系統に分類される。即ち、

	A	B	C
甲類	有	無	有
乙類	無	無	有
丙類	無	有	無

注2 『国書総目録』の「宝暦九版―静嘉（一六冊）」は取り合せ本で古今集の刊記による表記であり、正保版本の刊記ではない。

注3 松野「千載集の成立事情と伝本の派生について」（平安朝文学研究6 昭36・1）以来分類の基準を変えていない。
本書4ページ参照。

丁類　無　有　有

となっており、甲と乙、丙と丁がそれぞれ親近性の強い本文を持っていて、遡行すれば二類に収斂すると推測される（現在の見解は4ページ参照）。後記する作者表記の分類基準などもこの二種の対立点として顕著な点である。

右の分類基準を版本の場合にも援用するが、版本では正保四年版で生じた次の脱文現象が明治以降の活字諸版にも影響を残しているので、これも基準の一つにあげておくことにしたい。

基準D（夏部197　198）

ともしの歌とてよめる

大蔵卿行宗

（欠落部分）

ともしするほぐしの松もきえなくにと山の雲のあけわたるらん

源　仲正

ともしするほぐしの松のもえつきてかへるにまよふしもつやみかな

即ち両者の初二句が類似することからの目移りの結果としての欠脱と推定され、198歌が行宗の詠と見えるような状態になっている点の問題である。後記（146ページ上段）のように正保版本（大本）でのみ見られ、無刊記二十一代集（小本）で修訂されたことが知られる。

次に作者表記の異同の顕著な個所を二例あげておく（現在の見解は4ページ参照）。

基準E

a右京権大夫頼政

b従三位頼政

陽明本など甲乙類写本の善本では頼政の入集歌十四首全てa「前右権大夫頼政」で統一されている。写本でも伝本でによってb「従三位頼政」で統一、もしくは両表記が混在する場合もあるが、版本では全ての伝本で十四首ともbの表記となっている。なお、俊成自筆千載集断簡「日野切」では一首だけ、「従三位頼政」となっているのが注目される。[4]

基準F

c仁和寺法親王守覚

d二品法親王・仁和寺法親王守覚・二品親王（混用）

これも写本の善本ではc「仁和寺法親王守覚」で入集歌九首（表記は八例）とも統一されている（もっとも江戸期の写本では「仁和寺」が小記されたり、「仁和寺二品親王」であったり、最も表記が多様な歌人であるが）。一方、版本ではdの如く混用されるが、基本的には同系統の本文に拠るらしく、分布は次頁の表の如くになっている。

基準G

e右京大夫季能

f左京大夫秀能

「左」と「右」、「季」と「秀」は伝写の異同で生じ易いが、写本の善本では「季能」。千載集時代の歌人としては「右京大夫季能」が正しく、「秀能」は新古今歌人との混同から生じた誤記か

注4　小松茂美氏『古筆学大成』九（昭和64）参照。本書6ページに私見を述べている。

と思われる。版本では全ての版種で、巻五秋下部三一八歌の表記はfの「秀能」となっている。基準Fと合わせて、版本が基本的には同一系統の本文であることをうかがわせる現象である。

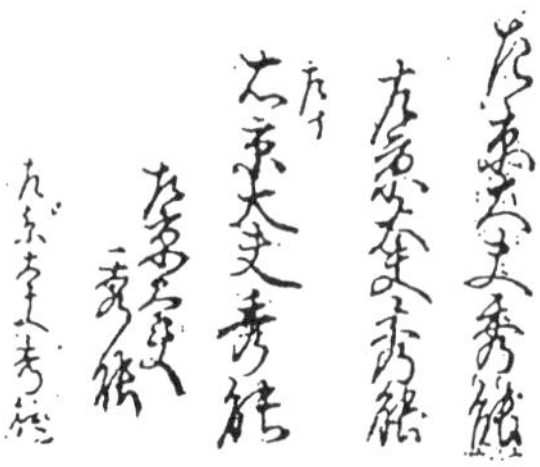

正保版本　大
小
八代集　抄
絵入第一種
極小本

（千載集版本の守覚法親王の作者表記一覧）

	(1)正保版本（大）	(2)二十一代集（小）	(3)八代集抄	(4)無刊年（絵入）本	(5)文政七極小本
28	二品法親王	二品法親王守覚	二品法親王守覚 後白河院皇子	二品法守覚	二品法親王守覚
157	仁和寺法親王守覚	仁和寺法親王守覚	仁和寺法親王守覚	二品法親王守覚	仁和寺法親王守覚
226	二品法親王	二品法親王	二品法親王	二品親王	二品法親王
262	二品親王	二品親王	二品親王 イ仁和寺法親王守覚	二品親王	二品親王
456	二品法親王	二品法親王守覚	二品法親王守覚	二品法親王守覚	二品法親王守覚
532	二品法親王	二品法親王	二品法親王守覚	二品親王	二品法親王

1107	仁和寺法親王守覚	仁和寺法親王守覚	仁和寺法親王守覚	仁和寺法親王守覚	仁和寺法親王守覚
1134	仁和寺法親王守覚	仁和寺法親王守覚	仁和寺法親王守覚	仁和寺法親王守覚	仁和寺法親王守覚

以上、A～Gの基本的な分類基準点に触れつつ、諸本の書誌を略述して行きたい。

二　諸本

(1)正保四年吉田四郎右衛門尉版廿一代集本（大本）

装訂　大本二冊　二五・八×一八・二センチ
表紙　紺無地
題簽　「千載和歌集　上（下）」。後補。
内題　「千載和歌集巻第一」（上冊）
柱刻　ナシ
匡郭　ナシ
丁数　上冊　一〇〇丁
　　　下冊　九八丁
本文　序・本文とも各半丁一〇行、一首一行書、詞書三字下り。漢字仮名交り。
刊記　（新続古今集に）正保四丁亥暦／三月中旬開版／中御門通弱桧木町／吉田四郎右衛門尉　判

備考　基準Aナシ、Bあり、Cナシなので丙類本。Dの「ともしする」の歌（一九七）と作者名「源仲正」を誤脱。基準Eの作者表記はb「従三位頼政」、Fの守覚法親王は前掲表の如くでdである。Gはf。

風格ある筆致・版面からか明治以降の主要な活字本である国歌大観・国民文庫・博物館版・有朋堂文庫・古典全書・校註国歌大系等の底本に採用された（後述）。

①明暦元年八尾勘兵衛八代集本

(1)の正保四年吉田四郎右衛門尉二十一代集本と同版である。

刊記（新古今集に）明暦元年初秋吉辰／寺町本能寺前／八尾勘兵衛版

このほかこの版の無刊記後刷本は数多い。また、早くから八代集本と十三代集に分けて売られ、後には三代集としても売られたらしいことが、「寛文無刊記書籍目録」（江戸書林出版書籍目録集成　斯道文庫

寛文無刊記書籍目録

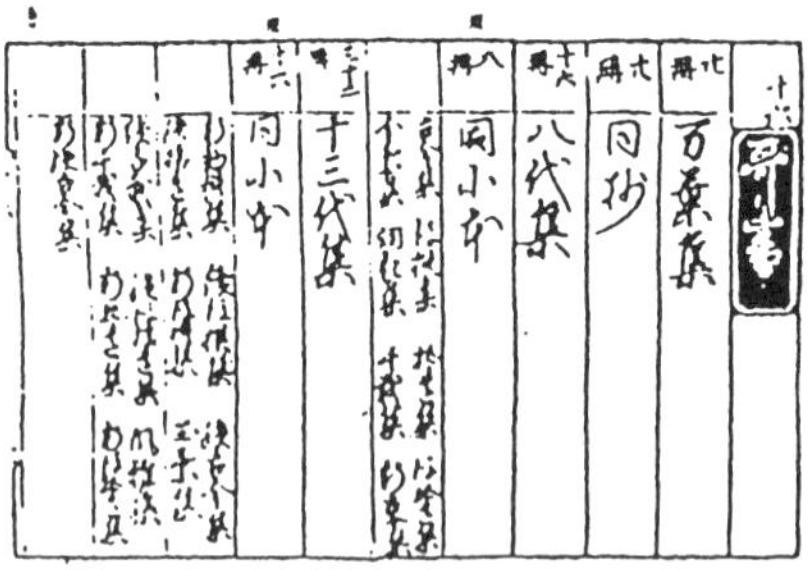

（昭37斯道文庫刊　江戸書林出版書籍目録集成）

類題若菜集広告

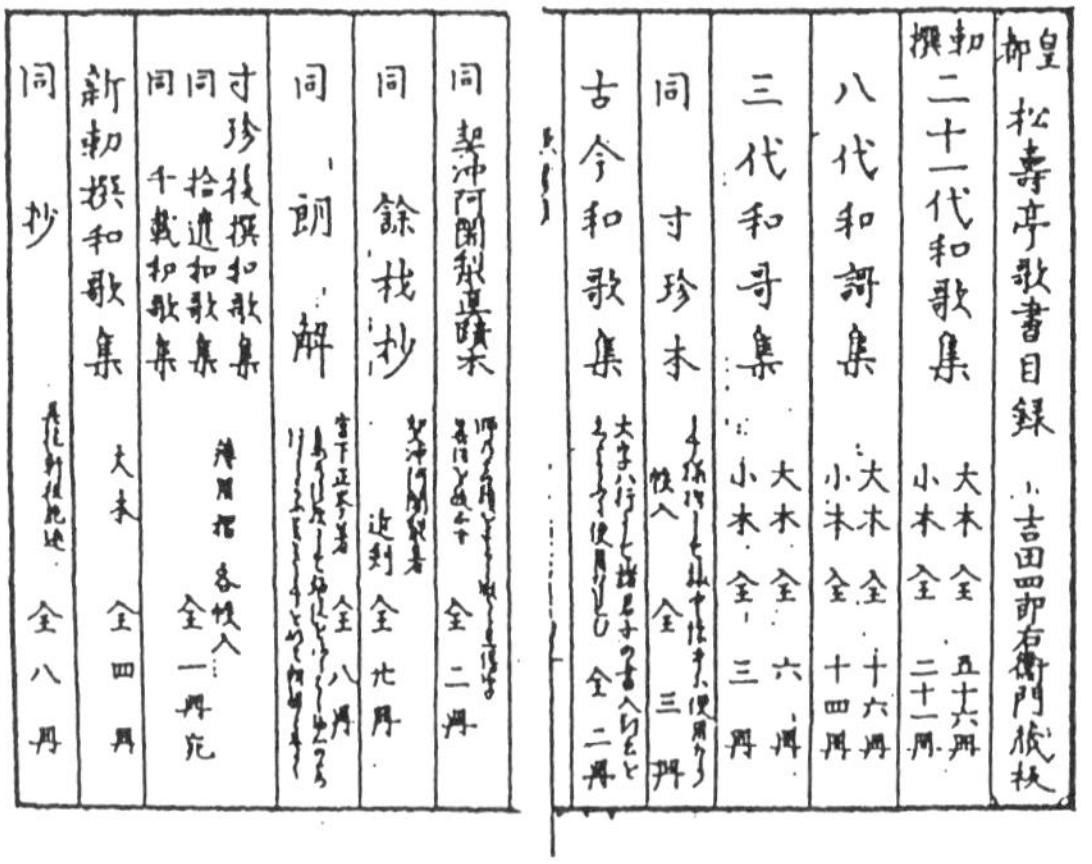

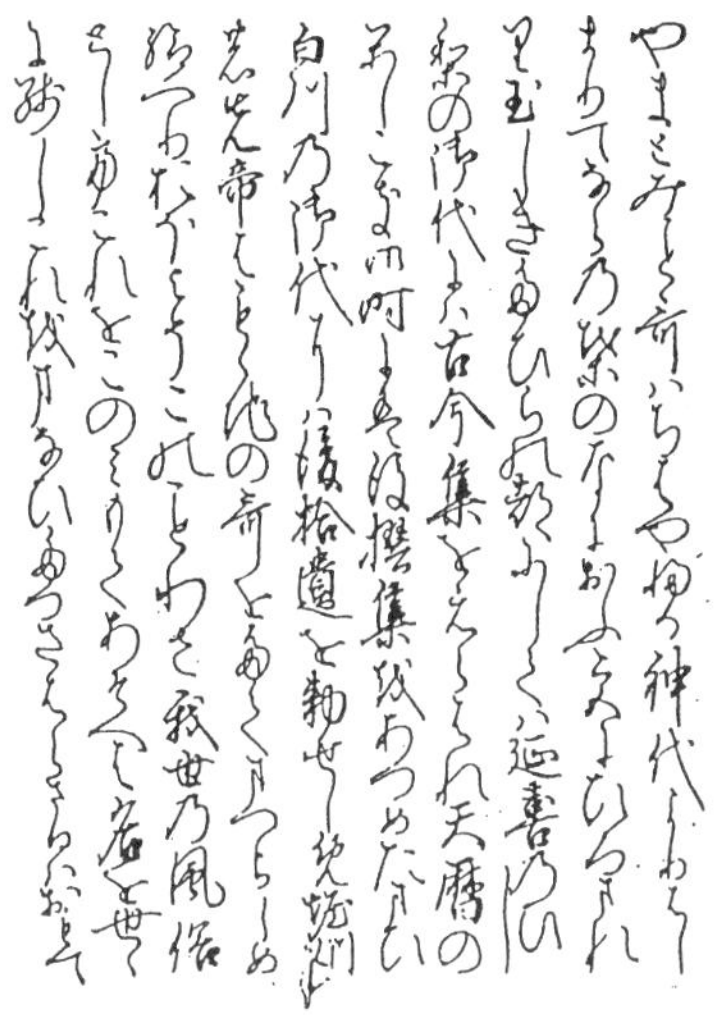

①序

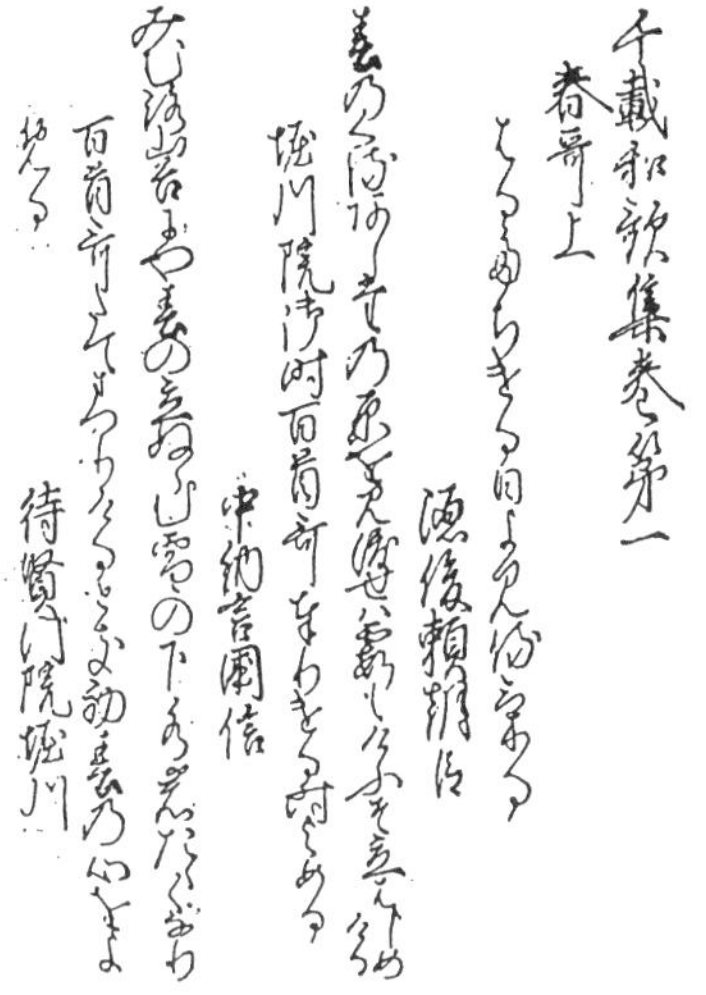

②巻頭

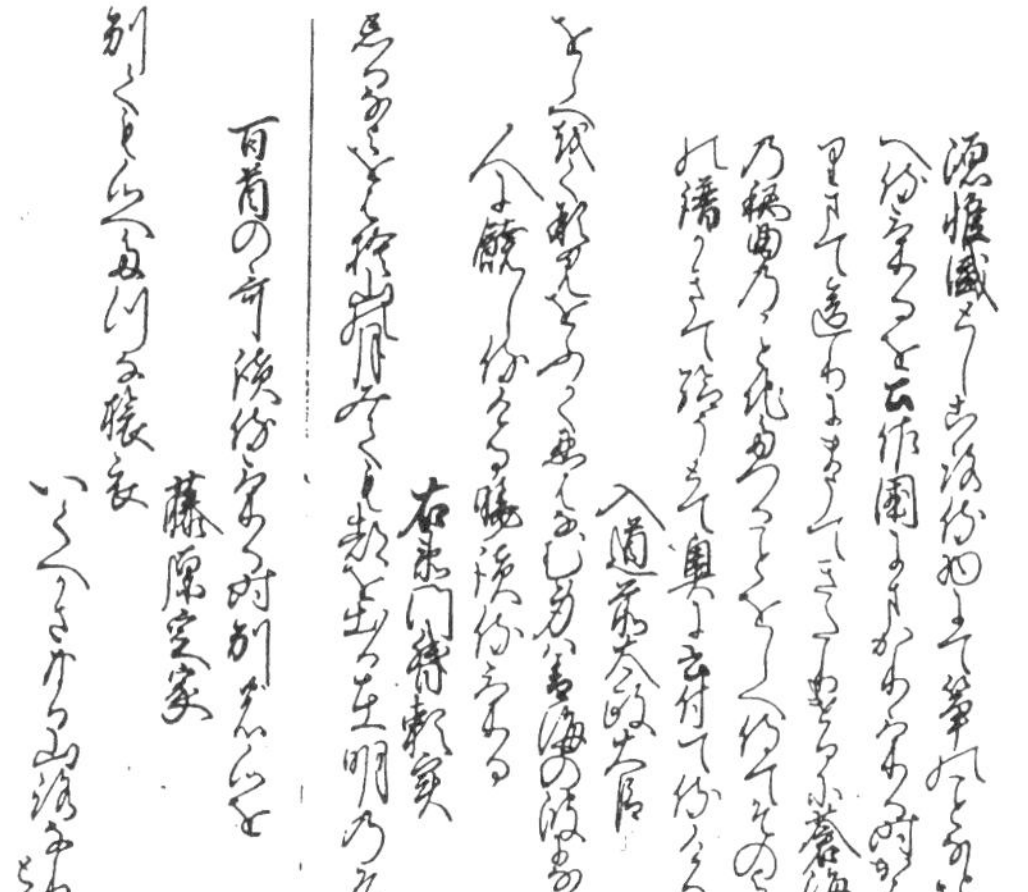

③基準歌Ａ「あらずのみ　右大臣」ナシ

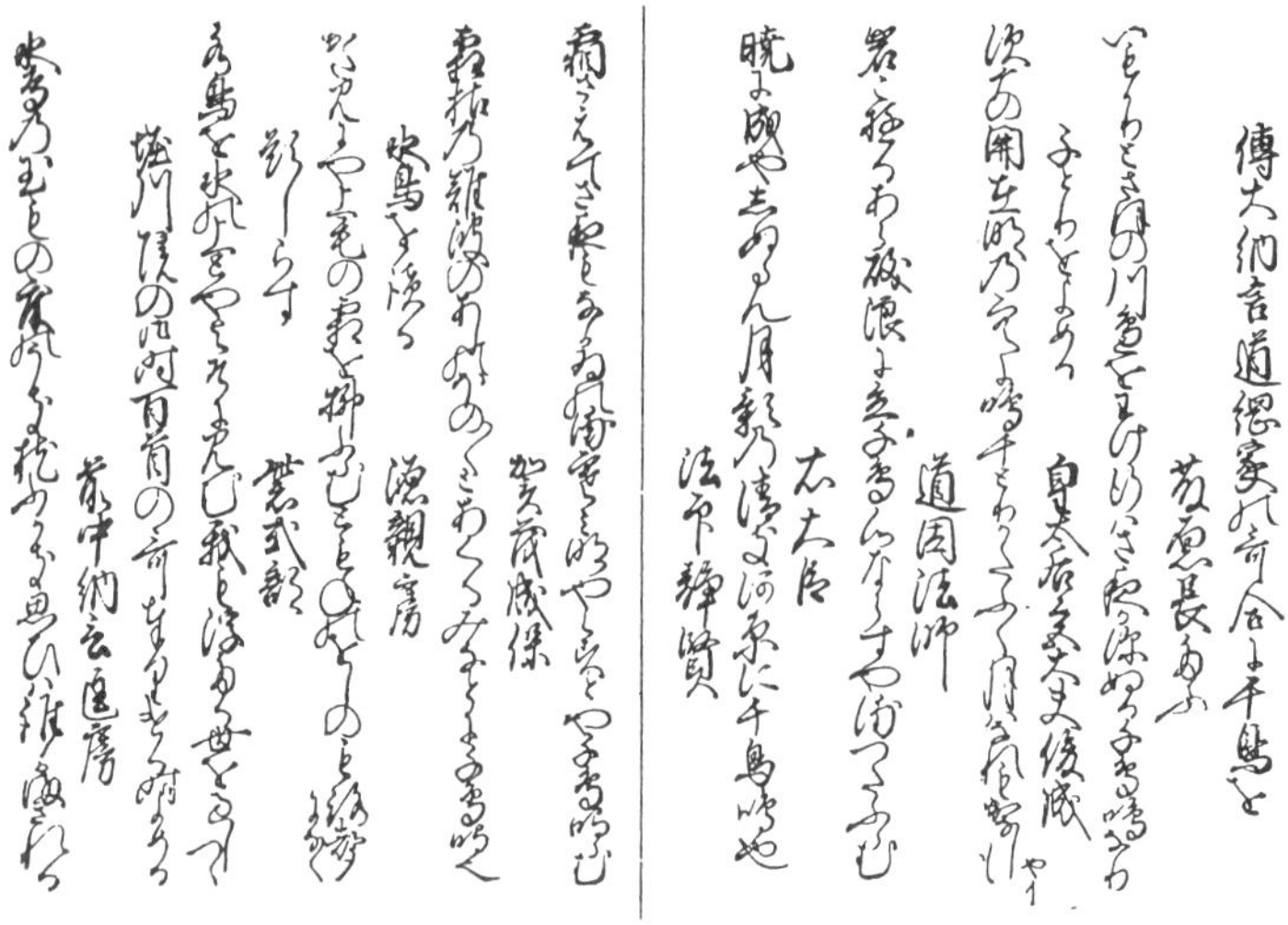

④基準歌Ｂ「暁に　右大臣」アリ　冬部

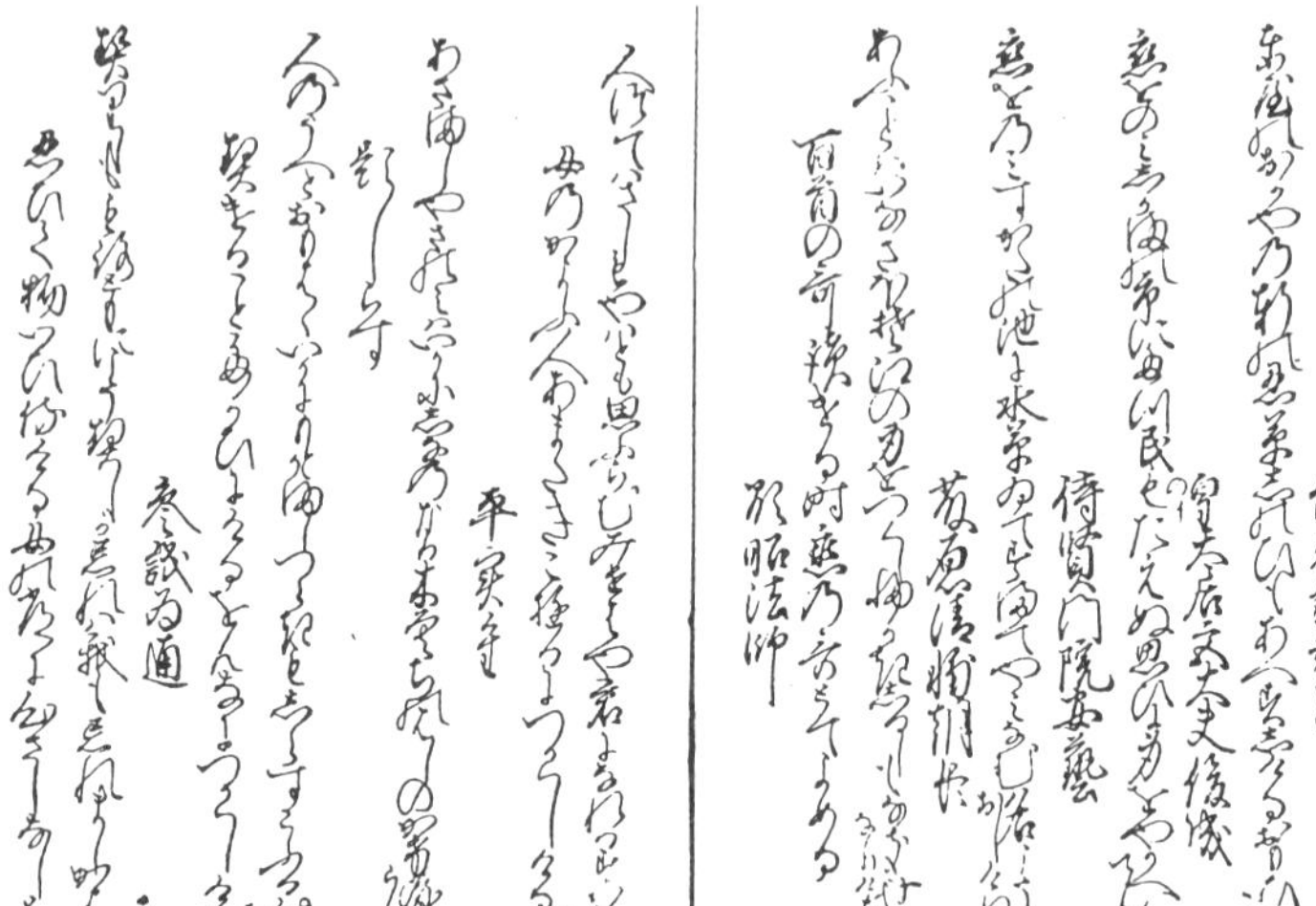

⑤基準歌Ｃ「露ふかき　清輔」ナシ　恋四部

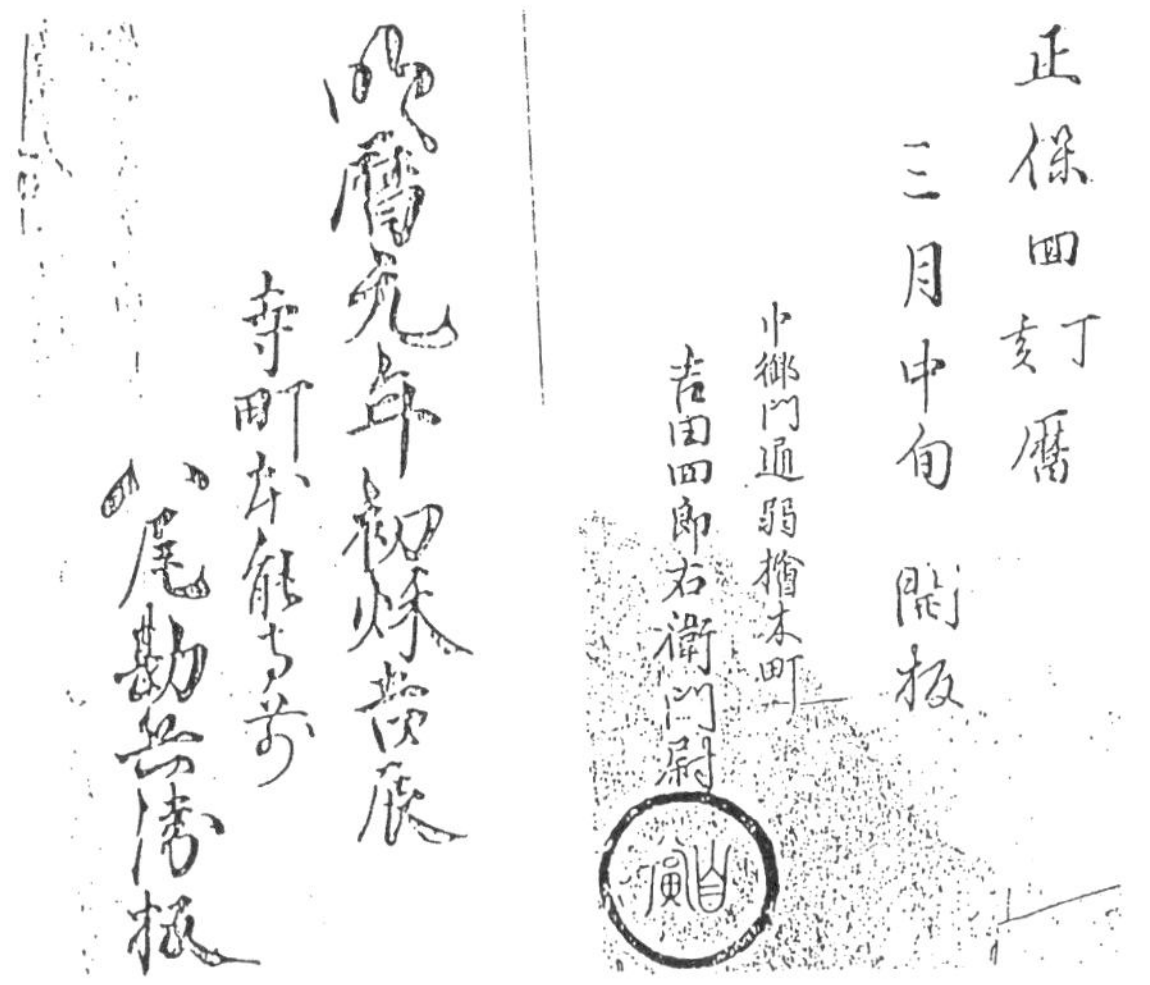

⑥新続古今集巻末刊記　⑦新古今集巻末刊記

昭37）や、吉田四郎右衛門版の広告（文政十刊類題若菜集）によって知られる。

(2)無刊記二十一代集本（小本）

装丁　中本改装一冊（原二冊）。十九・五×十三・六センチ。

表紙　藍無地蝋引

題簽　「千載和歌集」

内題　「千載和歌集巻第一」

柱刻　千載一（～二十）

匡郭　単。十二・〇×九・二センチ

丁数　（上）序五丁、本文七五丁（下）八二丁

本文　序・本文とも各半丁一二行、一首一行書、詞書二字下り。漢字仮名交り。

刊記　ナシ。（新古今集に）「右八代集為備證本以数本再三／令校合之畢／文明第十八三月中旬　牡丹花／（在判）」の奥書アリ。

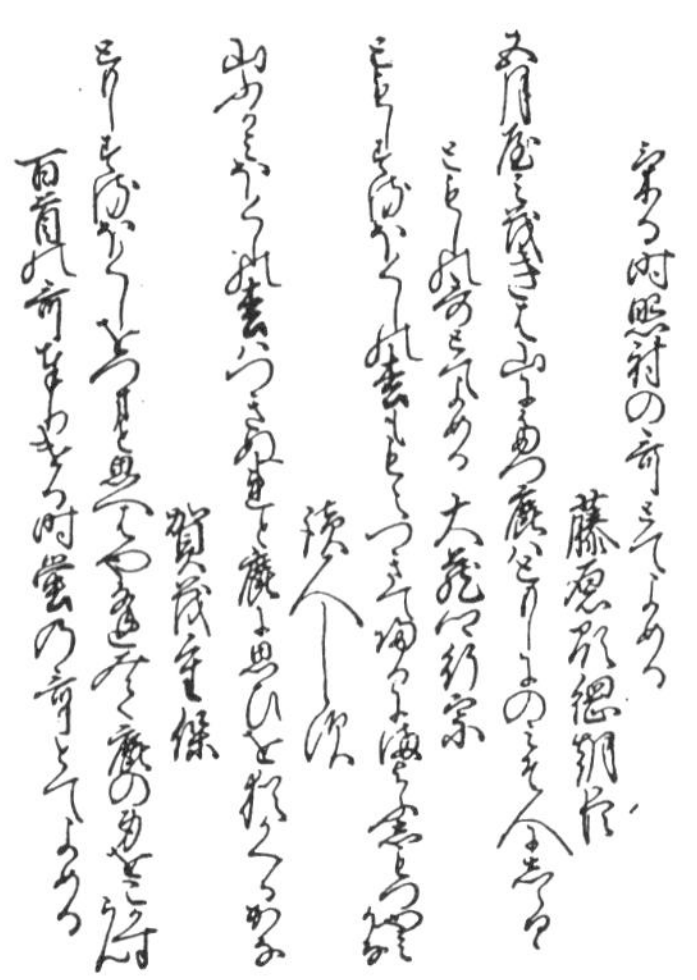

⑧基準Ｄ （1）正保四年版大本

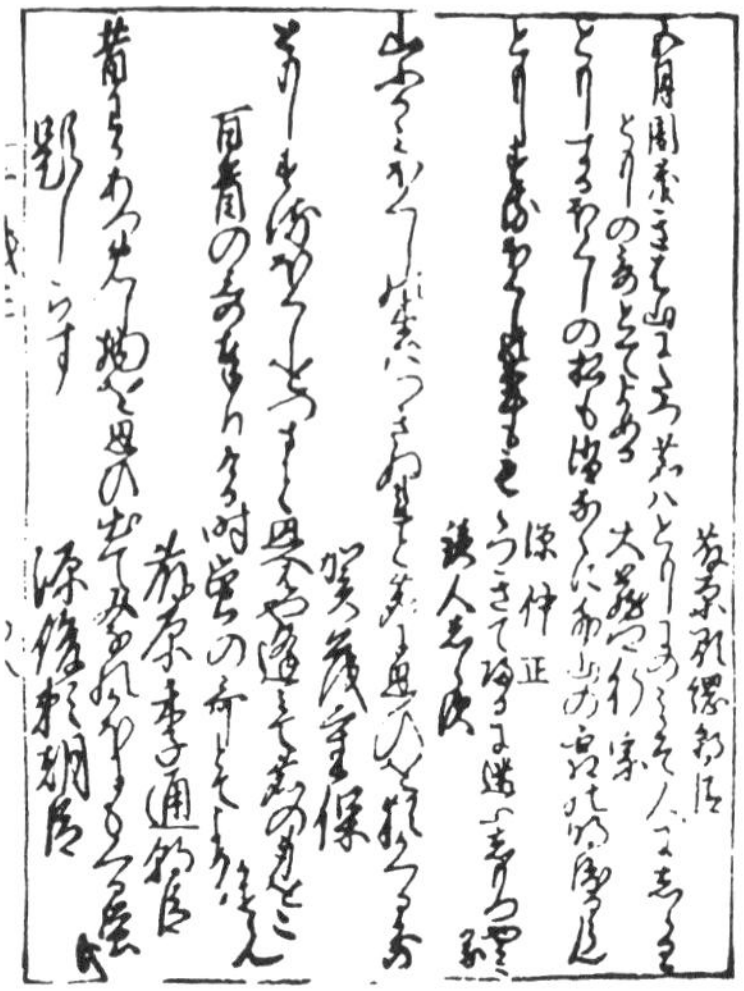

⑨基準Ｄ （2）二十一代集小本

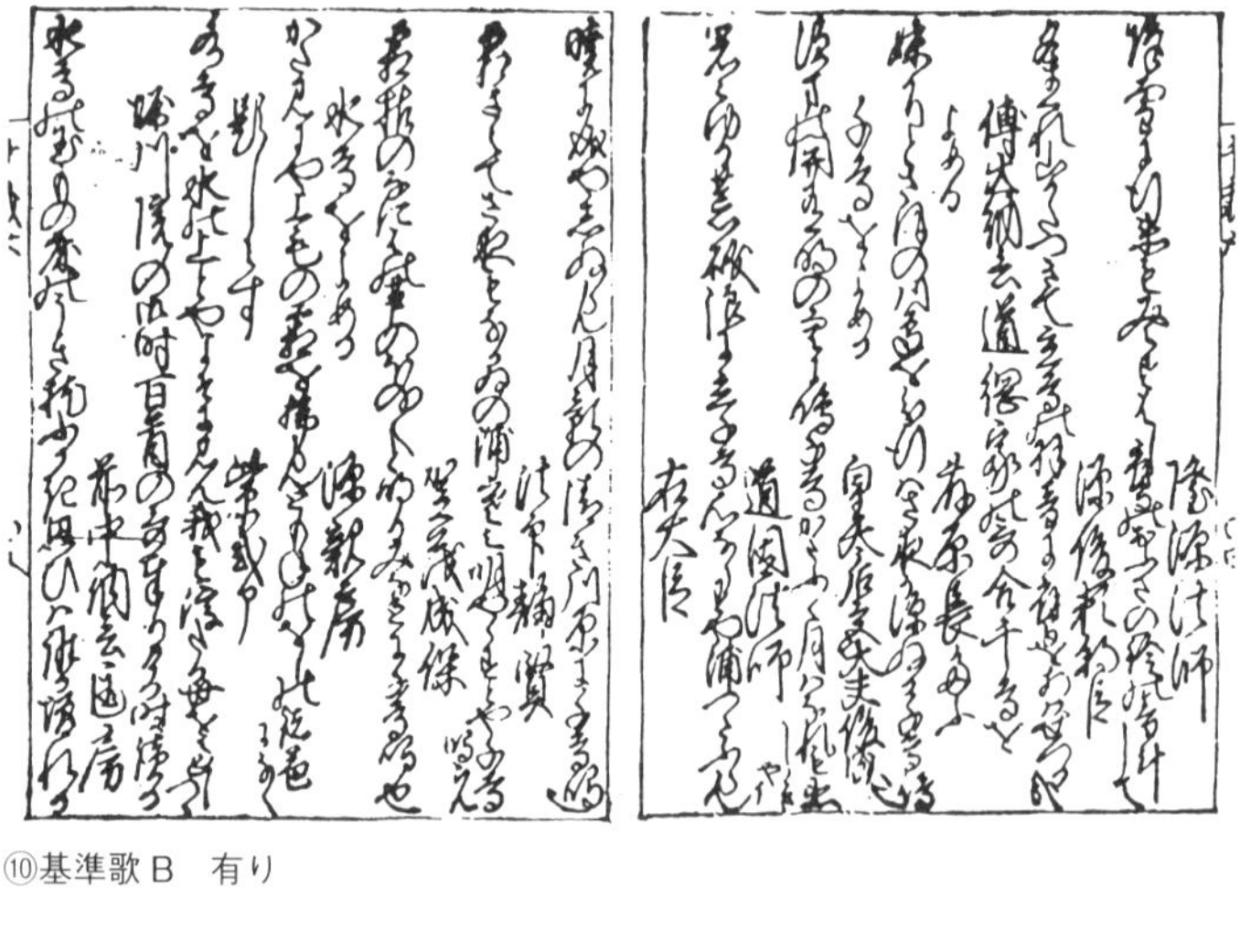

⑩基準歌Ｂ　有り

備考　基準Aナシ、Bアリ、Cナシなので内類本。但、巻末に「巻第十四／在恋をのみ下　逢ことは上　藤原清輔朝臣／露ふかきあさまののらにをかやかる賤の袂もかくはぬれじを／右の歌在異本ニ」とあり、校合本にC歌の在ったことが知られる。

Dは在るが、写真⑨の如く、同歌記載の第二十九丁オは右七行分を二行増加させる修訂を行ったとは明らか（字形小さく、行間狭い。作者の位置が右半分より半字分高い。匡郭上辺界線に切断部分が見える。後印本では更に修訂されて界線に切れ目はない）。結果として毎半葉一二行のところ、この丁のみ一四行となっている。

基準Eの作者表記はb「従三位頼政」、Fの守覚法親王は前掲表の通りである。Gはf「秀能」。

前記の基準Dの問題を含む諸特徴からは底本は(1)の吉田四郎右衛門尉版と近似した本文であ

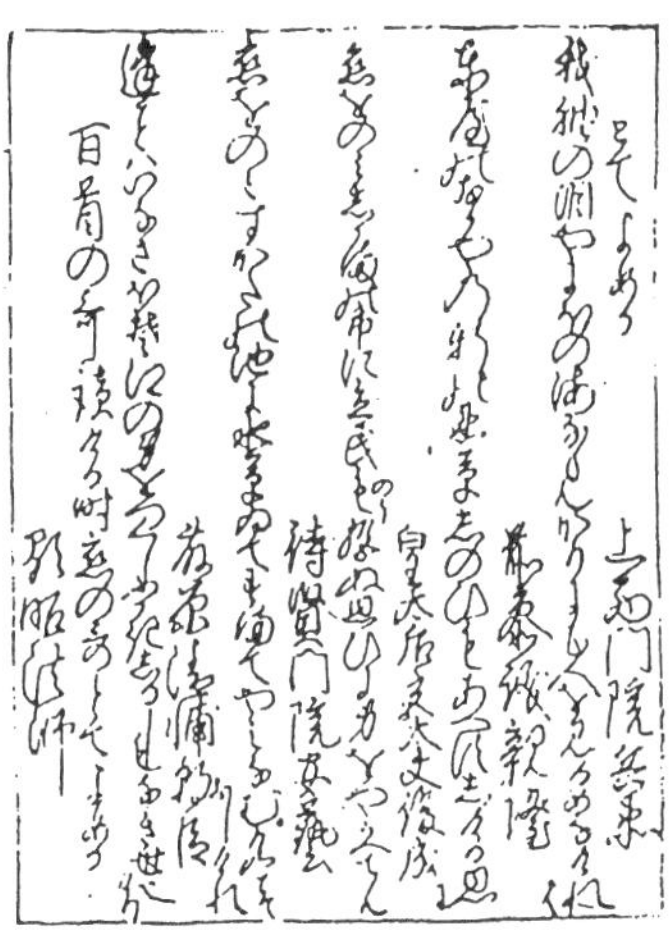

⑪基準歌C　欠

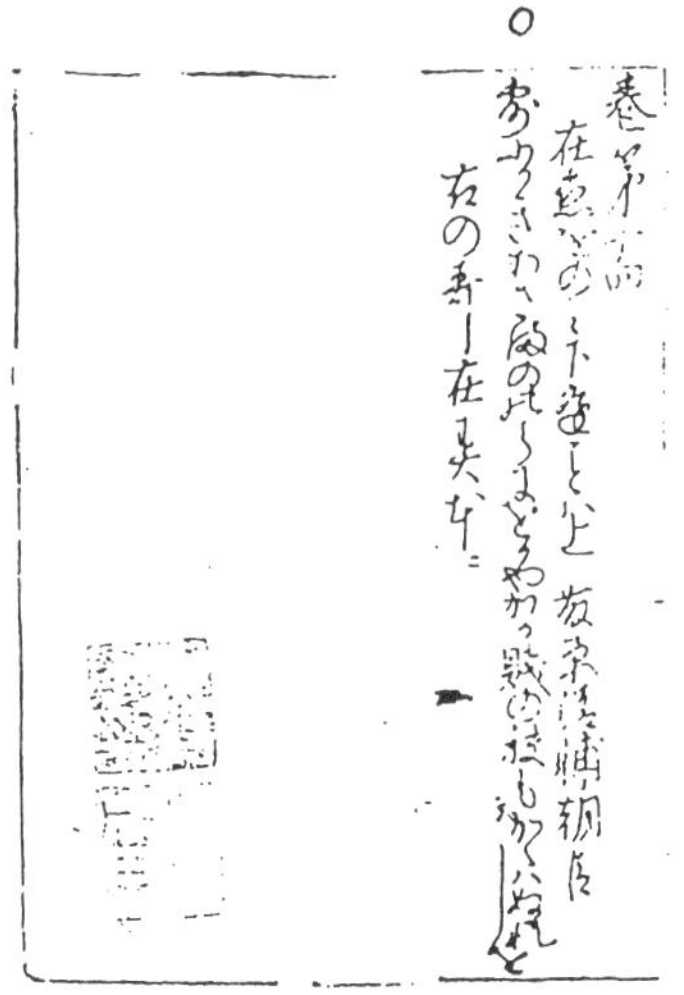

⑫巻末　基準歌C

り、それが奥付の識語から牡丹花肖柏所持本であったことが知られるが、後藤重郎氏「新古今和歌集板本考」が言われる如き、この小本も同じ吉田四郎右衛門の版であるか否かは留保しておきたい。二十一代集、八代集ともに伝本多くかなり流布したことが知られるが、管見の及ぶところ、そのいずれにも刊記を持つ本はない。

なお、「寛文無刊記書籍目録（『江戸時代書林書籍目録集成一』斯道文庫編所収）の「歌書」に、「八代集、同小本八冊、十三代集、同小本十六冊」とあるのが本伝本であると推定され、少なくとも、寛文以前の刊本たることが推測される（142ページ参照）。

なお、本系統本は中本・小本の二種の版型があるが、先行論文の呼称を尊重して「小本」として掲出した。

(3)天和二年八代集抄本

装丁　半紙本七冊（第三四冊〜第四〇冊）二二・七×一六・〇センチ
表紙　藍布目地菊花唐草模様艶出し
題簽　八代集抄千載発端序三十四（第三四冊）
内題　「千載和歌集」（第三四冊）
柱刻　なし
匡郭　一八・三×一二・九センチ（第三五冊第一丁）
丁数　第一冊　一六丁（発端）序
　　　二冊　四五丁　春上　春下　夏

三冊　四八丁　秋上　秋下　冬
四冊　四〇丁　離別　羇旅　哀傷　賀
五冊　六四丁　恋一二三四五
六冊　六三丁　雑上中下
七冊　二九丁　釈教　神祇

本文　一〇行　頭小字一六行。一首二行書、詞書一字下り。漢字仮名交り。

刊記　（新古今集に）天和二年中夏吉辰梓行畢

北村湖春
村上勘兵衛
柏原屋佐兵衛
難波書舗　奈良屋長兵衛
古屋助一
鶴屋源蔵
小川屋六蔵

奥書　（千載集奥書）宝暦八年七月廿二日染筆而同年（此年有閏八月）九月十三夜終功　季吟（八代集奥書）

右八代集為備証本以数本再三令校畢
文明第八三月中旬　牡丹花判

備考　基準Aナシ、Bアリ、Cアリなので丁類本。Dはアリ。基準Eの作者表記はb「従三位頼政」、Fの守覚法親王は前掲表の如く、Gはfで基本的には正保版本（大本）に近い。

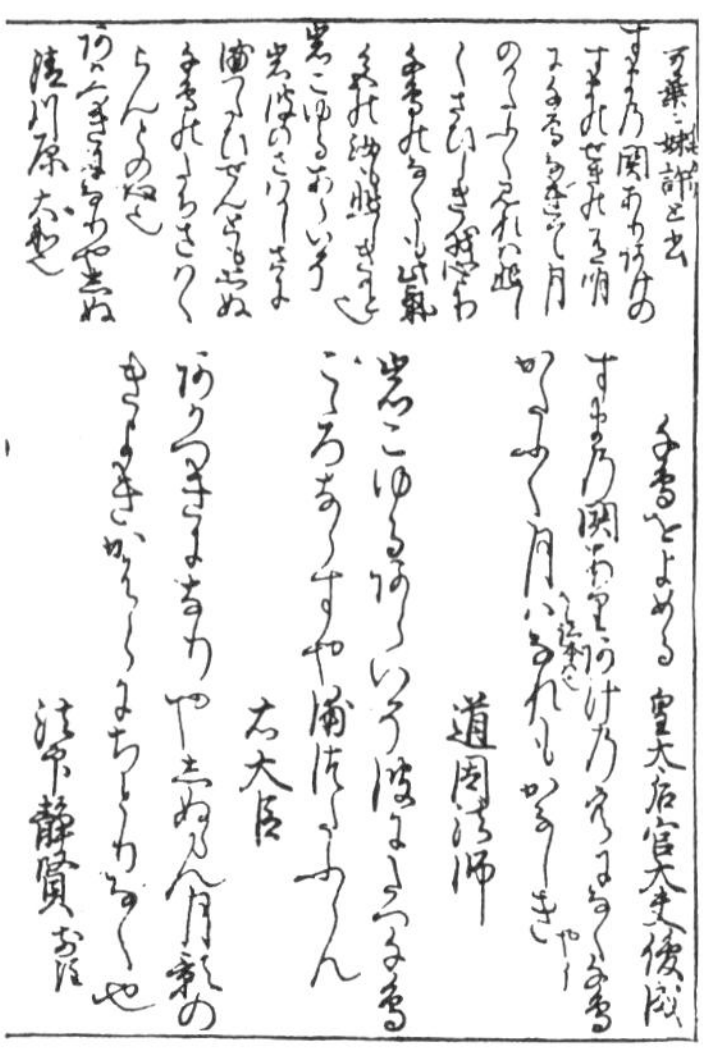

⑬基準歌Ｂ　有

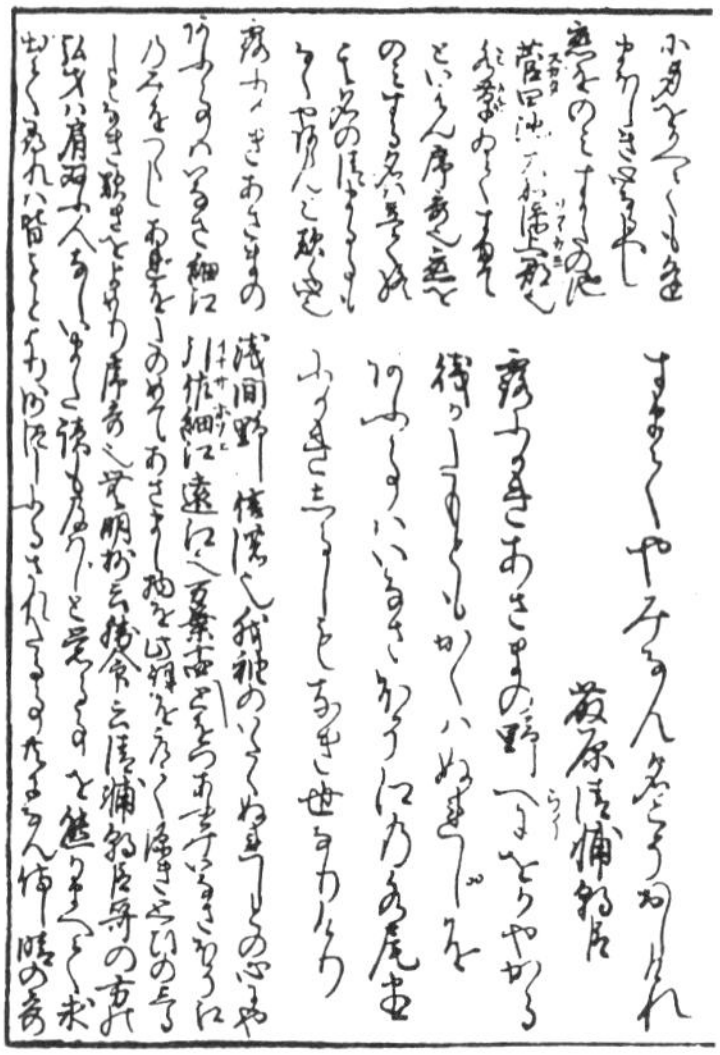

⑭基準歌Ｃ　有

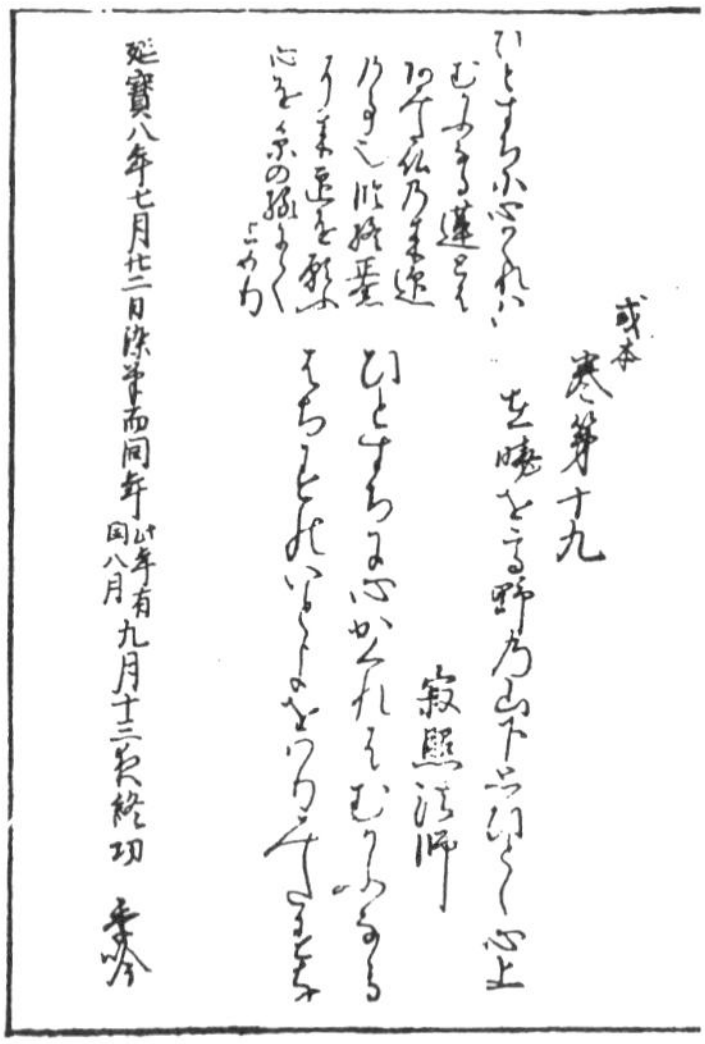

⑮巻末　補記歌と季吟奥書

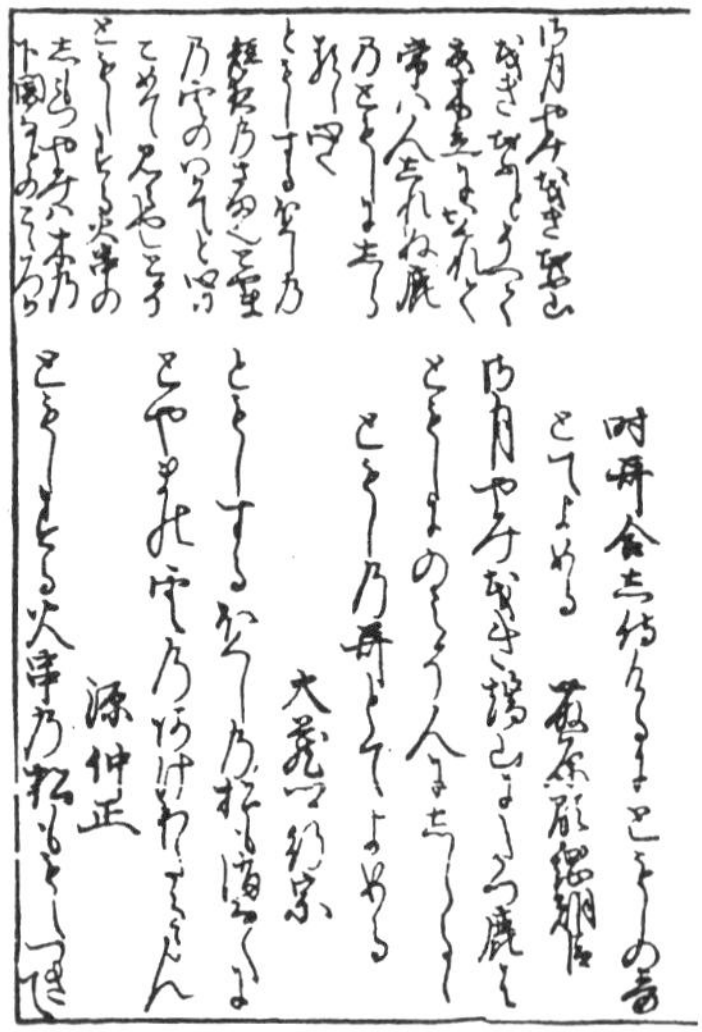

⑯基準歌Ｄ　有

なお巻末に

或本

巻第十九

在暁を高野の山下思ひとく心上

寂照法師

ひとすちに心かくれはむかふなる

はちすのいとよをはりみたすな

の注記がある。釈教部一二三六寂蓮歌と一二三七式子内親王家中将歌の間の一首ということになる。管見の及ぶ範囲の写本の伝本には見られず、僅かに天理図書館蔵伝豊原統秋筆本（九一一・二三・二九）の巻十九の巻本に同様な注記を見るのみである。

⑷無刊年千載集一六行二冊本

絵入千載集が二種或ることについては既に松田武夫氏『勅撰和歌集の研究』の指摘するところだが、同系統の本文で絵の無い伝本が別に二種見出され、これらの方が先行すると推定されるので、一括してここに扱うこととしたい。

①匡郭本

装丁　半紙本二冊　二三・五×一七・〇センチ

表紙　藍無地、銀泥にて千網・茅を描く。

題簽「千載和歌集　上（下）」（改装・墨書）

内題　千載和歌集巻第一

柱刻　千載序（一〜二十）。第八七丁「千載十九　八十七」とあるべきところを「千載二十　九十一」とあり、第九一丁の「千載二十　九十一終」とあるべきところを「千載二十一終」とする。また第一〇丁、八六丁の「載」欠画アリ。

匡郭　四周単辺　一八・一×一四・〇センチ。

丁数　上冊　四四丁（序二丁を含む）。
　　　下冊　四七丁

本文　序・本文とも各半丁一六行。一首一行書。詞書三字下り。漢字仮名交り。

刊記　なし。

備考　基準Aナシ、Bアリ、Cナシなので丙類本。Dはアリ、Eの作者表記は「従三位頼政」で一貫。Fの守覚法親王は前掲表の如く、Gはf「秀能」で、28番歌の小異を除いて正保版本（大本）や小本二十一代集に近似している。
　この匡郭版を無匡郭版に先行すると推定する理由は、167ページの①②③④の同一箇所（第四丁オ）の写真を並置し、165ページに版面推移の状況判断を叙したので参照してほしいが、第四丁オの修訂部分の痕跡が②③④に及ぶ点と、②の版心の「八十四」丁の丁付右に界線の痕跡が残る故を以てである。絵は更にその後の挿入であろう。伝本は管見の及ぶ限り架蔵本が孤本であるため、柱刻の丁付の異同の問題など解決の手がかりを持たない。伝本の出現と後考を俟ちたい。

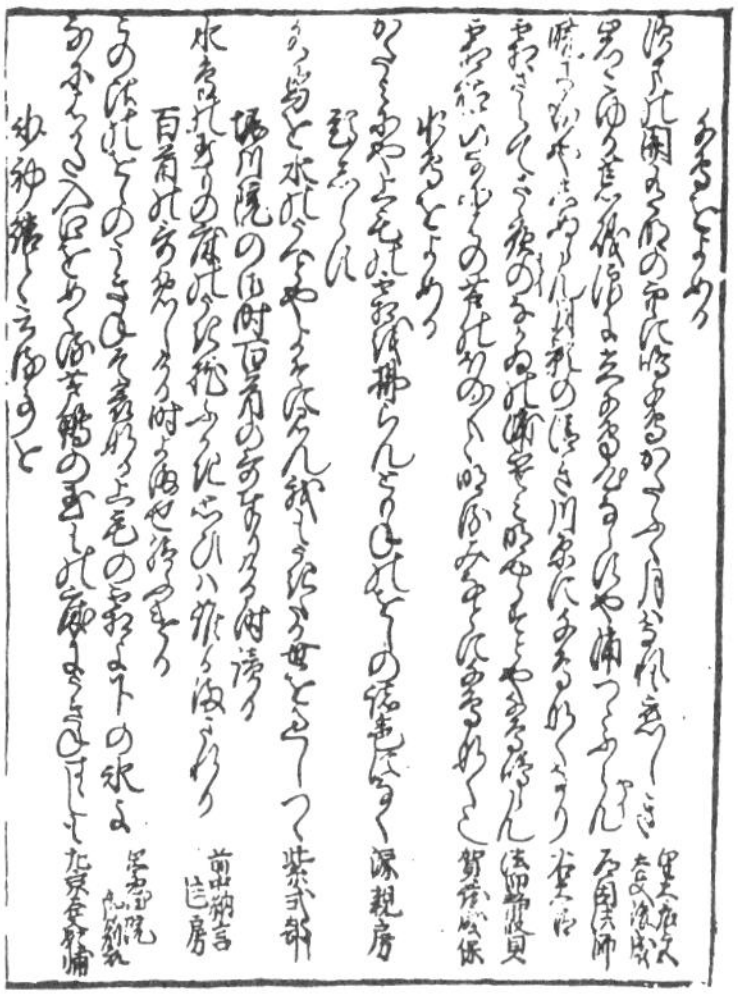

⑰基準歌Ｂ　有

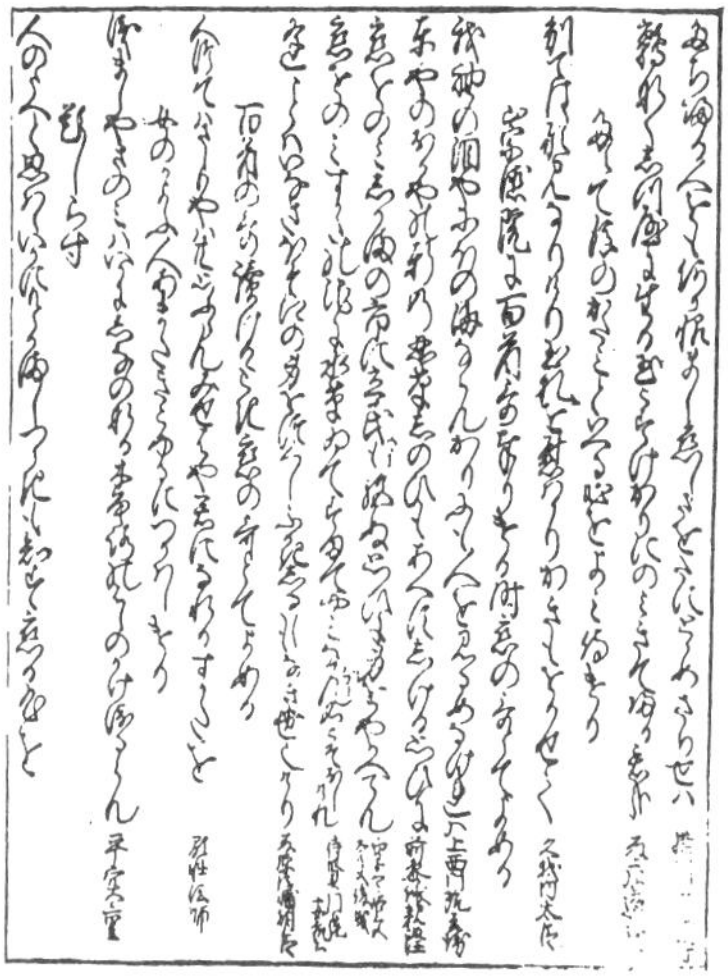

⑱基準歌Ｃ　ナシ

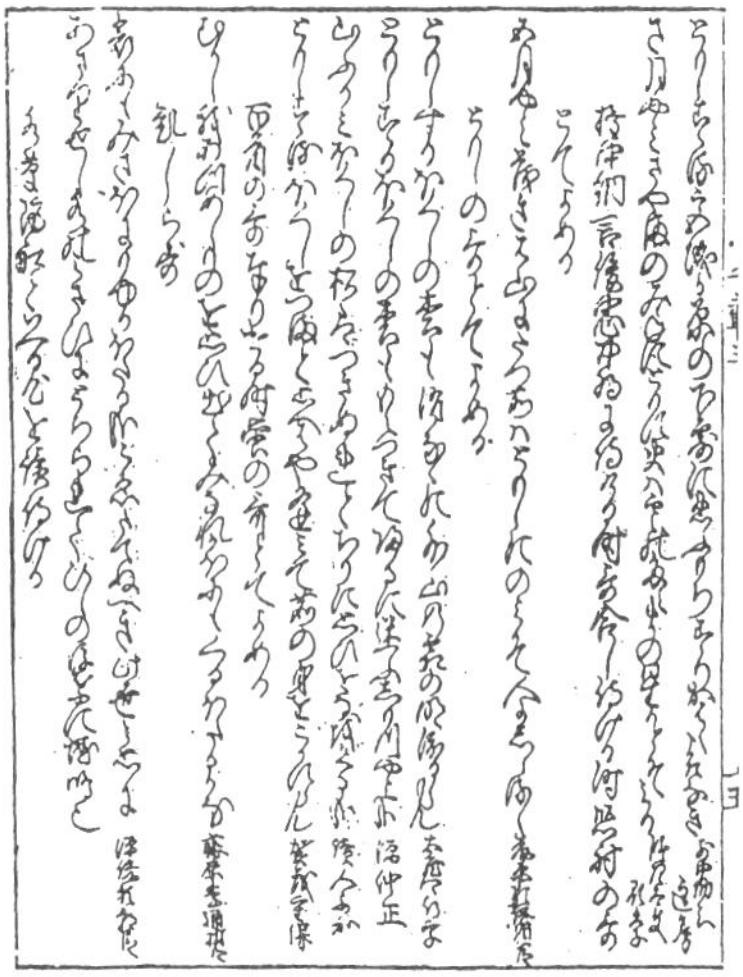

⑲基準Ｄ　アリ

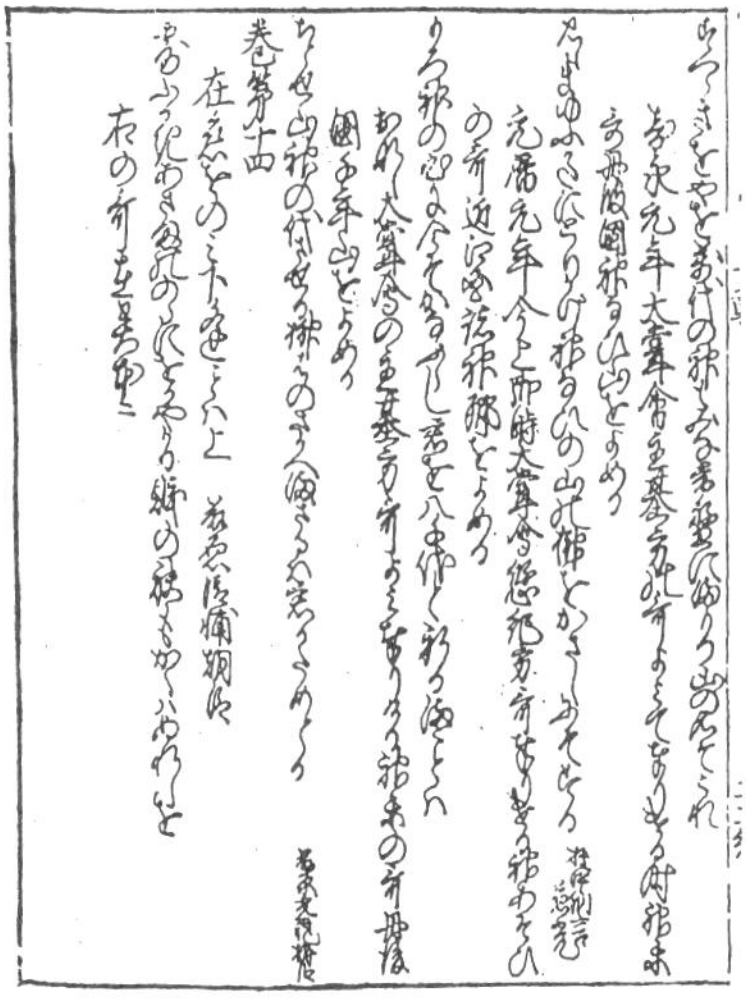

⑳巻末　基準歌Ｃが見える

②無匡郭本

装丁　半紙本一冊　二二・六×一六・〇センチ

表紙　藍無地、蝋引

題簽　「新板　千載和歌集　上下」（原装、子持罫、表紙中央）

柱刻　千載序（一〜二十）。最終丁ノミ「千載（二十ナシ）。丁付一〜九十一（序から通し）。第八十七丁「千載二十（十九トアルベキ所）八十七」トアル。

匡郭　ナシ。但、丁付「八十四」の右傍に左辺界線残存。

丁数　九一丁

本文　序・本文とも各半丁一六行。一首一行書。詞書三字下り。漢字仮名交り。

刊記　ナシ。

備考　基準A〜Gについての本文の特徴は①に全く同じ。柱刻の第一〇丁、八六丁の「載」字の欠画も共通。第四丁オの修訂部分の①③④との共有の問題は後述。

③無匡郭絵入第一種本

装丁　半紙本二冊　二二・九×一六・〇センチ

表紙　縹色卍繋ぎ型捺し。

題簽　剥離。左肩に貼り跡アリ。

柱刻　千載序（一〜二十）。一（〜九十一）。但、絵の丁は「千載　又五」の如し。従って本文部分は②と全く同じ。第八七丁「千載二十（十九とあるべき）八十七」、第九一丁「千載（二十ナシ）九十一」も②に同じ。

匡郭　ナシ
丁数　上冊五一丁（本文四八丁、絵四丁）、下冊四七丁（本文四三丁、絵四丁）
　但、恋一は上冊に、恋二以降下冊に分冊。
本文　序本文とも各半丁一六行。一首一行書。詞書三字下り。漢字仮名交り。
刊記　「江戸通油町　山形屋利平板行」
備考　基準A～Eについての本文の特徴は①②に同じ。柱刻の第一〇丁、八六丁の「載」字の欠画も共通。第四丁オの修訂部分も①②④と共通。絵は上冊の五、一五、二四、三四、下冊の五一、六二、七二、八二の各丁両面の各一図、計一六図入る。その丁付は「又五（～八二）」となる故、本文丁付は①②と変りない。画者は「又六十二丁オ」の画中の馬二頭を描く障子絵に「奥村政信筆」とあり、画風からも政信筆と見てよいか。とすると、元禄末頃から宝暦頃にかけて画業に活躍し、享保初年以後江戸通塩町で書肆を営んだとのことであり（日本古典文学大辞典。鈴木重三氏解説）、図像を利用した▼5『姿絵百人一首』（伝師宣画。元禄八刊）以降で、政信画『俗解源氏物語』（享保二年刊記。国文学研究資料館蔵）と同じ頃、刊行したものであろうか。

④無匡郭絵入第二種本
装丁　半紙本二冊　二二・四×一六・〇センチ
表紙　紺色無地（改装表紙）
題簽　「繪入千載和歌集上（下）」（改装。桃花を描いた短冊に墨書）。元題簽は下冊表し見返しに貼付。「千載和歌集　下」（刷題簽。上は上部五分の四が剥落）。

注5　校正中、和田恭幸氏の指摘により、㉚図の僧の図像が『姿絵百人一首』（伝師宣画）の僧正遍昭の図像の利用であることが知られた。その後精査すると、十六図のうち九図に利用の後が認められる。また『大和絵づくし』（延宝八刊）と二葉『美人絵づくし』（天和三刊）と一葉の関係も認められる。次章でこの問題をとりあげることにしたい。

㉑巻一春上　又五オ

㉒巻一春上　又五ウ

㉓巻三夏　又十五オ

㉔巻三夏　又十五ウ

㉕巻五秋上　又廿四オ

㉖巻五秋下　又廿四ウ

㉗巻八羇旅　又卅四オ

㉘巻八羇旅　又卅四ウ

㉙巻十二恋二　又五十一オ

㉚巻十二恋二　又五十一ウ

㉛巻十五恋五　又六十二オ

㉜巻十五恋五　又六十二ウ

㉝巻十七雑中　又七十二オ

㉞巻十七雑中　又七十二ウ

㉟巻十八雑下　又八十二オ

㊱巻十八雑下　又八十二ウ

内題　「千載和歌集巻第一」
柱刻　千載序（一～二十）　一（～九十八終）。絵が十六図分片面に入るので①②③とは丁数、丁付の位置が左右にずれる。
匡郭　ナシ。
丁数　上刷四八丁　絵八図
　　　下刷五〇丁　絵八図
本文　序・本文とも各半丁一六行。一首一行書。詞書字下り。漢字仮名交り。①②③に等しい。
刊記　出雲寺和泉撰。（他の伝本に「近江屋久兵衛」版あり）
備考　基準A～Eについての本文の特徴は①②③に同じ。絵は上冊の四オ、九ウ、一七オ、二二オ、二七ウ、三三ウ、三九オ、四六ウの八図、下冊の五一オ、五五ウ、六三オ、六七ウ、七五オ、八〇ウ、九四オの八図で計一六図。第一種本の絵とは絵柄は全く異なる。天地

百人一首始衣抄　山東京伝　㊲を利用したものという（鈴木重三氏説）

の雲形の類型的な処理や遠景近景の間の空間処理などの相違もあるが、第一種本の㉓と第二種本の㊳の右隅の三人の人物同像の如く、明らかに利用した形跡はあり、基本的な画風は共通していて、鈴木重三氏は第一図（四オ）について奥村政信筆と言っている。▼6 当伝本の料紙の質は刷も悪いが、原図の第一種本との時間差はさほど無いように推定される。

以上の、挿絵を除く歌本文に関しては同版と推定される①②③④の伝本は、次の如き順序で成立していったと想定される。即ち、まず①が②③④より先行すると推定する第一の根拠は、第四丁オの修訂部分の痕跡の残存によってそれと認められるかと思われる。①匡郭本第四丁オは写真㊼に明らかなように、五行目と六行目の間、及び一一行目と一二行目の間に切断面があり、上辺の罫線では中央の（六〜一一行）の部分が一ミリ程下り、下辺ではやや上っている。また歌本文についても、歌頭第一字は左右の第五行、一二行に比して一ミリ程度下っている。刷りの鮮度の好い①ではこの中間の六行は明らかに左右各五行より細身の字体であることが知られる。これはこの中央部分六行が修訂されたことを物語っている。ところで、②③（そして④も）には罫線はないが、歌頭部の下りは同様であることから、この本文部分の版面に異動の無いことが知られる。即ち後から匡郭を加える場合、ここに切断面の入るはずはないから、①→②③の順で、その逆ではないと判断される。②の第八四丁の丁付の右傍に一・五センチだけ界線が残留していることもその傍証となろう。

②と③の関係は、一丁両面の挿絵を挿入したか抜いたかで前後が逆になるが、挿絵葉の丁付が「又＋数字」となっていて本文の丁数に影響の無い配慮と解すれば、絵の付加、即ち②→③のケ

注6　鈴木重三氏「師宣政信絵本のさまざまな受容」（天理図書館　善本叢書月報54・昭58・3）。なお、武藤禎夫氏『百人一首戯作集』（古典文学昭61・3）解題参照。

㊲巻一春上　四オ

㊳巻二春下　九ウ

㊴巻三夏　十七オ

㊵巻四秋上　二十二ウ

㊶巻五秋下　二十七ウ

㊷巻六冬　三十三ウ

㊸巻八羇旅　卌九オ

㊹巻十賀　四十六

㊺巻十一恋一　五十一オ

㊻巻十二恋二　五十五ウ

㊼巻十四恋四　六十三オ

㊽巻十五恋五　六十七ウ

㊾巻十六雑上　七十五オ

㊿巻十七雑中　八十ウ

51巻十八雑下　八十八ウ

52巻十九釈教　九十四オ

ース以外には考えられないと思われる。④は絵が半丁で、一丁の片面分故にどうしても丁数が増加し、柱刻も左右に移動して行かざるを得ない。常識的に③→④と考えるべきであり、その逆の可能性はなかろう。

なお、①②③は明らかに同版、引用の修訂部分を含む第四丁でいうと、六行目作者表記「源俊頼朝臣」の「源」の欠彫部分が共通している点などからそれと指摘できよう。それに対して④はどうやら覆彫りらしく、全体に運筆に直線的な要素が増す（一行目「連」のシンニョウ（之繞）部分など）傾向があること。一行目一九字目の「へ」は①では「袖」の右まで出ていた留めの部分が、②③では欠けて「袖」の右辺の線よりも内側で切れた状態になっていたものが、④ではその短くなった長さのままでしっかり留めてあること。六行目の前記の「源」が④では運筆が異なる点、九行目詞書「梅花久薫と云る心」の運筆が直線的で、特に「心」の次字への連綿の位置がやや高いこと、一五行目の「衣」の①②③に比すと線の運びに曲線的要素が乏しくなることなど、単に後刷りの要因に拠るものではなく彫りに変化の生じていることが見てとれる。全て覆彫りによるずれと考えておく。③と④の絵は前記の如く人物図像の利用が見られ、共に奥村政信筆の可能性が高いが、④には遠景の空間処理など異質の要素もあり、装飾的な雲型の類型にも違いがうかがえるので、別筆もしくは同一人でも時間を置いての制作の可能性もあり、いずれにせよやや遅れての後刷本の可能性を指摘しておきたい。なお、①では柱刻が、第八七丁は「千載二十　九十一」（千載十九　八十七が正しい）、最終丁は「千載　二十一終」（千載二十　九十一終が正しい）となっている点は、架蔵伝本だけの問題かも知れないが、前記四丁オの修訂と関連するかもしれず、この段階以前の初刷本の存在を想定できる。

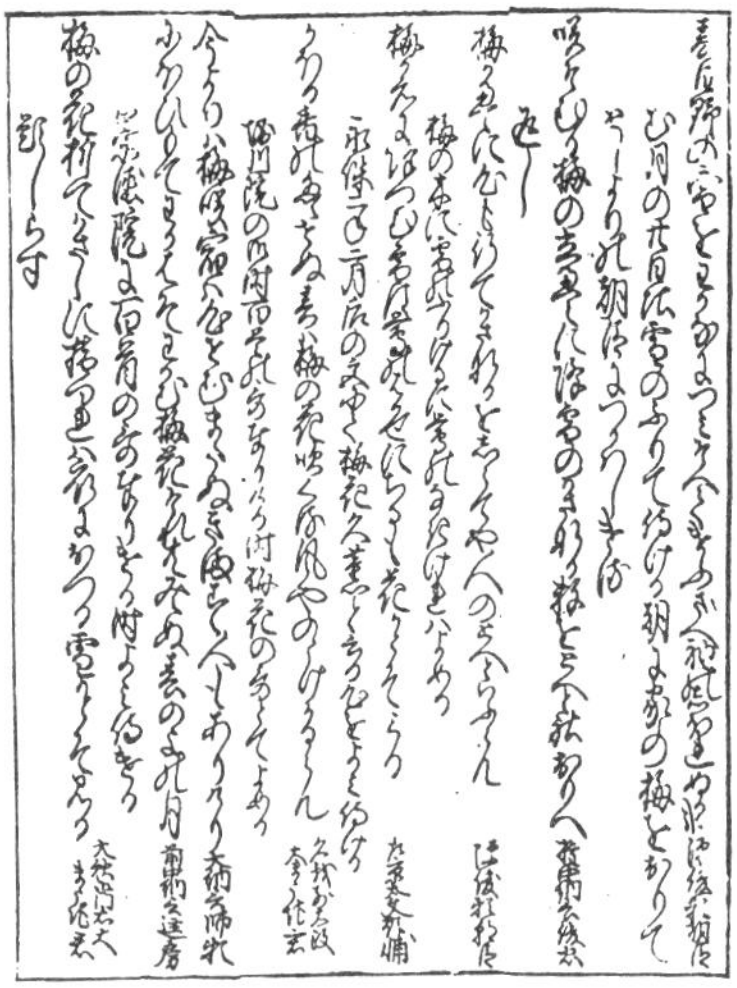

⑸⑴匡郭本　修訂部分第四丁オ

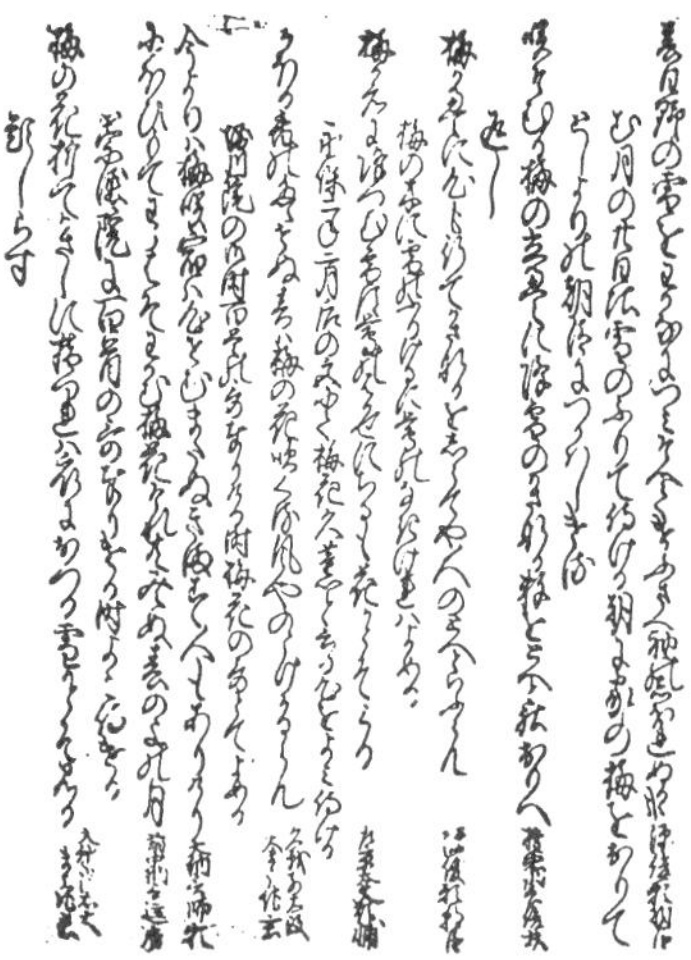

⑸⑵無匡郭本　新板

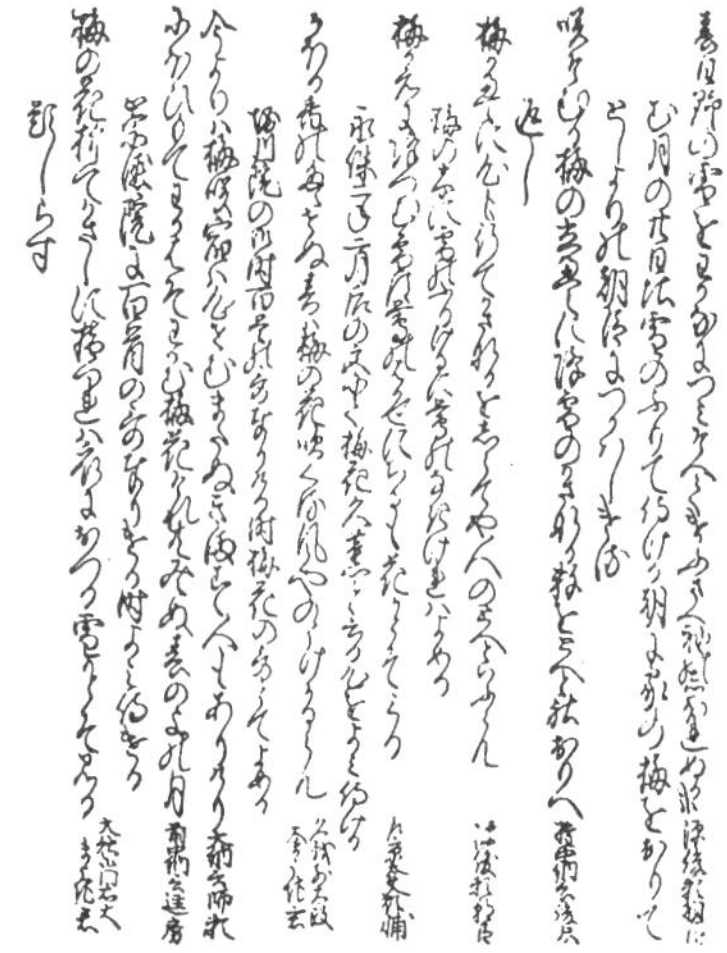

⑸⑶絵入第一種　山形屋利兵衛版

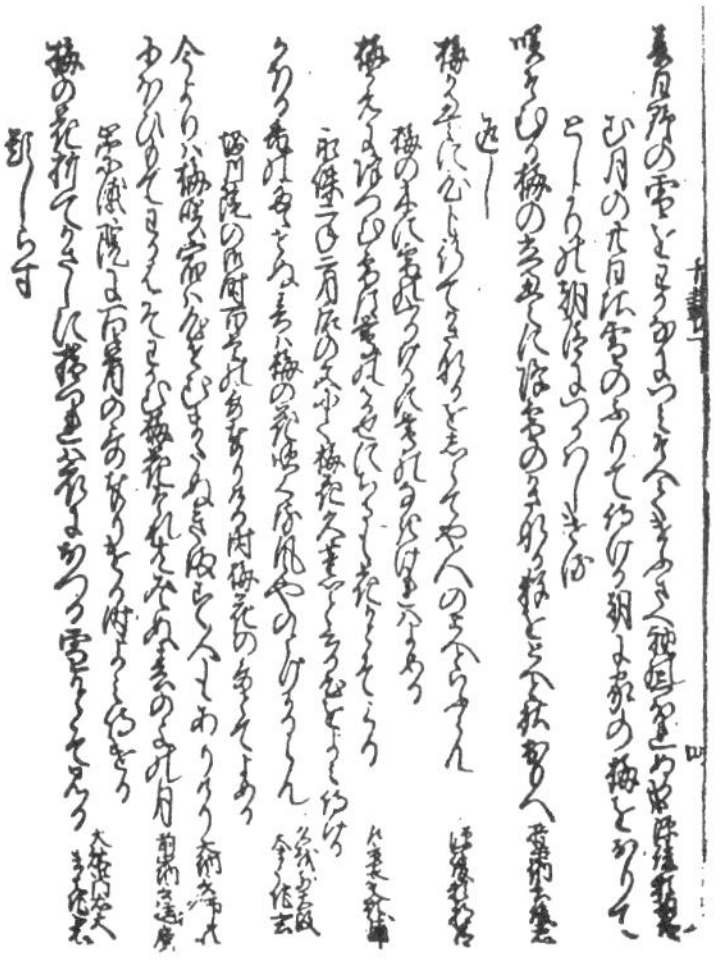

⑸⑷絵入第二種　出雲寺和泉掾版（覆彫）

(5)文政七年極小版

想定　極小本合一冊（原装二冊）。九・〇×六・四センチ
表紙　紺絹無地
題簽　剥離
内題　千載和歌集
柱刻　千上（下）　一（〜八一）
匡郭　四周単辺　六・九×四・九センチ
丁数　一六四丁（上冊、序・本文八一丁、下冊、本文・刊記八三丁）
本文　序・本文とも各半丁一二行、一首一行書、詞書一字下り。漢字仮名交り。
刊記　文政七申年仲秋／皇都書林　吉田四郎右衛門／遠藤平右衛門／出雲寺文次郎
備考　国文学研究資料館蔵初雁文庫旧蔵本（一二・二一八）、有吉保氏本、松野本。基準歌Aナシ、Bアリ、Cナシで丙類本。Dはアリで、Eの作者表記は「従

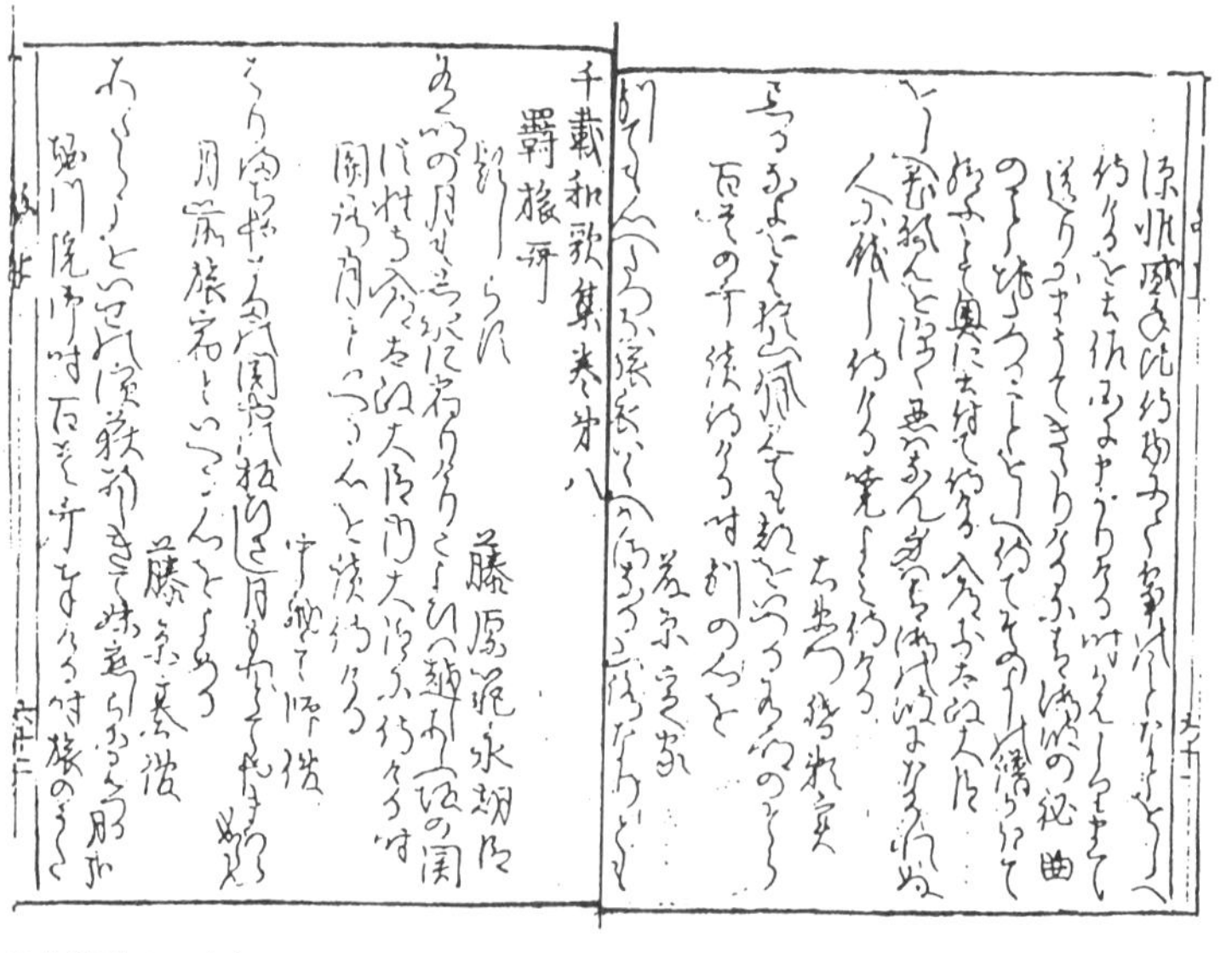

(57)基準歌Ａ　ナシ

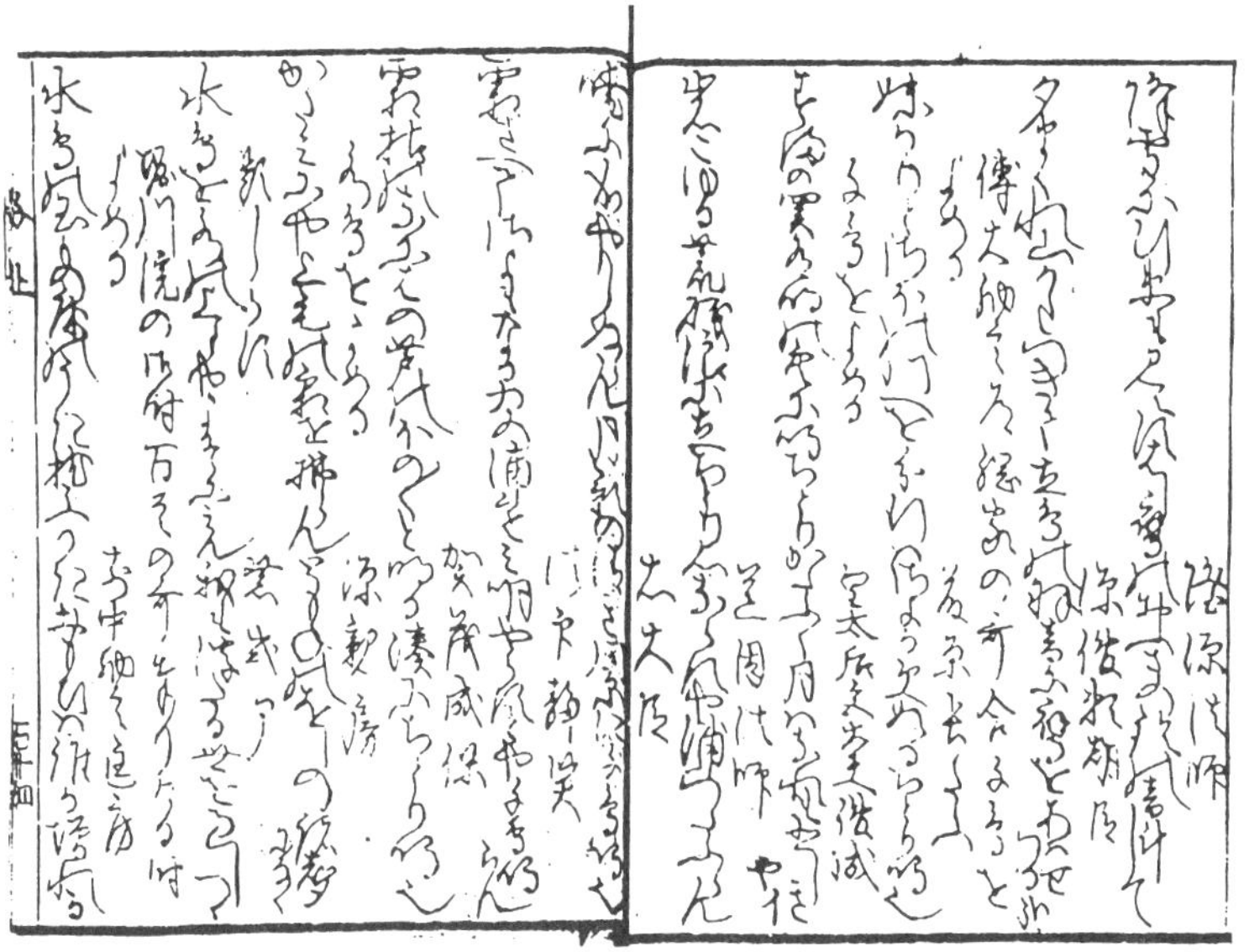

(58)基準歌Ｂ　アリ

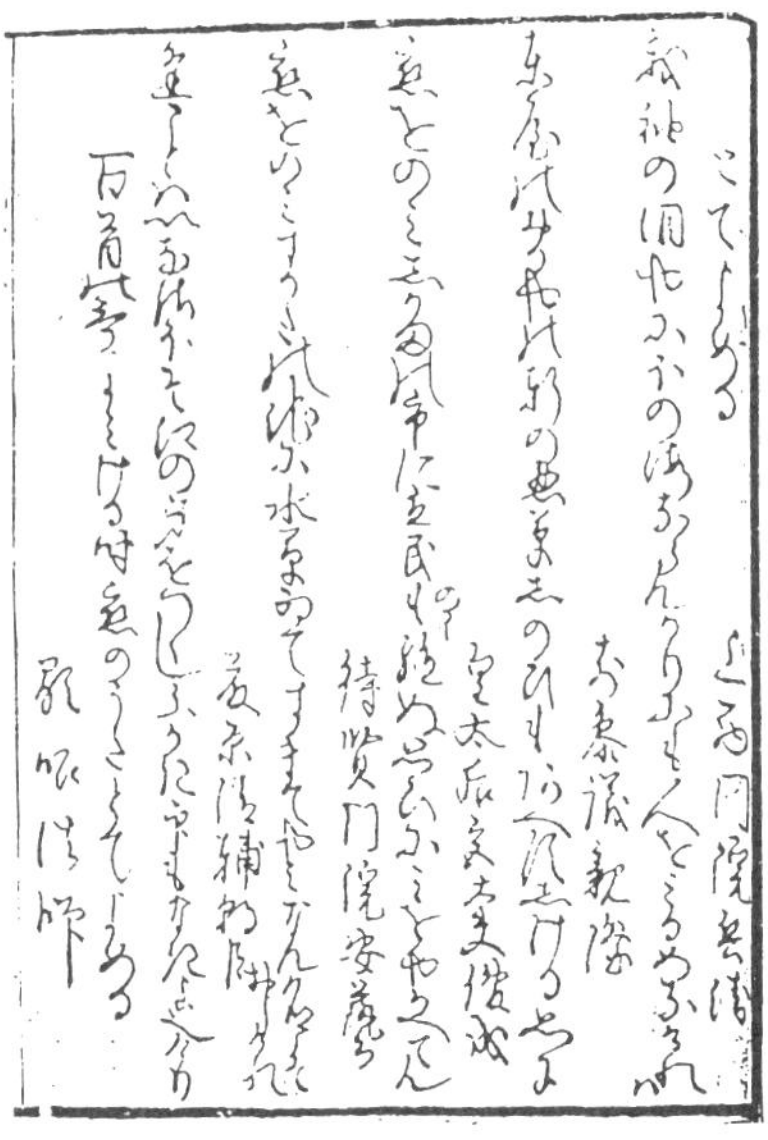

(59)基準歌Ｃ　ナシ

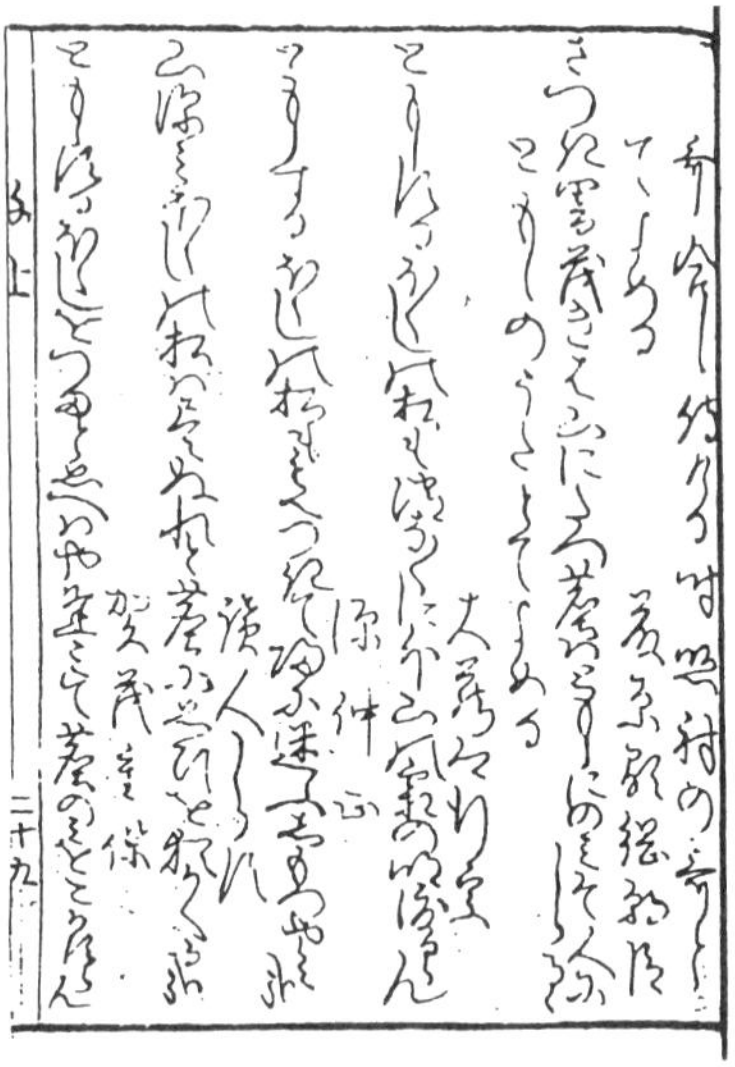

⑥⓪基準歌Ｄ　アリ

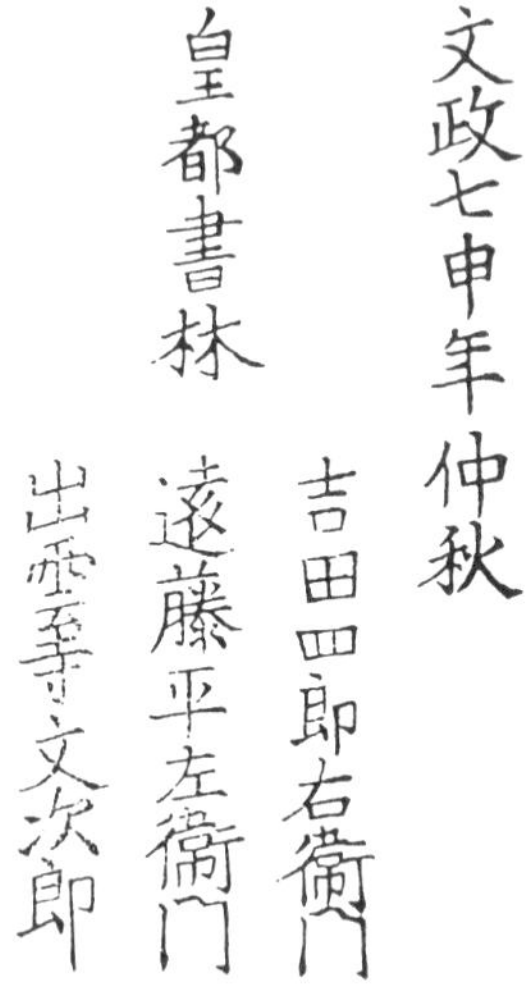

文政七申年仲秋
皇都書林
吉田四郎右衛門
遠藤平左衛門
出雲寺文次郎

⑥①刊記

三位頼政」で一貫、Fの守覚法親王は前掲表の如くで、(2)二十一代集小本に一致している。Gはf。全体の本文の性質もほぼ近似している。

極小版の歌書は三代集（貞享二年）、新古今集（元久二年）、源氏物語、和漢朗詠集などがあるが、それぞれ個別の出版で体系的なものではない（明治版にはまとめたものがある〈東京書肆伯楽圃版〉）。

三　本文の性格

以上の五類八種の千載集版本を本文の面から観察すると、(3)八代集抄本のみが丁類本、他は全て丙類本たることが知られる。

そしてその八代集抄本の巻末識語には

右八代集為備証本以数本再三令校正畢

文明第八三月中旬　牡丹花判

また、無刊記二十一代集（小本）の巻末識語には

右八代集為備証本以数本再三令校合之畢

文明第十八三月中旬　牡丹花　在判

とあるのが注目される。これをそのまま受け取れば十年を置いて二度、牡丹花肖柏によって八代集の書写校合が行われたということになる。その可能性は皆無とはいえないが、本文の極似するところから、前者は恐らく後者の「十八」から「十」が欠脱したものであろう。井上宗雄氏の御

示教でも文明八年はまだ肖柏の伝記の上では早すぎる感があるとのことであった。「牡丹花」の表記も文明段階では不審で、永正八年終以降の称の如くであるから、後人の注記が本文化したものかもしれない。こうした疑念を含む記述ではあるが、一応表記は尊重し、文明十八年の八代集本文の書写校訂文が、二十一代集小本の底本となり、本文の近似性から正保四年本も絵入り版本も、極小本もこの本文に拠っているのであろう。本稿の範囲での挙証でいえば、「守覚法親王」表記や「秀能」の誤記の共通性はそれを証拠立てているといってよいであろう。更に踏み込んでいえば、基準Dについての「ともしする」の改訂の例で、正保四年版本を小本が修訂したことは明らかだだから、正保四年版本が近世千載集版本本文の源流の位置にあり、丙類本系統の本文を採用したこと、次いで小本が修訂する際に「文明十八年牡丹花奥書本」が参照されたこと、その後の版本は、この修訂後の本文を採用していること、などが推定できるといってよいであろう。また、八代集抄本文が基本的には近似しながら丁類本的要素をもち、若干の異文を備え、更に「文明八年、牡丹花」の奥書を新古今に残していたということは、全く新たな本文が採用されたわけではなく、校訂作業の過程で混態現象が生じたものであろうか。八代集抄本もかなりの伝本が在って、覆せ彫りなど厳密にいえば同一の本文とは言えないようでもあり、研究の進展を俟って更に検討を進めることとしたい。

付、活字本の本文について

明治以降刊行の活字本はかなりの種類に上るが、主だったものを列挙し、今後順次補訂してゆくこととしたい。

⑴日本歌学全書6（博文館　明治23）

底本は正保四年版本

⑵国歌大観七冊（教文館　明治37七冊→角川書店　昭和26）

松下大三郎・渡辺文雄編。例言に「歌集の原本は流布本を採り諸本を校合して異動を註し疑ふべきは何々歟或は如旧とし妄に私見を以て改めず。（中略）二十一代集其の他仮名交体のものは仮名遣を訂正せり。又字数の都合上仮名を漢字に改めたるも少なからず」とある。底本の「流布本」は判然としないが、千載集の場合は正保四年版本で、基準Dなどは校訂して直したらしい。一首一行にするために漢字を当てた場合が多く、また番号の打ち誤りもある。

⑶八代集抄（国学院　明治35　→『八代集全註』山岸徳平編　有精堂、昭和35→複製。『北村季吟古註釈集成』11・12「千載和歌集」新典社昭和55）

⑷国民文庫八代集（国民文庫刊行会　明治42）

明治四二年七月校訂者畠山健の緒言に「正保四年三月開板せる十六巻本を原とせり。然して仮名遣送仮名等はすべて改めたれども、異本の傍注の如きは概ね原本のままにこれを存せり」とある。底本は正保四年版本。

⑸千載和歌集上下（歌書刊行会　明治43）

和綴活字本。基準歌Aアリ、Bナシ、Cナシ、Dアリ。編者中川恭次郎。解題ナシ。

(6)有朋堂文庫金葉和歌集詞花和歌集千載和歌集（有朋堂書店　明治45）
明治四四年六月の校訂者塚本哲三の緒言に「以上の三集、何れも、正保四年開版の八代集原本と天和三年版の八代集抄とによりて厳密に校正し、異本の如きも、すべて原本の形式に準じて之を傍注する事となしたり」とあり、基準歌Aナシ、Bアリ、Cアリで、巻末に寂照歌「ひとすぢに」が有る点、八代集抄に近いが、基準D「ともしする」は欠脱のままであり、正保四年版本の痕跡を残している。

(7)校註和歌叢書八代集（博文館　大正2）
佐佐木信綱、芳賀八一校註であるが底本には触れていない。千載集は基準歌Aナシ、Bアリ、Cナシ、Dは欠脱であるから、明らかに正保四年版本が底本である。

(8)二十一代集金葉集詞花集千載集（太洋社　大正14）
斎藤松太郎・大和田五月・藤倉喜代丸校。八代集の底本は八代集抄本。十三代集は正保版本。本文は(3)に同じ。

(9)校註国歌大系八代集（国民図書株式会社　昭和3→講談社　昭和51）
校註担当は佐伯常麿で例言に「正保四年版の普通刊本八代集をもととし、北村季吟の八代集抄を参考校訂しました」とあるが、基準歌Aナシ、Bアリ、Cアリで、巻末に寂照「ひとすぢに」を置く点八代集抄に倣うが、基準歌Dの欠脱はそのままで、正保四年版本の痕跡を残している。

⑽日本古典全集Ⅲ期千載和歌集（同刊行会　昭和6→現代思潮社　昭和57）
校訂者は正宗敦夫。解題はあるが底本の解説はない。基準歌Aナシ、Bアリ、CナシでD

も欠脱のままであるから正保四年版本が底本である。ただし、八代集抄による頭注に校合があり、Dも欠脱が補われている。

(11)笠間叢書11千載和歌集（笠間書院　昭和44）
久保田淳・松野陽一校注。静嘉堂蔵伝冷泉為秀本を底本として、八代集抄本で補訂。陽明本・書陵部蔵南北朝写本・同伝堀河具世筆本・同実隆奥書本・八代集抄の異文を示す。底本は乙類本。日野切七一葉分の釈文を収録。

(12)新編国歌大観千載和歌集（角川書店　昭和58）
校訂者松野陽一。底本陽明文庫蔵宋雅奥書本。校本は仙台市博物館蔵伊達家旧蔵二十一代集本。底本は甲類本。異本歌二首を巻末に示す。

(13)岩波文庫千載和歌集（岩波書店　昭和61）
校注者久保田淳。凡例によると、底本は久保田本。東大国文研究室本により補。静嘉堂蔵伝為秀筆本・陽明文庫蔵宋雅奥書本・東洋文庫本・東大国文研究室蔵伝公松筆本・秋山虔氏蔵実隆奥書本・三手文庫蔵契沖書入正保四年版本を本文制定の参考としたという。制定本文は甲類本。

(14)新日本古典文学大系千載和歌集（岩波書店　平成5）
校注者片野達郎・松野陽一。底本は竜門文庫蔵南北朝写二冊本。校本は陽明文庫蔵宋雅奥書本。底本は乙類本だが基準歌Aを陽明本に拠り掲出した。日野切を含む本文異同は脚注に示す。

⒂和泉古典叢書8千載和歌集（和泉書院　平成6）
校注者上條彰次。底本は竜門文庫蔵二冊本。乙類本。対校本は甲類陽明文庫蔵宋雅奥書本等。乙類静嘉堂伝為秀本等。丙類正保版本。丁類八代集抄本。
⒃東洋文庫八代集（平凡社　昭和62）
奥村恒哉編。正保四年版本の翻刻。書陵部蔵室町写八代集本（乙類本）による簡略な校訂アリ。
⒄合本八代集（三弥井書店　昭和61）
久保田淳・川村晃生編。正保四年版本の翻刻。

以上、活字本の本文を概観すると⑶八代集抄の活字本・複製と⑻を除くと、⑴〜⑼の昭和初年までのものは全て正保版本を底本としていること、即ち丙類本系統であること、⑽〜⒂は写本の善本を求めての校本で甲・乙両類系統であること、また、最近の仕事でもある⒃⒄は⑴⑼に接続し、且つ純粋な形で正保版本の復原を企図したものであることが知られよう。近世でもやその系統の人々は写本で千載集を読む場合が多かったと推定されるが、現存本の所在分布から見ても正保版本はかなり大量に出廻り、近世近代を通じてよく読まれたことが推定される。昭和四十年代以降写本の善本に拠る、甲乙類系統の本文化が進んだが、正保版本文に拠る享受の時代の長かったことは注目しておいてよいことであろう。

千載集の伝本と本文の研究は写本類を中心にまだこれから以後進められてゆく必要があり、その結果を待たねばならないが、現段階の推測では、甲乙類は確かに良質な本文であることをうかがわせると共に、整序された印象を与えるのに対し、丙丁類は作者表記などを中心に未整理な現象が多いが、また注目すべきことに日野切本文の発見が増加するにつれて丙類との共通点が見出されてきつつある。これは或いは明月記（天福元年七月）に「此集作者之位置、題之年月等甚無謂事多」とある記述などに対応する現象かもしれない。定家以後の整序を経た本文が写本群の主流を占め、実隆、肖柏あたりで注目された俊成自筆の未整序本の系統が版本本文の形成に預かった可能性もなしとしない。もう少し本文研究が進んだ段階では甲乙類優位の判断を再び修正する必要が生ずるかもしれない。今は千載集享受史の中に占める正保版本本文の大きさと、各種版本が全体として丙類の範囲に収まるという認識を確認するに結論をとどめておきたい。

(9) 絵入千載集の挿絵の方法
――奥村政信の菱川師宣図像摂取――

前章注5に記したように、無匡郭絵入第一種本の挿絵（奥村政信画）は、菱川師宣図像を摂取していることが判明した。本稿では両者の影響関係を写真図版によって確認しておくこととしたい。[1]

絵入本千載集は前稿の伝本分類に従えば、

(4)無刊年千載集十六行二冊本（半紙本）
①匡郭本
②無匡郭本
③無匡郭絵入第一種本
④無匡郭絵入第二種本

の③④に当る。右の四種の伝本は、本文に関しては①②③の順に転移した同版本。④は覆彫本で

注1　この問題については拙著『千載集　勅撰和歌集はどう編まれたか』（セミナー〔原典を読む〕3　平成六年　平凡社）でも若干論述した。

絵入第一種本第十一図

俗解（ぞくげ）源氏物語　宝永七序　享保六刊（国文研本）

あり、③で奥村政信画の両面挿絵八丁十六図が挿入され、④の画者不詳挿絵は片面十六図が差し換えられたと推定される（両本の全三十二図は前稿に掲載した）。

③の挿絵画者が奥村政信たることは、第十一図の画中壁画書入の署名に拠る認定である。『俗解源氏物語』（享保六年刊）にも同趣の画中署名が[2]あることからの推定であるが、両者の画風はかならずしも近似したものではない。千載挿絵が政信初期のもの故の違いと判断しておく。

注2　近時入手した『北里遊戯帖　全』に吉原楼中の座敷で描きあげた屏風に画者が「奥村政信筆」と記入している図像がある。

一　『姿絵百人一首』との関係

『姿絵百人一首』は元禄八年江戸大伝馬二丁目木下甚右衛門の刊。前年の七年に菱川師宣は死んでいるが、版元の識語によれば師宣息の師房の家に伝えられていた画稿を上梓したものという。序を信ずれば、立圃の『休息哥仙』に倣って百人一首版の姿絵歌仙を師宣が企図したものであったという。生前に版行されていなかったことにいささかの疑念を憶えぬでもないが、画風から、ほゞ師宣作と見てよいものと思われる。

さて、絵入本第一種『千載和歌集』の挿絵は前稿で全図を示したように全十六図、このうち九図が『姿絵百人一首』の図像（八図が人物、一図が建物と人物の構図）を利用していることが知られたのである。以下、

A人物図像を殆んどそのまま利用した例、

B人物図像の一部を変形させて利用した例、

C構図の骨格の利用例

に分類して両者の比較を試みたい。

『姿絵百人一首』は以下『姿絵』と略称する。

A人物図像を殆んどそのまま利用した例

この場合も、全く原型のままではなく、衣裳の柄、烏帽子、髪形の変容、細部の線の異同等はあるが、人物の姿勢等基本的な図像要素が共通している場合である。

①千載第十図（恋二、又五十一丁ウ）と『姿絵』僧正遍昭図

姿絵は僧正遍昭と思しき高位僧官の袈裟姿の僧が中央に大きく描かれ、左斜め上部の天空の天女の舞いを遠望している。杖を執った姿勢の良い立ち姿で、側には稚児が蹲居して、小袋を載せた三宝状の台を捧げ持っている。「天津風雲の通ひ路吹き閉ぢよ乙女の姿しばしとどめん」の歌

①

意を、古今集の良峯宗貞ではなく、百人一首の「僧正」を話主として解して画面構成をしたもの、と理解してよかろう。千載図は、この僧、稚児を山寺の堂宇を遠望する図に置き換えたもの。袈裟の柄、文様に変化はつけているが、姿勢、衿、杖、飾り紐等の特徴はそのままで、人物図像をそっくり利用したと断定してよかろう。稚児は位置をやや遠ざけ、捧物を消して脇差しを着帯させている。入道左大臣の図の小姓像に類似の腰刀を帯びたものがあるが、そちらは腰帯であり、袴姿からも、この遍昭図を利用したと見てよいと思われる。

②千載第九図（恋二、又五十一丁オ）と『姿絵』素性法師

姿絵は背を丸めて返信の短冊に見いる僧の坐像。稚児が心配気に左手を胸に当てつつ身を寄せて、返信への主人の反応を見つめている。遠影の山の端に出た月は、「今こむといひしばかりに長月の有明の月を待出づるかな」の歌意に

②

拠っているが、有明月ではなく、満月になっているのは御愛敬というべきか。

千載の方は、この僧だけを家居の縁先に坐らせている。捲き上げた御簾と風鈴、庭の遣水などから夏の夕景でもあろうか。短冊に見いる僧は、姿勢や衣裳もほとんどそのまま摂取したものと考えてよかろう。

③千載第十六図（雑下、又八十二丁ウ）と『姿絵』陽成院

姿絵は、うずくまり顔を伏せて膝の中に埋めんばかりの姿で、全身が円形に描かれ、頭部や手から袖、丸めた背、まとめた長髪の線、両脚の位置など円形を印象づける諸要素が特徴的な図柄で、恋に悩む姿が表現されている。慰め役の侍女に、遠景は和歌の「筑波山」が配されている。千載は御簾を半懸した貴人の御前の歌会の場面で、歌の詠出に悩む貴族歌人に設定している。円形の像の構図は殆んどそのままで、姿絵では寝ていた束髪が千載では前に垂れた冠の

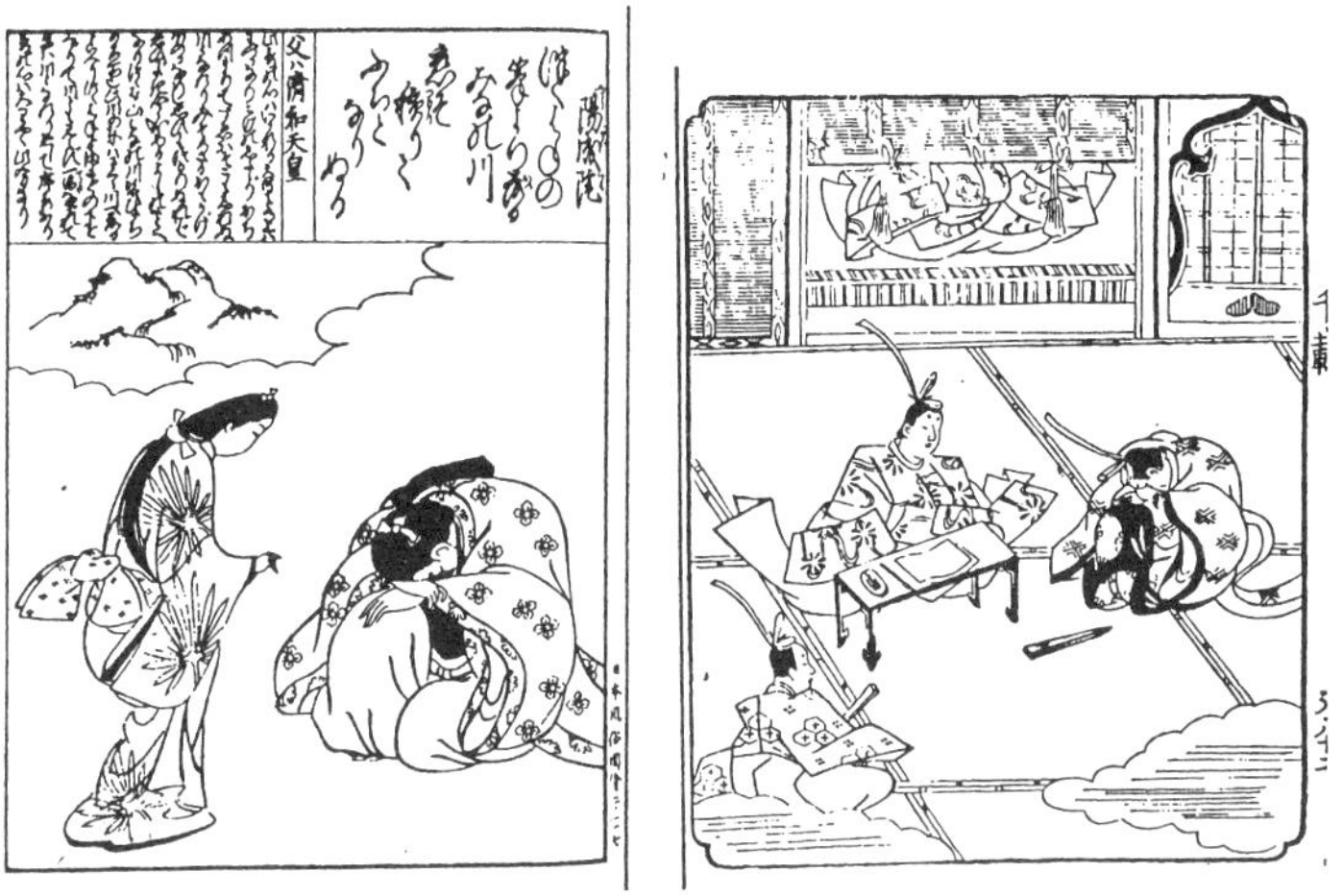

③

纓に変化している点や、手の位置、指貫の柄、左袂の裾などに小異同はあるが、円形でまとめた特徴は利用されているといってよいであろう。

④千載第十一図（恋五、又六十二丁ォ）と『姿絵』三条右大臣

姿絵は「人に知られぬ」恋の在り様に悩む人物に、恐らく相手への書信を携えて出掛けようとしている侍女と、遠景に逢坂山を配した図柄である。これに対して千載は、端近に短冊、筆箱を出し、やゝ放心した面持で庭先きを眺める人物が描かれるが、奥の床の間に冠が外して置かれているところから、或は籠居不遇の様を示すものかと思われる。襟や袂の縁取りや、着物の柄に変化はあるが、左立て膝に軽く左腕を曲げて載せ、右手を真直ぐに垂らし、やゝ面伏の表情、襟元の合せ目の線、上衣の裾の長い引きずりなど、共通点が多い。利用と認めてよかろう。なお、この千載図は前引の如く奥の右手の

④

野飼の馬二頭を描いた画中に「奥村政信筆」とある一葉である。

⑤千載第十五図（雑下、又八十二丁オ）と『姿絵』法性寺入道前関白太政大臣

姿絵は、振り返って遠くを見やっているがくつろいだ坐像で座敷の内にいることを推測させる。歌意の「わたの原漕ぎ出でてみれば」は上部の客を二人載せた漕ぎ舟で示されるから、回想などの景として設定され、その視点だけが舟として描かれて、対象の「雲井にまがふ沖つ白波」は画面に表われていない。その回想主体の人物が、千載では烏帽子の貴族と座敷で対話中の庭先きを見やっている人物に置き換えられている。刀や扇、裾の位置に小異はあるが、左向きのかしげた頭部、猫背の線、細く垂らした髪先き、着物の襞など共通する人物図像である。

以上の五図は特徴をそのまま利用した図像と見做してよかろう。

⑤

B人物図像の一部を変形して利用した例

これは、人物の顔の向きを左右に換えて利用した例である。

⑥千載第四図（夏、又十五丁ウ）と『姿絵』柿本人麿

姿絵は、杖に縋ってたつ老人像で、高欄が見えるから建物の外縁の廊上、枕を抱える侍童が後に従い、燭灯を掲げる女性が案内の声をかけている図柄である。歌意の「長々し夜を独りかも寝む」の図案化なのであろう。千載ではこのやゝ左うつ向き加減の顔を右の遠方を見やる様子に写し換えている。Aの五図は全て頭部の位置をそのままに摂取することで特徴を出していたわけであるが、ここでは逆の方向に顔を向けさせている。しかし、首から下は手足の所作、服装の各部位の位置づけや柄、色、文様もほとんどそのままに利用している。なお、千載の図柄は、松、波、千鳥、漁網を配した海浜で、当

⑥

然、明石の地を連想させよう。三十六人歌合一番左の人麿図像は類型化された幾つかのパターンが在るが、[3] 坐像・立像の差はあるものの、遠望する眼差しなど、これもそれらの型が意識されていよう。千載の場合、柿本人麿は撰歌対象外なので、この人物が人麿である必然性は全くないのであるが、姿絵の人麿図からの連想が人麿類型図の場面を引き寄せているのであろう。

⑦千載第二図（春上、又五丁ゥ）と『姿絵』後鳥羽院

姿絵は、脇息にもたれた坐像で、顔は右を向き、左手がやや不自然な形で脇息にかかっている。右上部の図は柳を一本配した御殿の図であるから、遠く隠岐島の行在所から都の御所を回想している図柄なのであろう。沓を小台に載せ、杖を持して慇懃に在侍する小童にもあるいは寓意があるのかもしれないが現在のところ判然としない。

千載の方は藁葺屋根の高殿から外を見やる人

注3　最近の研究に島尾新氏「柿本人麿像における『かたち』と『意味』」（イメージ・リーディング叢書　平6　平凡社）があり、二つの基本タイプについて論じている。

⑦

物に置き換えてある。首を立てて前方を見やっているから、顔の向きは違うが、細く束ねた髪先き、一層不自然になった首筋にかけた左手、脇息にもたれる姿勢の角度、衣裳の広がりなど、共通図像と認定してよかろう。衣裳の若松文様は春歌の巻の挿絵にふさわしいが、樹の枝々に釣られた短冊は何を意味するのだろうか。藁屋根と高殿の柱組みから貴人の謫居を想像するが如何なものであろうか。

⑧千載第一図（春上　又五丁オ）と『姿絵』元良親王

姿絵は、脇息に左腕を軽く掛け、後の侍者と同方向を向いて坐っている（若松文様の羽織りの柄、脇息の色、髪の束ね方は⑦千載第二図と同じである）。それに茶碗を捧げ持つ侍童が配される。歌意の「みをつくし」は上部の図に澪標が描きこまれることによって示されている。千載の方では、御簾を捲き上げた部屋から庭先の梅花の盛りを見やる図柄に置きかえられる。顔は正面

⑧

を向き冠を冒り、脇息ではなく文机に肘を載せる姿に変わっている。しかし、肩の線、裾のふくらみと折返った部分の処置、肘から袖のかかり方、机の下の衣類の描線などは「利用されたもの」と認定してよいかと思われる。右手から小童が茶碗を捧げて橋がかりを歩いてくるのも、右左の違いはあるが、姿絵の侍童からのヒントを生かしたものと考えてよかろう。なお、この羽織の唐草文様は、⑦姿絵の後鳥羽院の文様に共通する。⑦⑧は相関要素が濃いと見做してよいものと思われる。

C構図骨格の利用例

ABの様な人物図像摂取をそれと指摘できるのとは違って、人物図像には共通点はないが、建物や人物の配置に共通性が認められるのがこの場合である。

⑨

⑨千載第十四図（雑中、又七十二丁オ）と『姿絵』、小野小町

姿絵は縁先端居の女性が庭を見やっている図柄で、建物は御簾半懸、半蔀が隣接して明けられ、女童が侍っている。千載は縁先に出た女性が庭にしつらえられた滝の上に昇った満月を見上げている図である。衣裳も侍女も違うし、建物の簾の形も違い、縁側の板の描き方も踏石や、接続するめぐり縁の付加も異なっていて、一見全く関係ないように見えるが、左上部を大きく占める屋根は全く同じ、二人の人物配置も影響があったと考えてよいのであろう。左半分に開放された建物、右に庭を配置し、主人公と侍童、侍女の坐像を置く例は⑧千載図、第二種千載の第一図、第七図と類画が多いが、屋根の共通点をここでは重視しておきたい。

以上の九例から、奥村政信が絵入第一種本の挿絵作画に際して、姿絵百人一首の図像を摂取したことは確かであるといえよう。

次いで、師宣画であることがはっきりしている作品との関係も考察しておこう。

二　師宣真作との関係

『大和絵つくし』（貞享三年刊）『美人絵つくし』（天和三年刊）は共に菱川師宣作で、前者は古典作品の一場面を絵画化し頭注を付したもの、後者は古典に関わる美人を絵説きし、同じく付注した作品である。

⑩千載第六図（秋下、又廿四丁ウ）と『大和絵つくし』浅間

『大和絵つくし』浅間は、『伊勢物語』九段、東下りの浅間山の場面である。見開きに二面かかれ、浅間山は右面の山裾で切られて山頂の噴煙は見られない。「昔男」は左面に左向きの馬に乗った姿で右の山頂を振り返るように描かれる。馬の両面には烏帽子姿の従者と童形で刀を荷う少年、右面には小手をかざす人物と、長柄傘を立て、かがんで草鞋の紐を結び直そうとしている人物の二人の従者が描かれている。千載の方ではこの両面が一面にまとめられ、右面にいた小手をかざす人物が消えたほかは人物配置もほとんど同一（烏帽子など細部に異同はある）で、馬の脚の位置までほぼ一致している。ところが、最も異なるのは、山が噴煙を上げる浅間ではなく、富士になっている点である。

伊勢物語、東下りの浅間、富士は、中世の絵巻や奈良絵本類で次第に類型化してきたが、江戸に入って、更に流行して行く挿絵版本の基になったのは、嵯峨本伊勢物語の挿絵であった。嵯峨

本では、浅間は左上部に噴煙をあげ、昔男は馬を真直ぐに山に向けて馬上から（右下から左上への視線で）山を見上げている。従者は童形の一人を含めて三人。長柄傘の男はいない。富士山はやはり左上部に位置し、馬は右向き、昔男は顔を左に向けて見上げている。従者は童形を含めて二人、やはり長柄傘の男はいない。

山に向う「昔男」の一行という図柄で共通する両山の場面は、東下りのストーリー性から切り離される場合、しばしば習合してしまう。そして、人物群像の類似化が生ずるのである。師宣の『大和絵つくし』、『こぼれ松』（元禄十四年　山形屋版）の浅間嶽、『伊勢物語大全』（享保三年）の富士『花鳥風月』（貞享頃、鱗形屋版）の富士にはかくて長柄傘の従者が定連となる。▼4

こうした一連の富士・浅間絵の中で、千載の富士絵がいつ生れても不思議はないが、しかし、これがあくまで師宣の『大和絵つくし』に拠ると断定する所以は、前記した対応のうち、特に右端の長柄傘の従者が草鞋の紐を結び直すためにしゃがみこんでいる仕種の、他の伊勢絵に類例の無い共通性に在る。そして下卑た笑みを浮かべたその表情、――師宣が左右に対象させた「貴」と「卑」の面白さを一面にとりこんでみせた合成の興趣は、特にこの人物の卑俗性のリアリティによって強調されている。▼5

⑪千載第七図（羇旅、又卅四丁オ）と『美人絵つくし』紫式部

『美人絵つくし』の紫式部は、石山寺に隠って源氏物語を執筆する場面である。河縁の岩上の高殿は大きく窓を開き、文机に向う紫式部には、遠く瀬多橋までも見晴らせるという図柄であろうか。千載では一面に凝縮されたため、直ぐ眼下に漁りで網を引く舟二隻が描かれる。しかし、高殿、文机に向う女性の図像と構成はほゞこの『美人絵つくし』に拠った、と見てよいであろ

注4　この他、管見に入った伊勢絵の富士浅間図で長柄傘の従者の入る作品には、『新板伊勢物語読曲清濁』（下河辺拾水画　元禄十四年　銭屋庄兵衛版）、『伊勢物語改成』（無刊年　出雲寺和泉掾版）、『花王伊勢物語』（長谷川光信・森尚園画　宝暦十三年　渋川版）『絵抄頭書伝授伊勢物語』（無刊年　菊屋七郎兵衛版）『伊勢物語増抄』（元禄四年　松会三四郎版）『伊勢物語』（拾水画　寛政五年　本屋又兵衛版）などがある。なお、『こぼれ松』（師宣画　元禄十四年　山形屋版）は、サントリー美術館「三百年記念　浮世絵誕生・菱川師宣」展図録（平成六年一月十五日刊）の写真参照。

注5　脱稿後、草鞋の紐を結び直す所作の人物像には、図像史の上である

菱川師宣『大和絵つくし』の「伊勢物語」東下り・浅間の場面

⑩　千載集絵入本第一種、第６図（秋下）

種の意味の付与が認められている由を聞かされたが、この富士・浅間図の場合の読みにそれをどう生かすかの成案はない。後考を俟ちたい。

嵯峨本系伊勢物語　　富士

伊勢物語抒海　　富士山

花鳥風月　貞享頃　鱗形屋版　富士山

伊勢物語舒海　　浅間山

美人絵つくし（天和３刊）

⑪

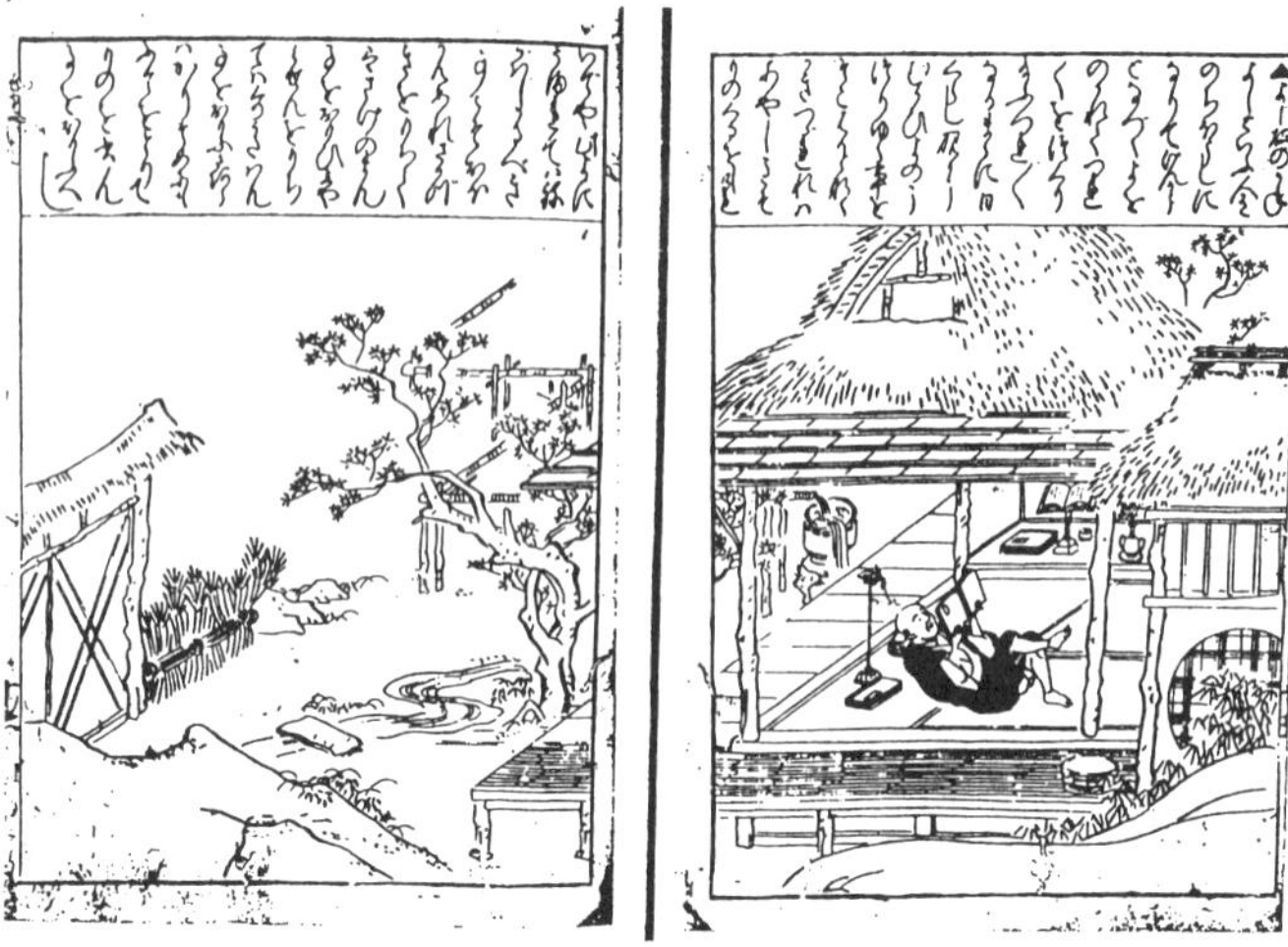

大和絵つくし

⑫

う。

⑫千載第十二図（恋五、又六十二丁ウ）と『大和絵づくし』吉田兼好

これは、一見しただけでは共通性の指摘は難しい。『大和絵づくし』の方は寝ころんで読書に耽る草庵の安逸さが描かれるのに対し、千載では草庵の縁に膝を組み、頬杖をついて満月と時鳥を楽しむ僧が描かれる。全然関係の無いように見えるが、細部を検討すると共通要素に気づかされるのである。藁屋根をつけた筋交いを入れた木戸、背の低い藁結いの草の籬垣、土壁を丸く抜いた化粧窓、そして何よりも脚組みで自由な安逸さを感じさせる出家者の姿態の図像、これらは草庵描写の類型性を考慮に入れなければならないが、①②の関係を考えれば、この図が千載図にヒントを与えたと見做してよさそうである。

以上の三点、特に①②によって、政信が師である師宣真筆作品の作図を利用したことは間違いないと思われる。

三　おわりに

如上の検討で、絵入第一種本千載集の挿絵は、十六図中十二図まで師宣作品の図像を摂取していることが明らかになった。現在までの伝本調査では、刊記が無刊年の山形屋利兵衛版しか発見されていないので、少なくとも『姿絵百人一首』の刊年元禄八年を刊年の上限とする徴証とし得ること、従来から師宣の政信への影響は言われてきたが、具体的にそれと指摘できたことなどが僅かな成果と言い得ようか。

山形屋利兵衛は、元禄七年の師宣の死後、遺作を集めていて『こぼれ松』を元禄十四年に刊行している。山形屋の位置は日本橋通油町、師宣の住居は日本橋在住期は近隣の橘町と村松町にまたがる地だったという。そして奥村政信が、享保頃から書肆を開いたのが隣町の通塩町であった。在住の時期がずれれば問題にもならないことではあるが、この地域的近隣性は何か想像を誘わせるものがある。山形屋は所蔵していた師宣の遺作の集積を若き政信に提供し、この千載集の挿絵を制作せしめたのではないか。「若き」というのは、余りにも師宣絵に密着しすぎていて自律性の乏しい点からの推測である。享保二年刊の『俗解源氏物語』の挿絵などに見られる政信の個性はうかがうべくもない類型的な作品だからである。習作期の所産と今のところは推測しておきたい（因に『姿絵百人一首』の版元木下甚右衞門の大伝馬二丁目も通油町の西に当たる）。なお、絵入第二種千載集の版元出雲寺和泉掾、近江屋久兵衞（共に京都が本店）の江戸店も近隣の長谷川町である。近江屋の江戸店は、従来文政頃が活動期とされてきたが、近時、元禄十五年刊の『新板保元物語・平治物語』が見出され、元禄末年頃の活動の徴証が見出された。これまた日本橋の近縁性が刊行動機に何らかの意味をもつのではないかと推測し、特記する次第である。

Ⅱ

書影覚書

(1)　千載集

架蔵の千載集の写本は一三本、他に八代集本が二本、計一五本である。単行のものも恐らく八代集本か二十一代集本から分離流伝したものと思われるが、善本と呼べるものは無く、専門の研究者としてはまことに恥入るばかりの集書である。一見したものを含めれば、全伝本は二百本に近くなるが、それをきりりと整理するに足る本には遂にめぐり逢えなかった。そのうち、やや気づいた点のある本のみを紹介しておく。

なお、版本は、I(8)の論に示したように、版種全てに目配りができるところまで集め得たが、近代の活字本文との関係を明らかにし、享受史の面で確実な発言はし得たものの、千載集伝本全体の本文整理の上では小さな貢献しかできなかった。

① **千載集**　旧写字台本　写二帖

縦二五・〇×一七・七㎝。斐紙列帖装二帖。表紙は丁字の梨地に、金銀の縦線を引く。外題は飛鳥井雅章筆カ。墨付上帖五括一〇三丁、下帖五括一〇四丁。一面序八行、本文一〇行。一首一行書き。詞書三字下り。奥書、逍遙院（実隆）筆本を承けた三種（弘治二稱名野釈、慶長一〇素然、書写奥書「亜槐藤」）。蔵印「写字台」他二種。

本文系統は乙類。作者表記は、従三位頼

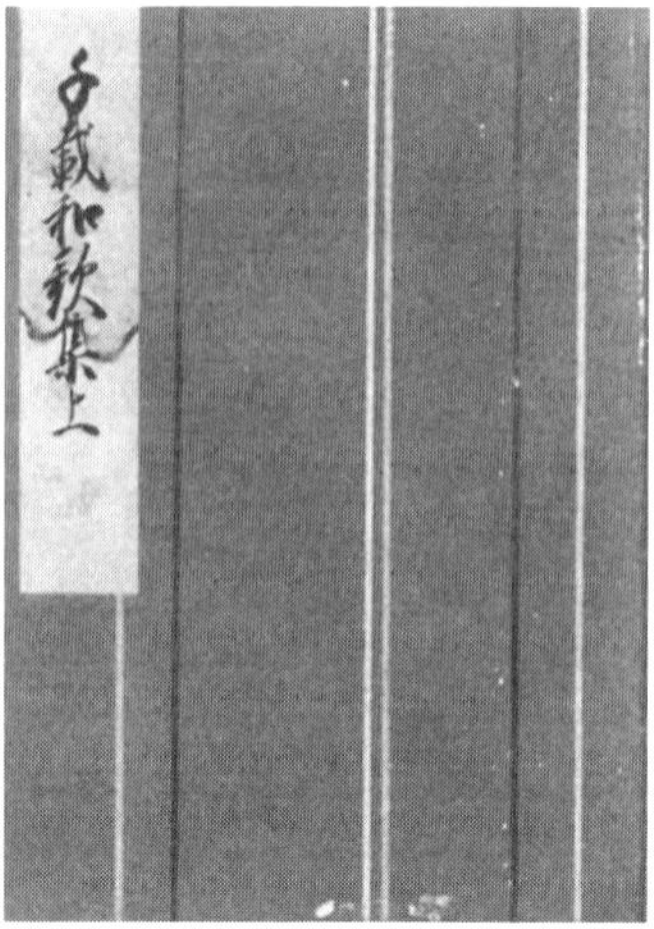

表紙

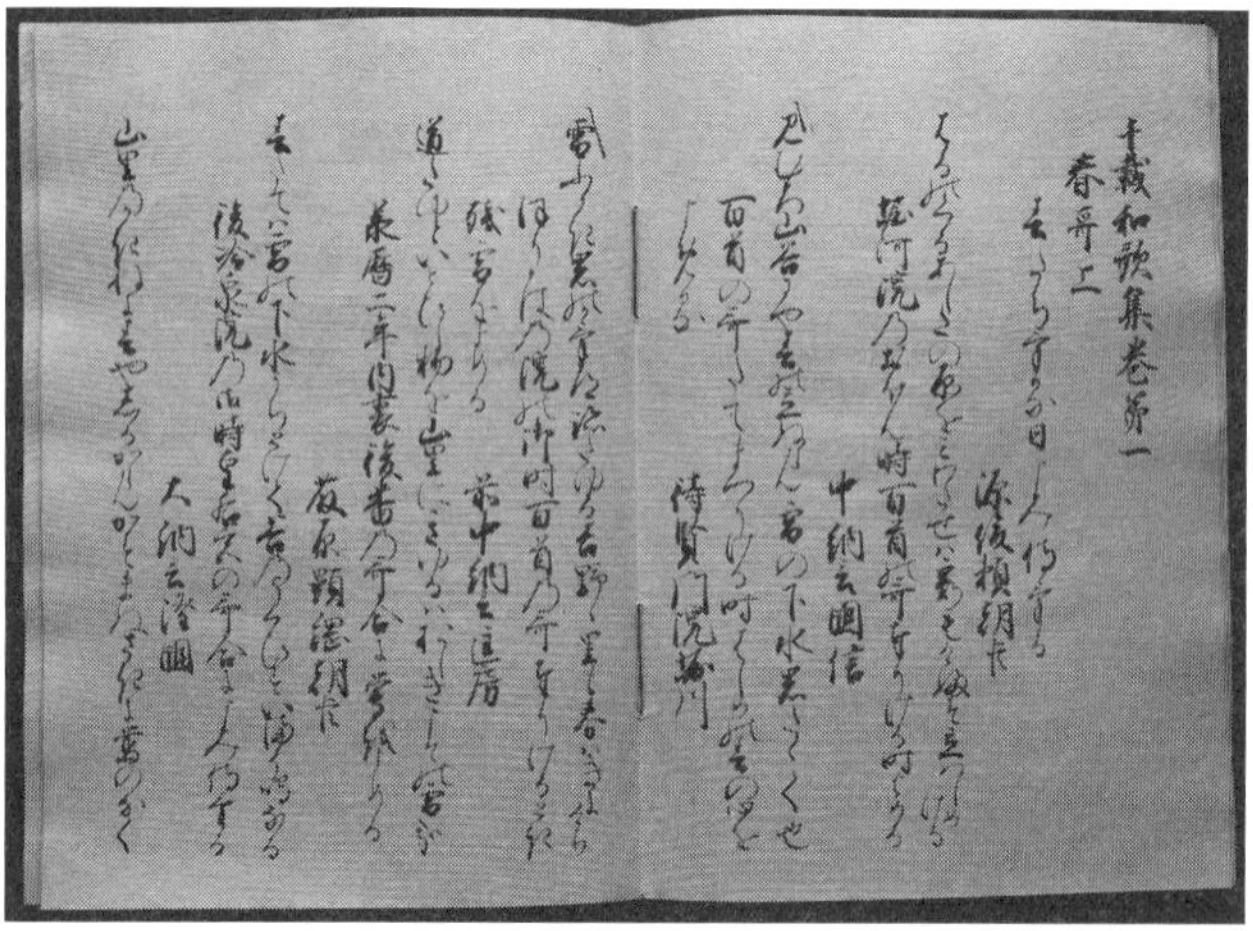
巻頭見開き

蔵書印

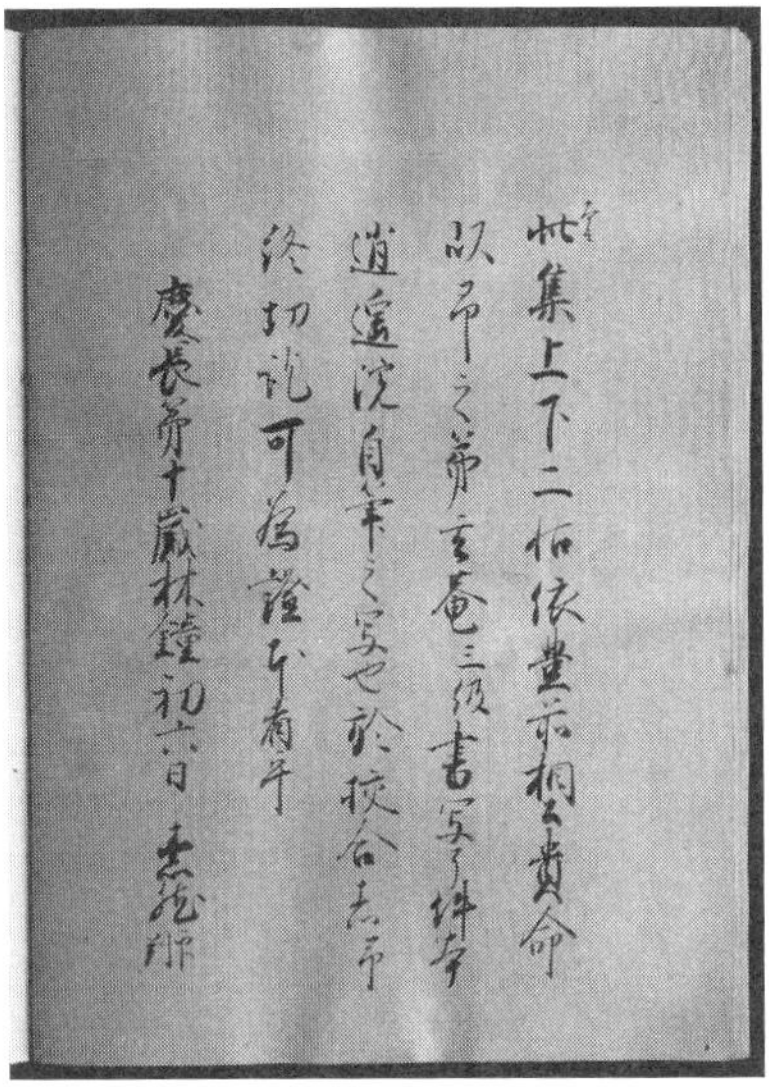

中院通勝（也足軒）校合奥書

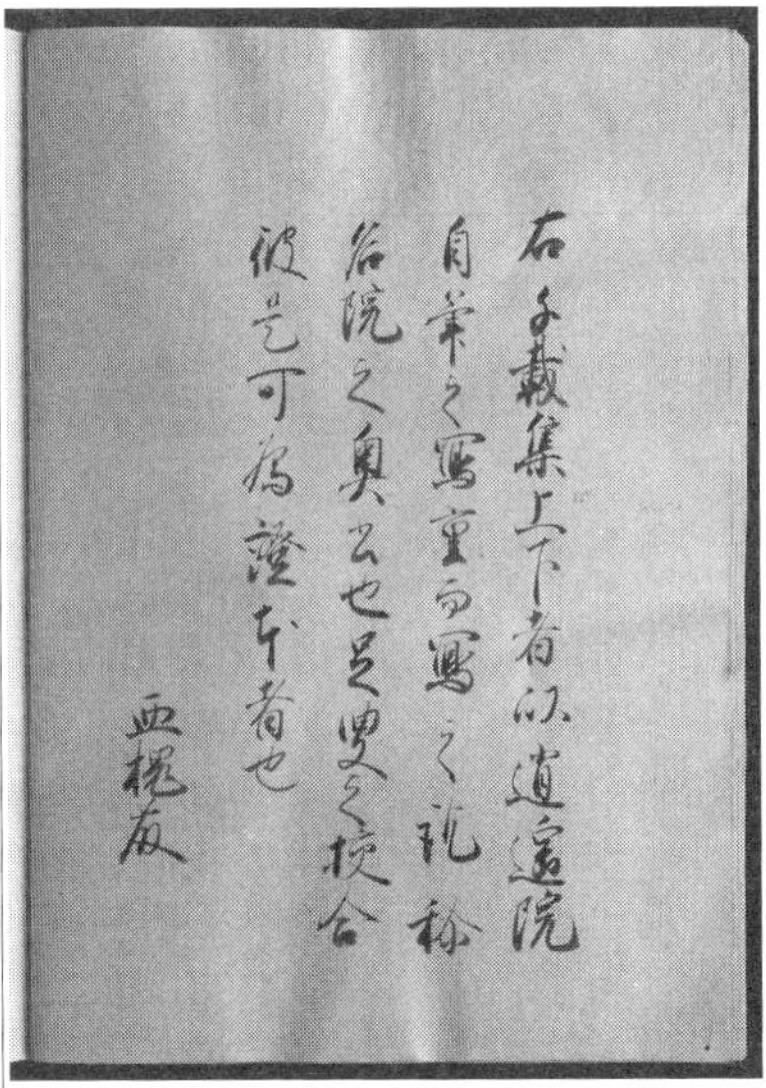

飛鳥井雅章書写奥書

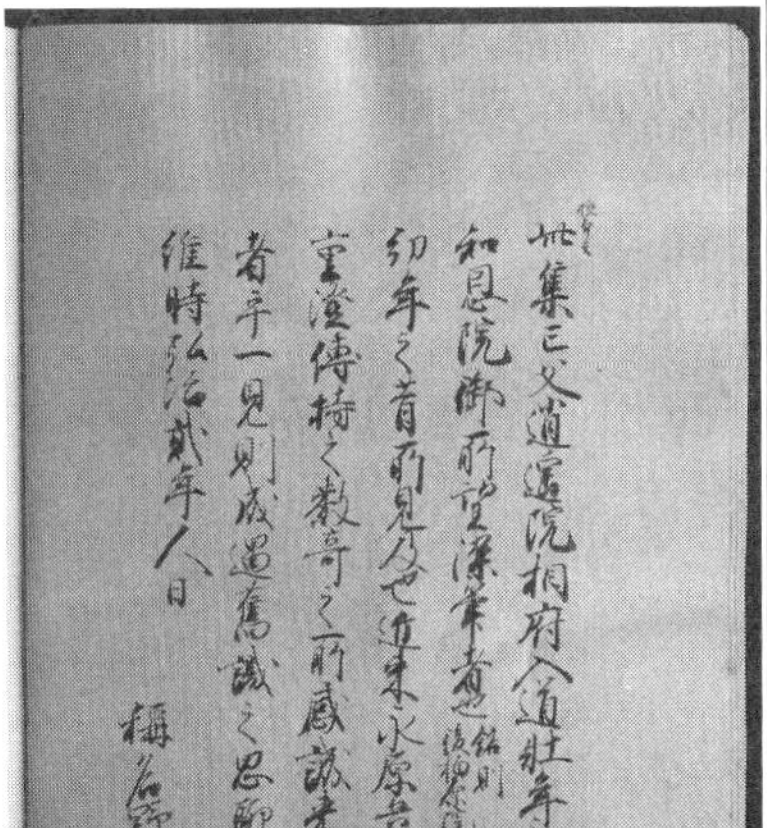

三条西公条（実隆男）奥書

政、仁和寺二品法親王守覚で通す、A系統の本文である。元は二十一代集本であったらしい（ツレの本が鶴見大学に在る）。

恋一671「わが恋は」が663の作者「頼政」と歌の間に重複して入集している。また。恋三795俊成歌の詞書・作者名・歌の歌順が、799加賀歌の次に置かれている。

春上〜秋上には墨と朱の合点がかなり多く記されている（秋下以下には一切無い）。

② **千載集**　八代集本　写二帖

二一・七×一五・三㎝。金彩・墨流し下絵の斐紙、列帖装二帖（八代集一二帖は同一装丁）。上下各六括りで、墨付二〇四丁。一面一〇行一首一行書き。詞書二字下り。奥書なし。表紙、茶地金襴緞子、鳳凰菊花唐草文様。見返しは金箔散らし斐紙。題簽は布目斐紙、金彩。金銀箔を散らす。外題は「千載和歌集上（下）」。本文は甲類。作者表記は「従三位頼政」「仁和寺二品法親王守覚」で通し、A系統（但、頼政754は欠脱）。下巻第一括りの最終紙（恋二752〜761）欠脱。

赤漆塗の箱に八代集一二帖が収められ、表蓋には金泥で「八代集」と書かれている。品の良い下絵入りの料紙、装丁で、大名家本であったかと推定される。

③ **千載集**　曼殊院慈運筆本　写二冊

二一・九×一五・〇。薄様斐紙袋綴二冊。墨付上下冊共に一二九丁。一面、序七行本文八行。一首一行書き、詞書二字下り。奥書ナシ。表紙は緞子。薄緑地に花紋唐草模様を織出す。見返しは布目金地、金箔、銀砂子を散らす。題簽は左肩に龍文を刷入れた斐紙短冊。外題は「千載和歌集」。本文は乙類。作者

表紙

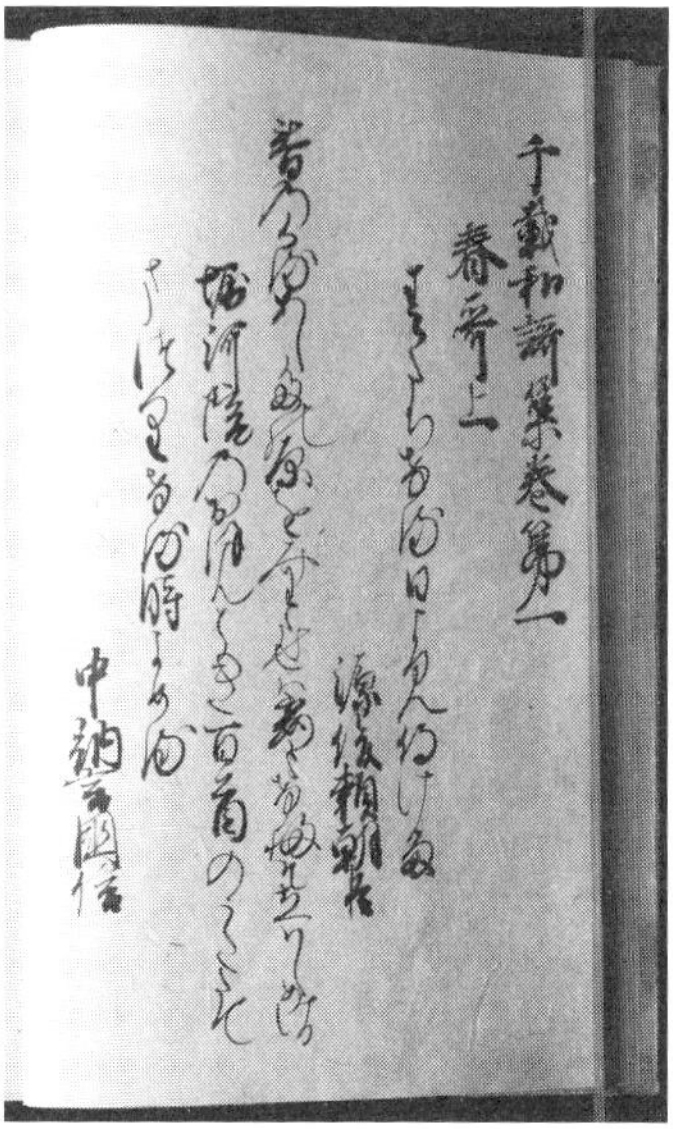

本文巻頭

表記は「従三位頼政」「仁和寺二品法親王守覚」で通す、「位記」のA系統。作者名の欠脱、誤記が若干あるが、全体としては精写の美麗本である。

二重箱入りで、黒漆塗の内箱中央には金泥で「千載集　一部」と書かれ、「曼殊院慈運大僧正真筆」と右傍書がある。桐の外箱には中央に「千載集」と墨書されている。

④　**千載集**　伝慶福院玉栄筆　写二帖

二五・五×一八・〇cm。斐紙列帖装二帖。上下帖各五括。墨付上帖九九丁、下帖九八丁計一九七丁。一面序本文共一〇行、一首一行書き。奥書なし。江戸中期写。表紙金襴緞子、黒地で菊、桐、雲、七宝文様を織出す。見返し、布目金箔、砂子散らし斐紙。外題千載和歌集と中央に墨書。内題千載和歌集。

本文系統は乙類。作者表記は「従三位頼政」「仁和寺二品親王守覚」で通しているのでA系統本文。夏一八四・一八三、秋上二八五・二八四、秋下三三四・三三三、冬四〇五・四〇四、恋三八〇五・八〇四の五ヶ所に歌順異同があるが、このうち四季部の四首が俊成歌であるのが注目される。この他、恋三795俊成歌が799加賀歌の次に記される歌順異同があるが、これは乙類本にかなり多く、共通の特徴である。

⑤ **千載集**　室町写　二帖

列帖装、縦26.2cm×17.3cm。紺地金泥表紙、上帖は梅樹、下帖は竹垣に菊、すゝきを描く。題簽欠脱。本文料紙は古斐紙、上下各五折。墨付各一〇一丁、計二〇二丁、一面、序・本文共に一〇行。一首一行書き、

表紙

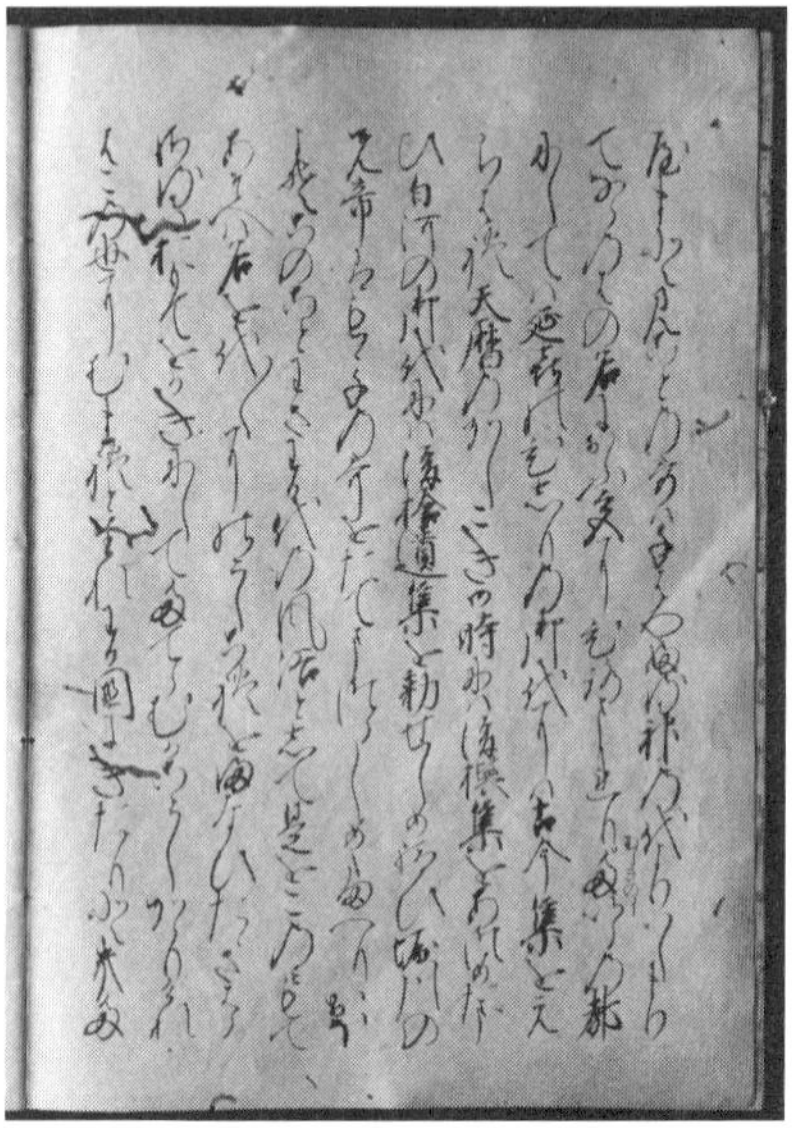
序

詞書二、三字下り。室町中期写。

冬「暁に」ナシ。別「あらずのみ」有、恋四「露深き」有なので甲類本。全一筆で丁寧な精写本だが、巻一九釈教巻末の、1254明雲歌の詞書、作者名までで、歌本文と1255詞書・作者名（永観）、歌本文「みな人を」の五行を欠く。巻二十は改丁して精写しているので、書き差しのまま失念放置された現象か。

全体で九首（61 316 582 891 1164 1197 1267 1277 1286）に及ぶ作者名の欠脱があり、いずれも本文と同筆の行間細字補入が

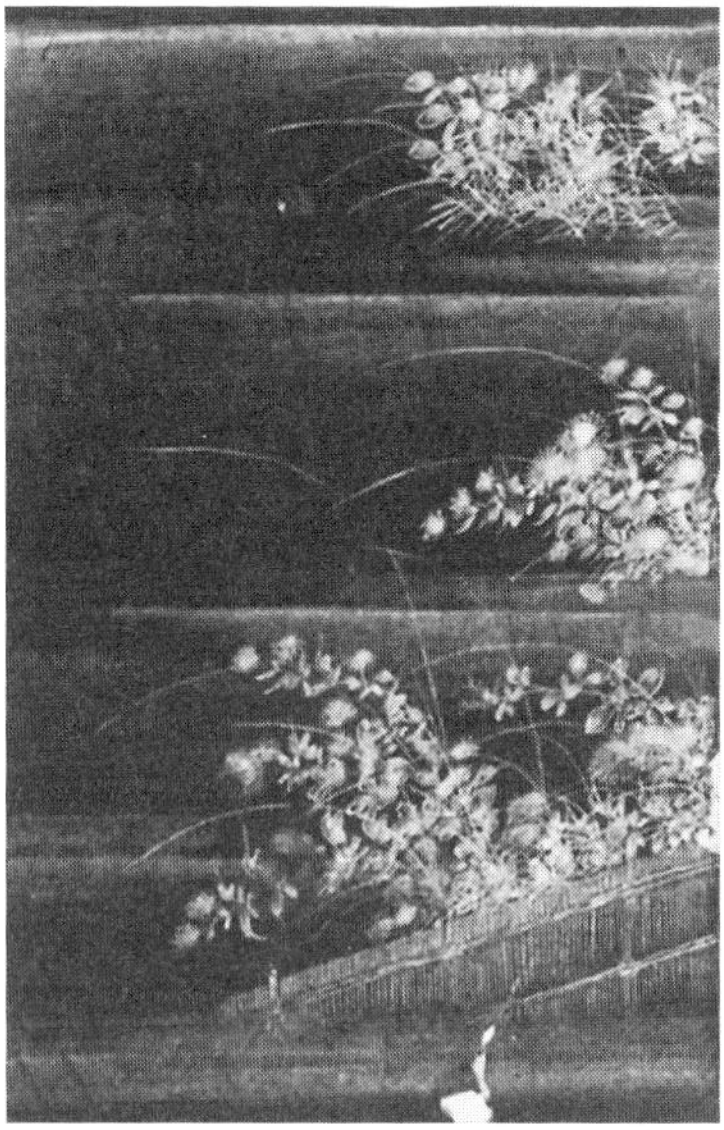

下帖表紙

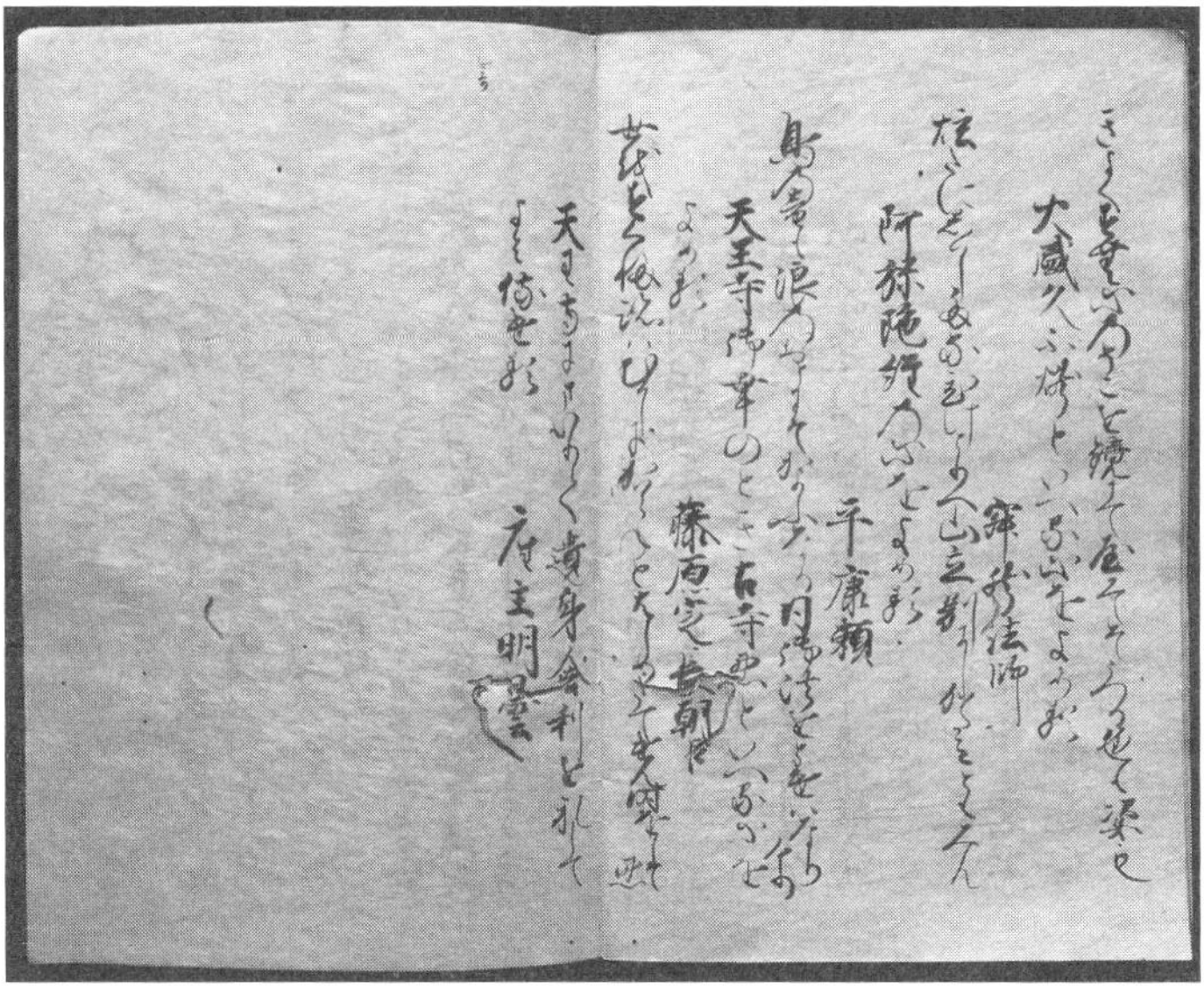

巻十九釈教巻末（二首五行を欠く）

あるので、右の如く推考する次第である。巻十九巻末は、二行目までの書きさしで、八行分の余白があるので、五行の欠脱本文は充分補筆可能なはずである。精密で注意深い書写態度とは言えないが、粗雑な書写本文ではない。

作者表記は前右京権大夫頼政、仁和寺法親王守覚（たゞし456・532・1107・1108・1134は「守覚」ナシ）で通してあり、B系統の本文である。

⑥ **千載集** 永正一一奥書本 写二冊

紺の無地表紙。縦二四・八×一六・六㎝。薄様袋綴二冊。墨付、上冊八八丁、下冊九一丁。一面一一行。一首一行書き。奥書

①八代集一筆之内也　以二品親王御自筆之本令書写了　判（上下巻末同文）

②此書本也当聖護院殿令書写之本也

永正十一年十月廿日

蔵書印ナシ。本文系統は乙類。作者表記は、前右京権大夫頼政、仁和寺法親王守覚で通す、B系統の本文である。

欠脱が四ヶ所にあり、秋上276歌～281作者、哀傷549歌、恋二746作者～747詞、雑上1039作者～1040詞。いずれも底本の欠落の継承ではなく、本書書写の際のミスと判断される個所ばかりである。

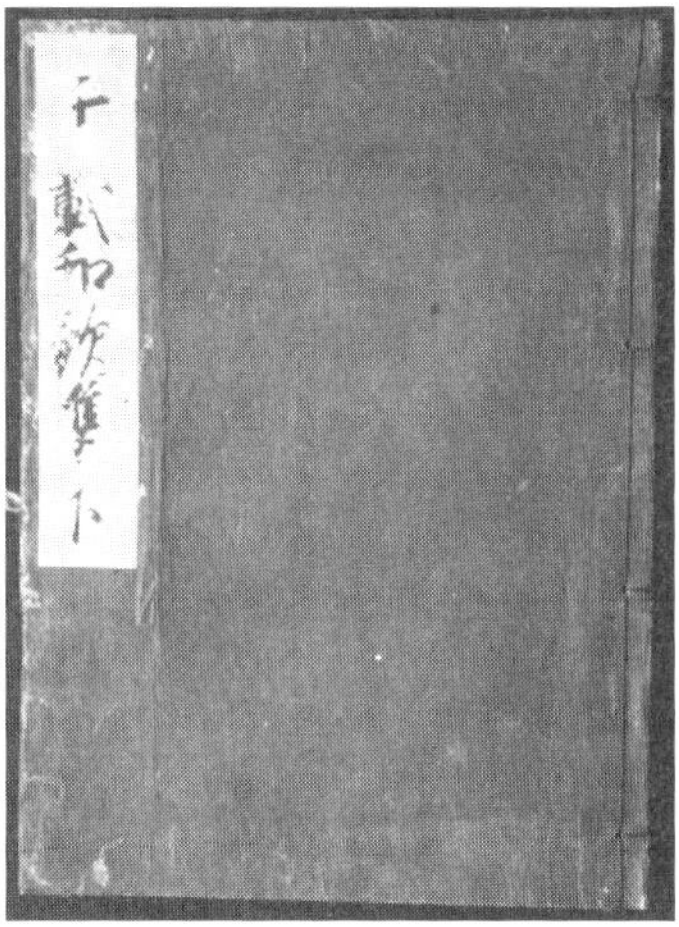

表紙

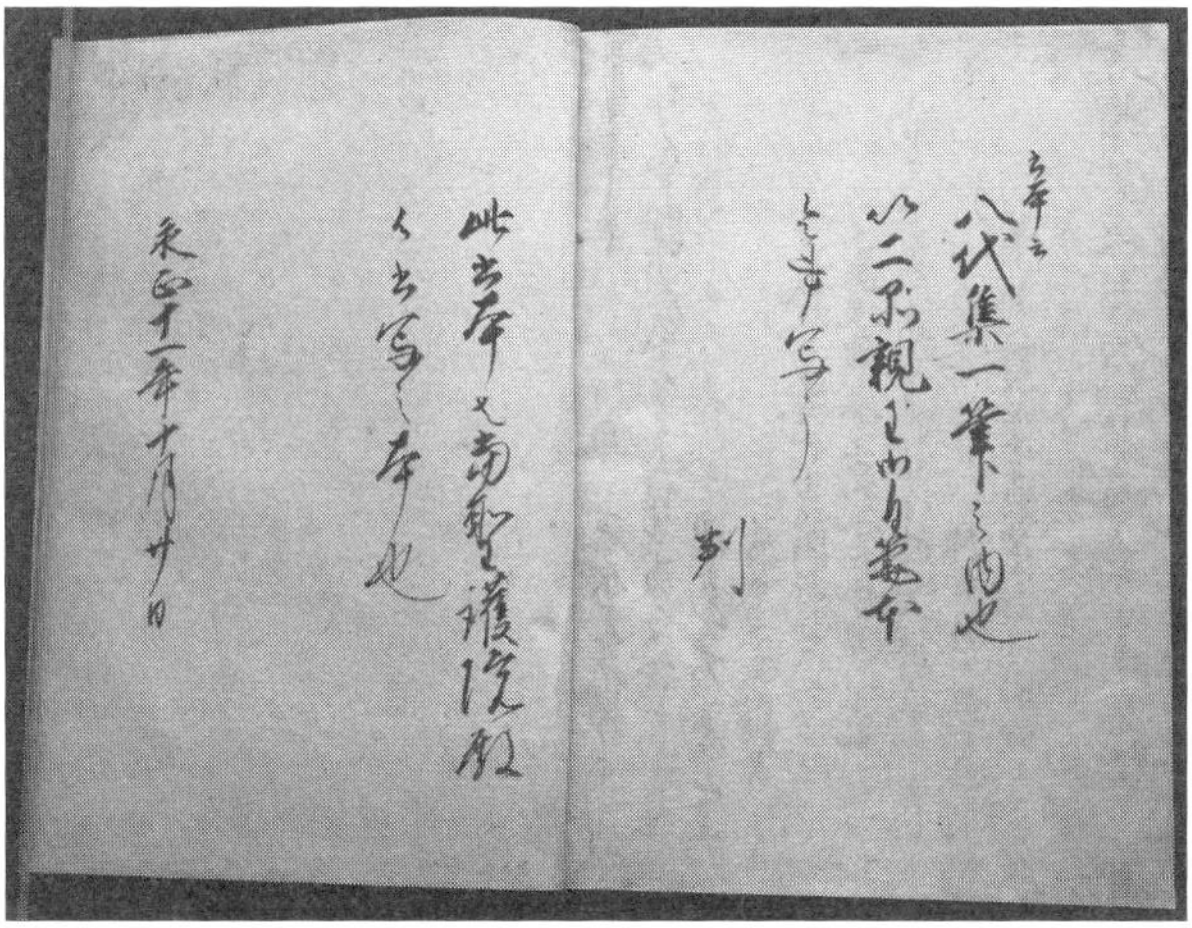

奥書　　聖護院殿は道増（近衛尚通の子）。

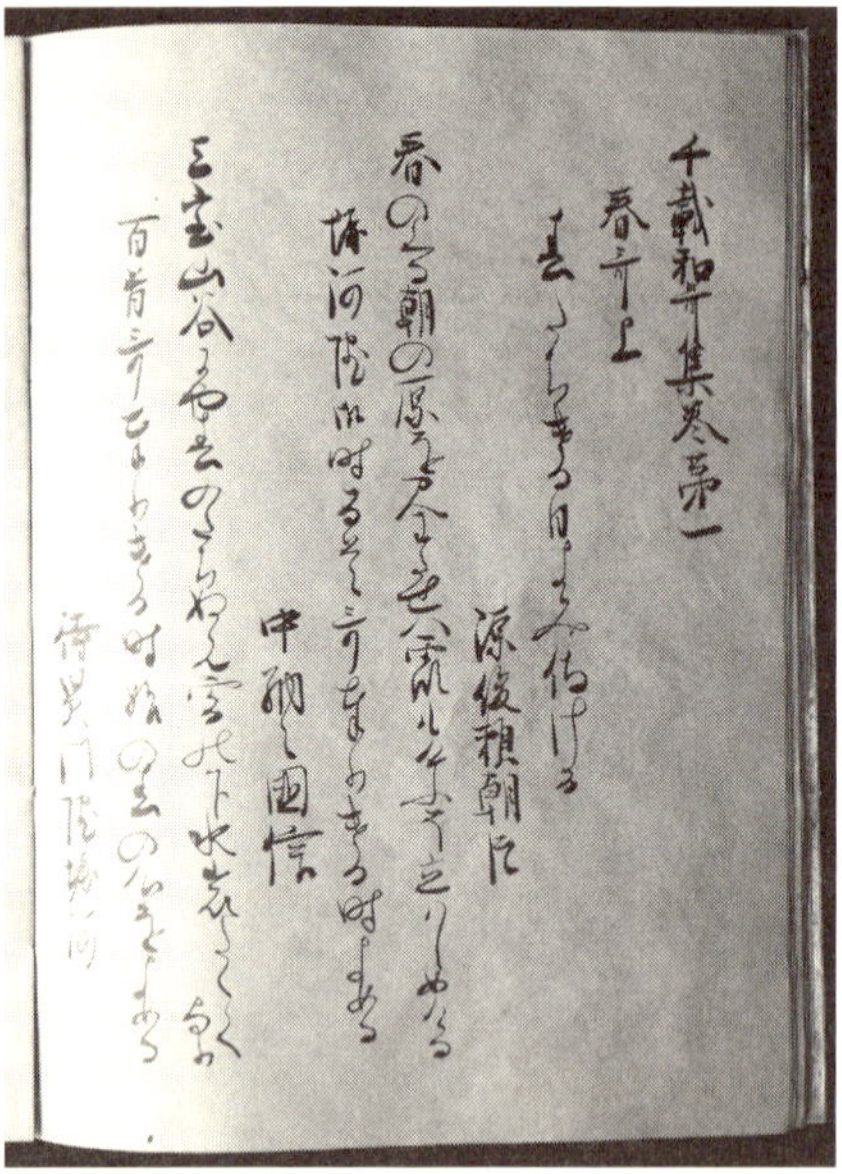

本文巻頭

表紙

A系通行本文

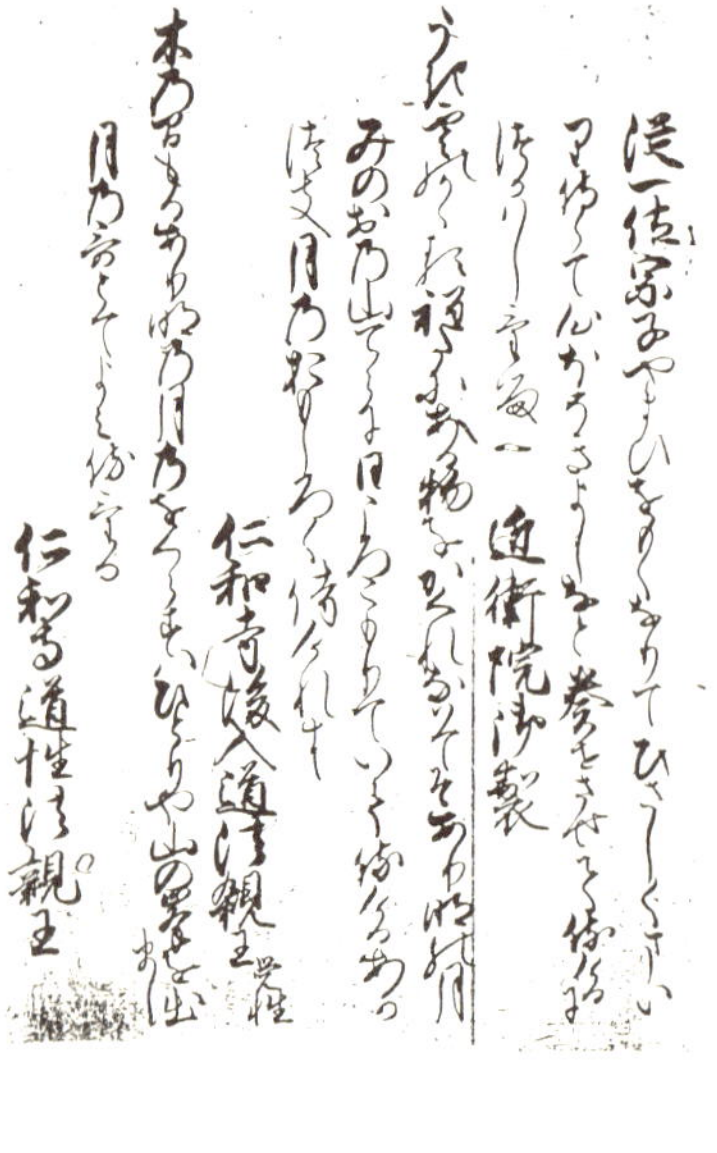

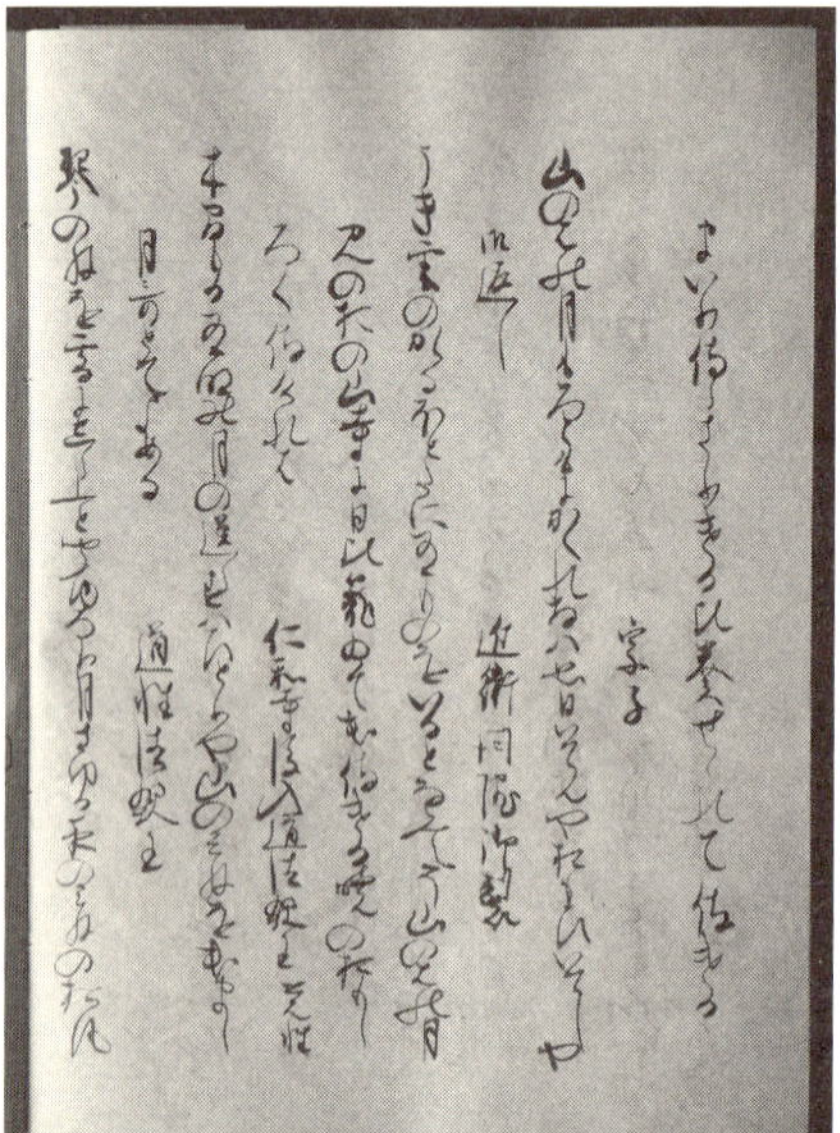

宗子と近衛院の贈答歌になっている

⑦ **千載集**　異伝歌収録本　二帖

二三・二×一七・一㎝。斐紙列帖装二帖。上下各四括りで、墨付上帖一〇二丁、下帖九八丁。一面一〇行一首一行書き。詞書二字下り。奥書ナシ。表紙は曇地厚手斐紙、金泥にて草木、池・庭を描く。見返しは布目金地。題簽布目金地、外題は「千載集、上（下）」。本文は乙類。作者表記は、頼政が基本は「従三位」だが、恋一・二の663、693、753の三首が「前右京権大夫」、守覚法親王は基本は「仁和寺二品法親王」だが、夏157が「仁和寺法親王守覚」で、A系統にB系統が混淆している。

全体に欠落歌多く、詞書、作者の誤記・誤脱も多いので、善本とはいえない。

しかし、次の点はかなり問題を含んでいる。それは、巻十六雑上のA系統基本本文（新編国歌大観等）の一〇〇〇番歌（近衛院御製）の詞書が和歌（宗子）として独立し、宗子と近衛院の贈答歌になっている点である。同例は静嘉堂蔵八代集本、旧久曽神氏蔵本にも見られるが、こうした異伝独自歌は、由来がわからぬままに、千載の草稿本に在ったものがたまたま痕跡として残ったものか、と処理されてきた。しかしこの歌に限っていえば、近衛院歌の下句が「いるとな見えそ山のはの月」となっており、A系本文が「かくれなはてそあり明の月」と明確な異文となっているのであるが、日野切に丁度この部分が残っており、そ

日野切

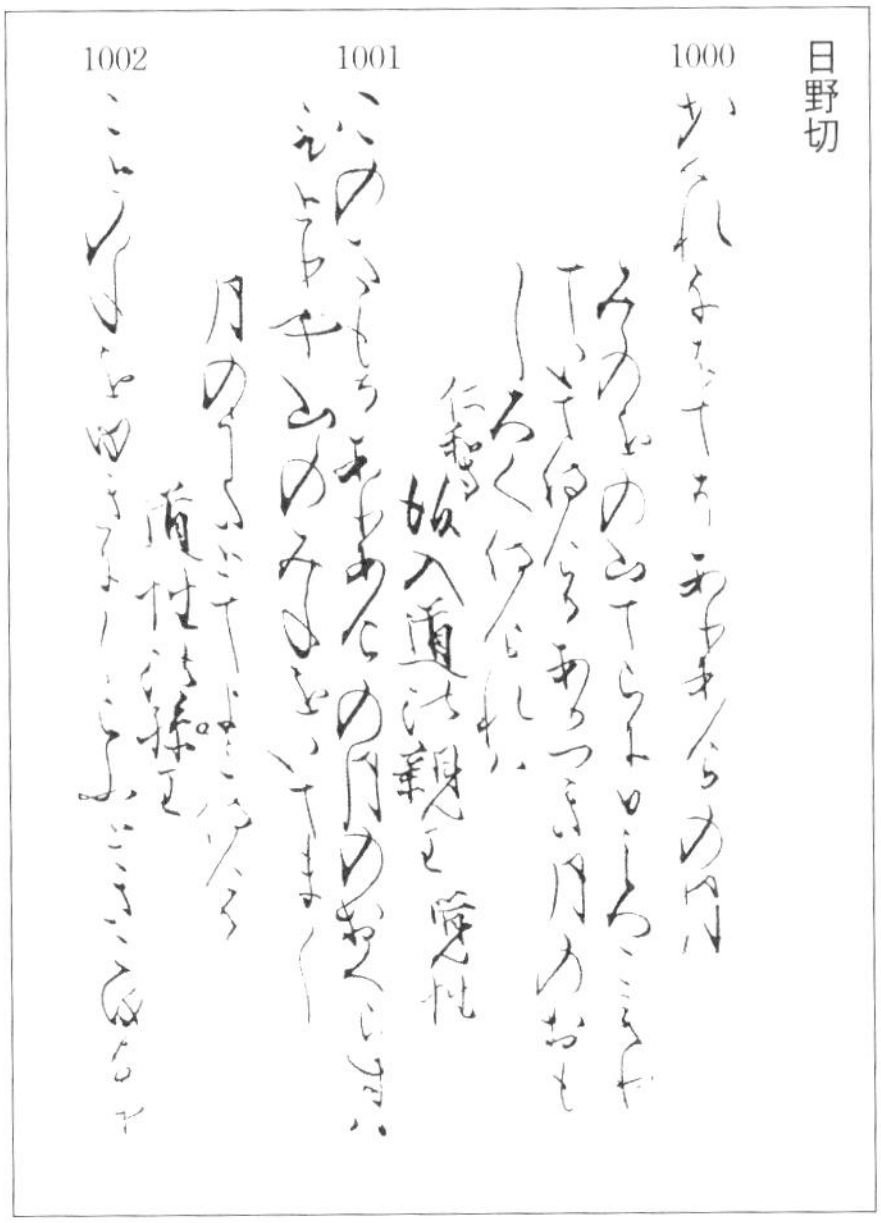

れはA系の「かくれな果てそあり明の月」なのである。この場合でも、撰者俊成が勅撰集本文として確定しようとした時、贈答歌から詞書に吸収して近衛院歌にまとめた際の下句の改変と理解する余地はないこともないが、原点の日野切でA系本文になっている点は重視しなければならないと思う。

千載の異伝独自歌は、平行盛の「君すめばここも雲ゐの月なれどなほ恋しきは都なりけり」(谷山本)の如く、当代の噂話的伝承といった性格の歌が多い。これは、撰集に際しての俊成の時事詠に対する好尚を熟知していた後代の読者がそうした伝承歌を注記的に書き入れ、本文化していったことなどが想定されてもいいのではないか。この例は、そんな風に解してみたい。

⑧ **千載集**　寛永一〇書入本　写二帖

一七・三×一二・七㎝。斐紙列帖装二帖。上下各八括。墨付上帖一六一丁、下帖一六六丁。一面序本文共九行。一首二行書き。奥書なし。上冊遊紙裏に次の記入有り。

此集/後白河院人王七十六代/後鳥羽院在位八十一代/文治三年九月廿日寛永十年迄四百四十七年欤
/皇太后宮大夫俊成撰　序同

この記事は、書写者が書写終了直後に書きこんだものと思われるが、時を経た段階で所蔵者もしくはその関係者が記したものとしても、この「寛永一〇年」は重視されねばならない。金彩草花文様を描いた斐紙表紙を初め、瀟洒な装丁の小振りな美本で、高貴な婦人の愛玩本であったかと思われる。「牧文庫」の朱長方印がある。

本文系統は甲類。作者表記は、頼政・守覚とも「位」「官」の混在するA・Bの混淆本である。詞書・作者名に誤記が多い。

冬426道因歌と425俊成の歌順が逆になっている。また、恋二721頼実・720実家の歌順の異同がある。

⑨ 千載集　旧青谿書屋本　写三帖

二二・三×一六・五cm。薄葉列帖装三帖。墨付雪帖八二丁、月帖五二丁、花帖八一丁、計二一五丁。一面序八行、本文九行。一首一行書き。奥書なし。蔵書印「青谿書屋」朱方印。表紙緞子、縦縞茶地に白糸で牡丹唐草文様を織出す。

本文系統は乙類。作者表記は、守覚は春上夏のみが「仁和寺法親王守覚」他の六例は「仁和寺二品法親王守覚」、頼政は春上のみ「前右京権大夫頼政」他の一二例（七五四は欠脱）は「従三位頼政」で、A系統が中心だがB系統が少し混在する。

大きな欠脱が二ヶ所あり、①月帖　恋二の七四八—七六二（三丁六面分）。②花帖　雑下の一一六五歌—

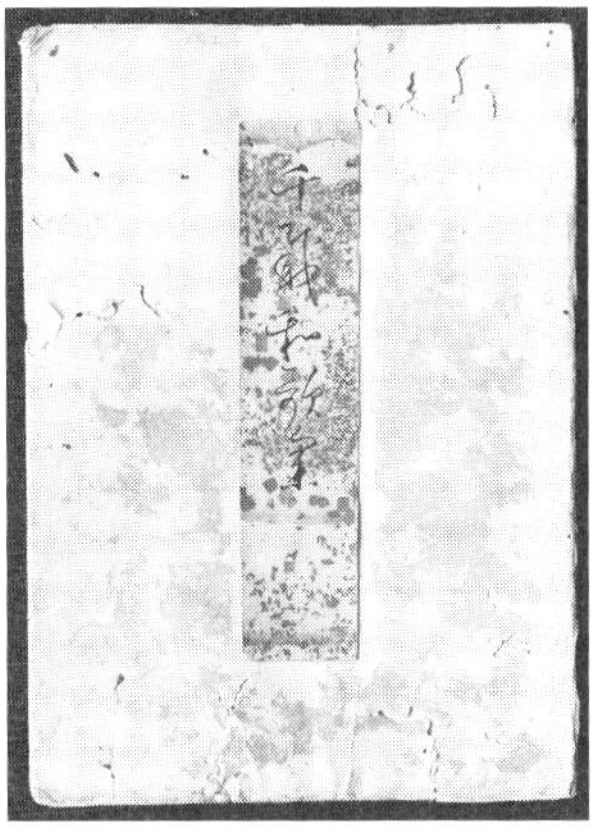
表紙

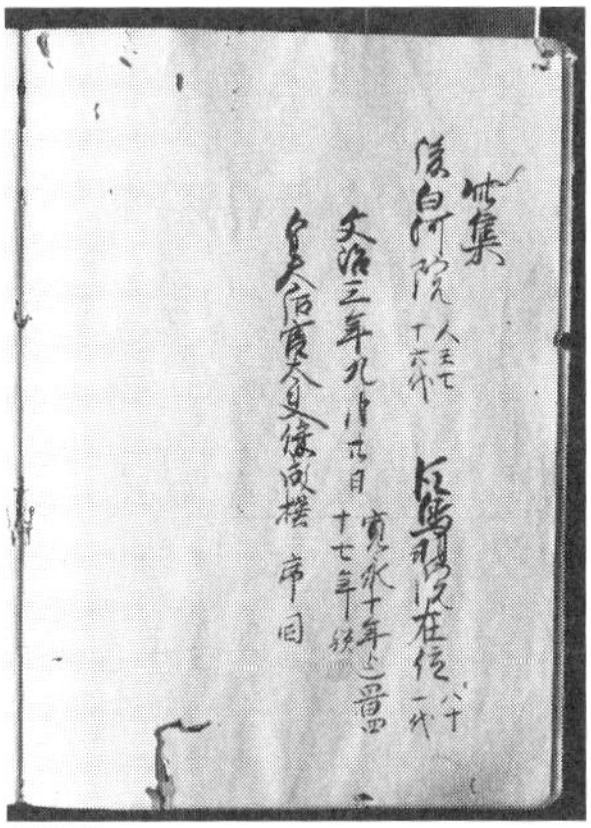
見返し

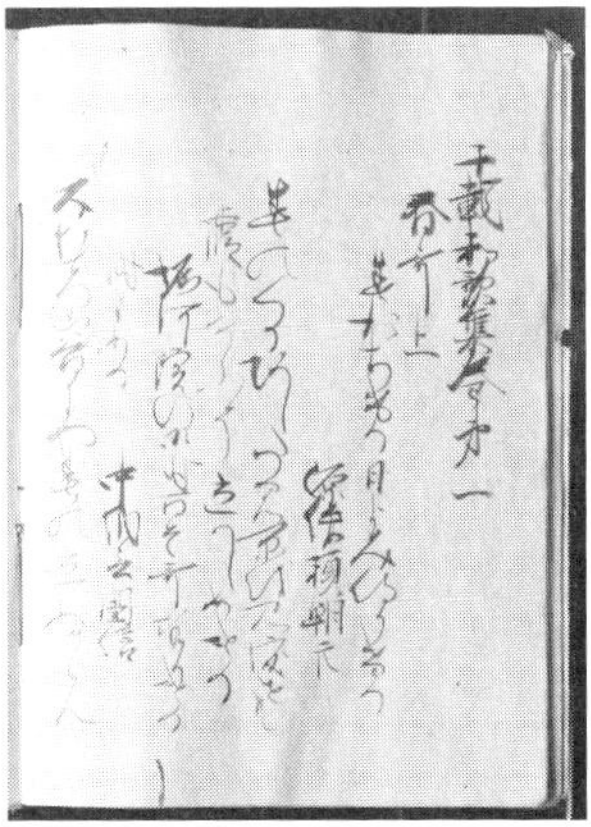
本文巻頭

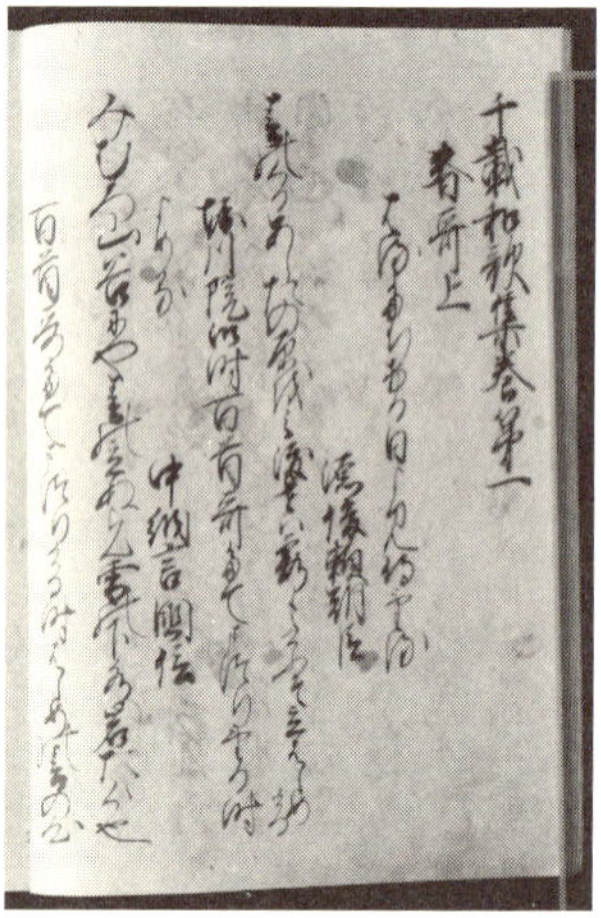

物名一一七一歌（一丁二面分）。他に二〇〇番歌欠。

⑩　**千載集**　旧小汀本　写二帖

二四・九×一七・三cm。斐紙列帖装二帖墨付上帖一〇一丁、下帖九八丁。訂一九九丁。各三括。一面一〇行。一首一行書き。奥書ナシ。元禄頃の写本。蔵書印「をばま」。表紙、紺地金泥、上帖、花橘、田家を雲霞文様で包む。下帖、萩、藤袴、桔梗、透垣、雲霞文様。見返し、金地、七宝繋ぎ、鶴亀松竹丸型摺文様。

本文系統は丙類。作者表記は、「二品法親王」が五首、「仁和寺法親王」が三首、頼政は全て「従三位」であるが、A系統質は強いものの、AB混淆と見ておく方がよかろう。夏部「ともし」の一九七上句と一九八下句の接合によって、一九七下句と一九八作者名「源仲正」と一九八上句が脱落している目移りによ

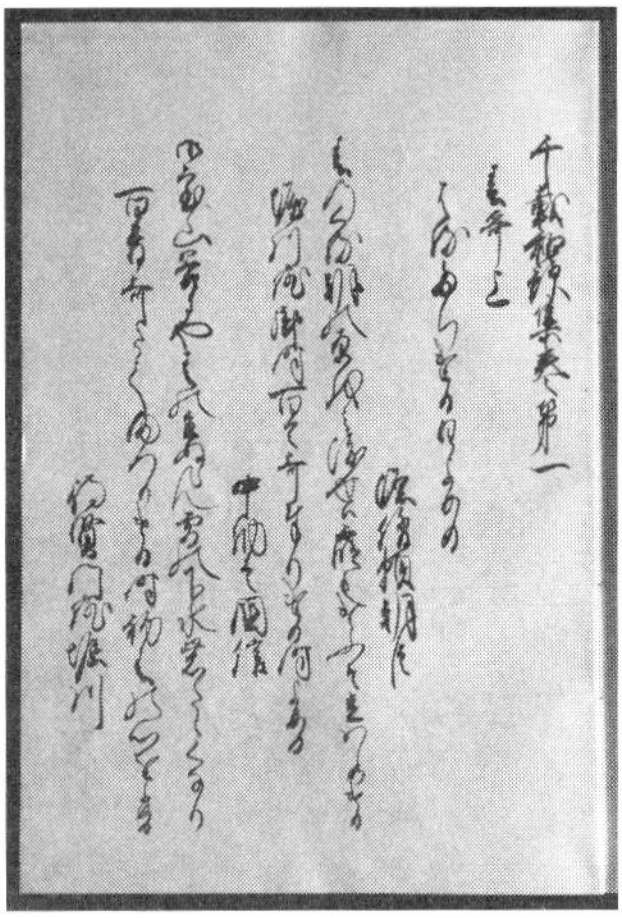

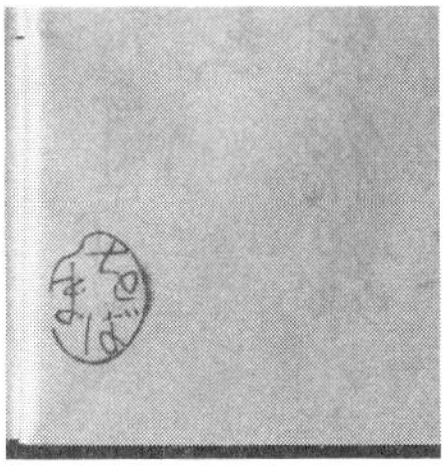

る過誤の部分は、版本本文全体に影響するところであり、本書よりもう少し早い段階で生じた欠点ではあるが、注目してよい点であると思われる。

⑪ **千載集**　二楽軒奥書本　下帖のみの残欠本

二五・四×一七・二cm。料紙斐紙、列帖装。五括、墨付一〇四丁。一面一〇行、一首一行書き。室町末写。伝二楽軒（宋世。飛鳥井雅庸）加証奥書

此集凡加一見之処無殊／失錯歟。尤可為証本者也／（花押）

恋四に「露ふかき」アリ。乙類と推定。頼政は「前右京権大夫」で九首通し、守覚は「仁和寺法親王守」で三首二例、輔仁は「延久第三親王、輔仁のみこ、輔仁親王」の三首なので、B系統。佐々三楽宛の二楽軒の添状があり、文中に「一、千載集、姉小路基綱筆」とある。

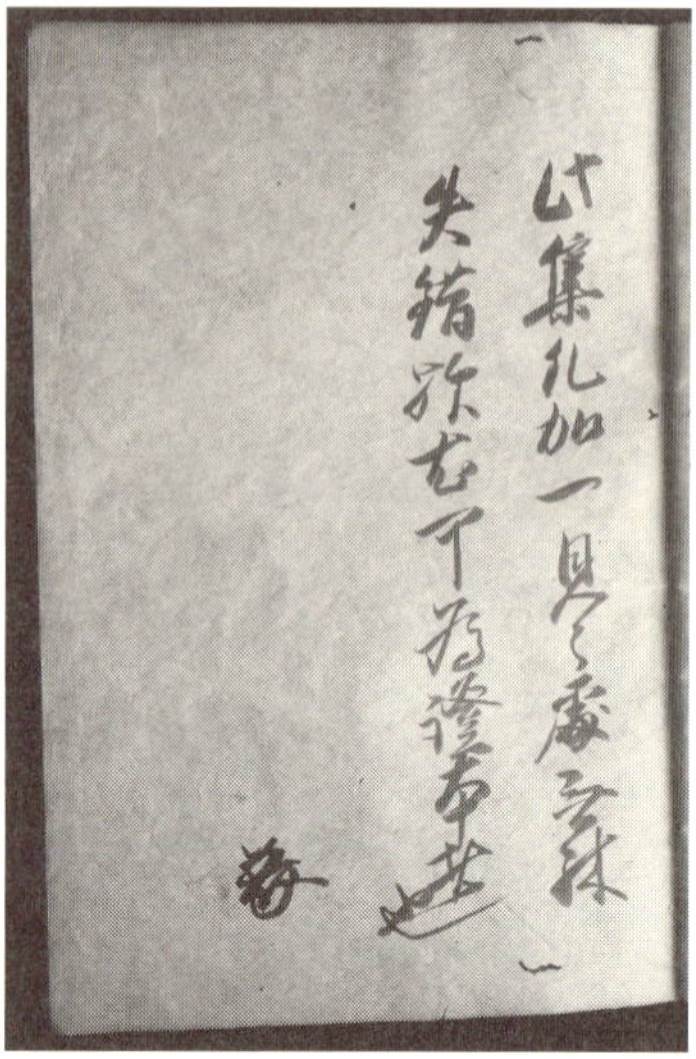

奥書

表紙

本文巻頭

⑫ 千載集　古写、下帖のみの残欠本

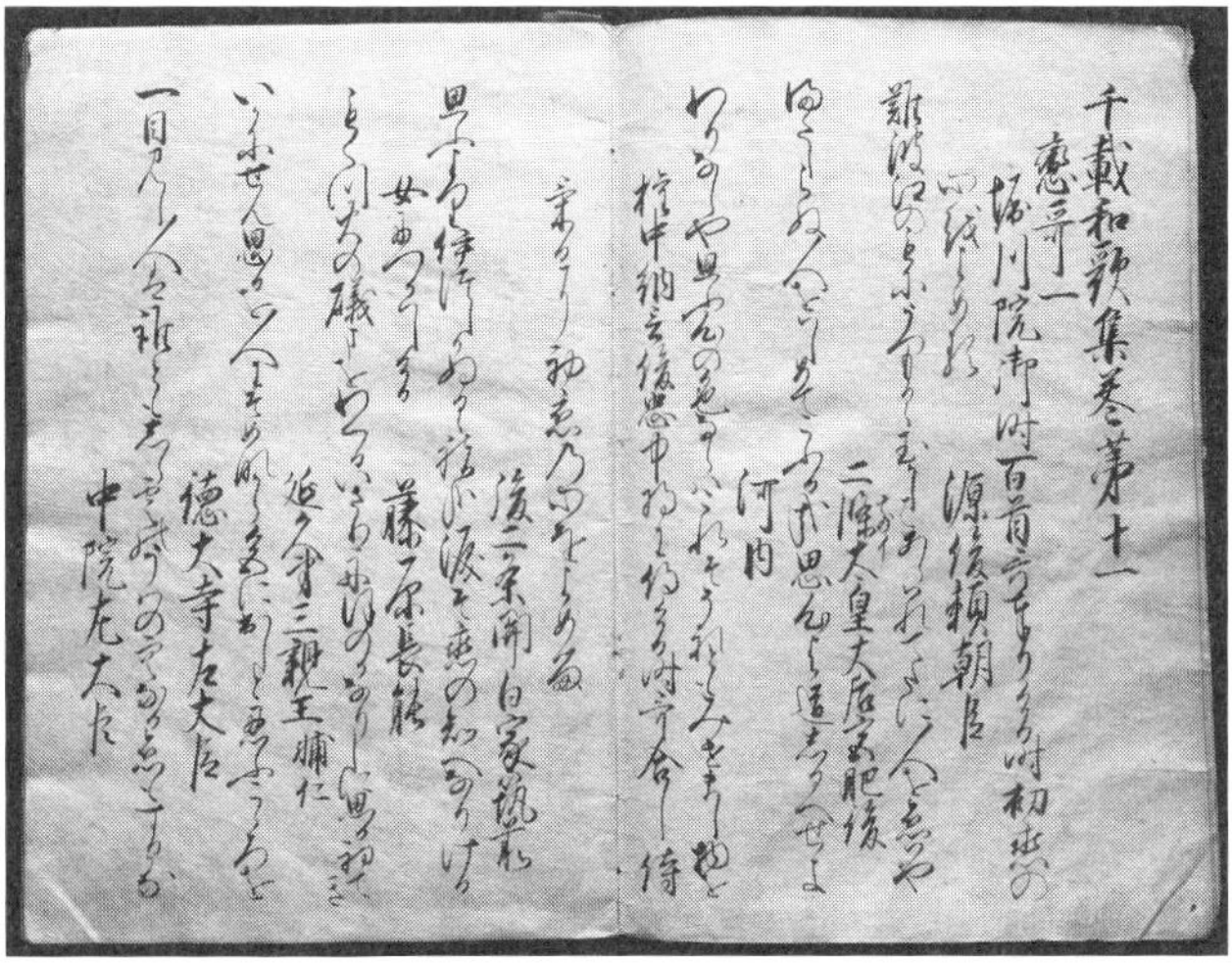

千載和歌集巻第十一
恋哥一

二四・五×一六・四㎝。料紙古斐紙。列帖装。五括、墨付一〇三丁。一面一〇行、一首一行書き。室町前期写。奥書ナシ。表紙紺無地。

恋四に「露ふかき」アリ、乙類と推定。頼政は九首共「前右京権大夫」で通す、守覚は三首二例「仁和寺法親王守覚」、輔仁は「延久三親王輔仁、輔仁のみこ、輔仁親王」なのでB系統と推定。

全体に精写されており、架蔵本中最善本。

(2) 歌　切

①　日野切

巻一七、雑中一〇九四～一〇九七、一〇行（写真は口絵に掲載）。

釈文

このよにはすむへきほとやつきぬらん
よのつねならすものそかなしき
　たいしらす
　　　　　いつみしきふ
いのちあらはいかさまにせんよをしらぬ
むしたに秋はなきにこそなけ
　　　　　むらさきしきふ

かすならてこゝろに身をはまかせねと
身にしたかふはこゝろなりけり
つねよりもよのなかはかなく

台貼軸装で、本紙は二二・三㎝×一五・四㎝。篠山藩主青山家旧蔵で、昭和一〇年一一月の入札目録に収録されているが、その後の伝流は明らかでない。書家安東聖空箱書の桐箱入り。

② 千載集切

巻十賀　634・635

斐紙。二四・七㎝×一六・六㎝。九行。

釈文

後一条院御時、長和五年大嘗会主基方御屏風に、備中国長田山のふもとにことひきあそひしたる所をよめる
善滋為政朝臣

634 千年のみおなしことをそしらふなるなか田の山の嶺の松風

白川院の御時、承保元年大嘗会主基方稲舂歌神田郷をよめる
前中納言匡房

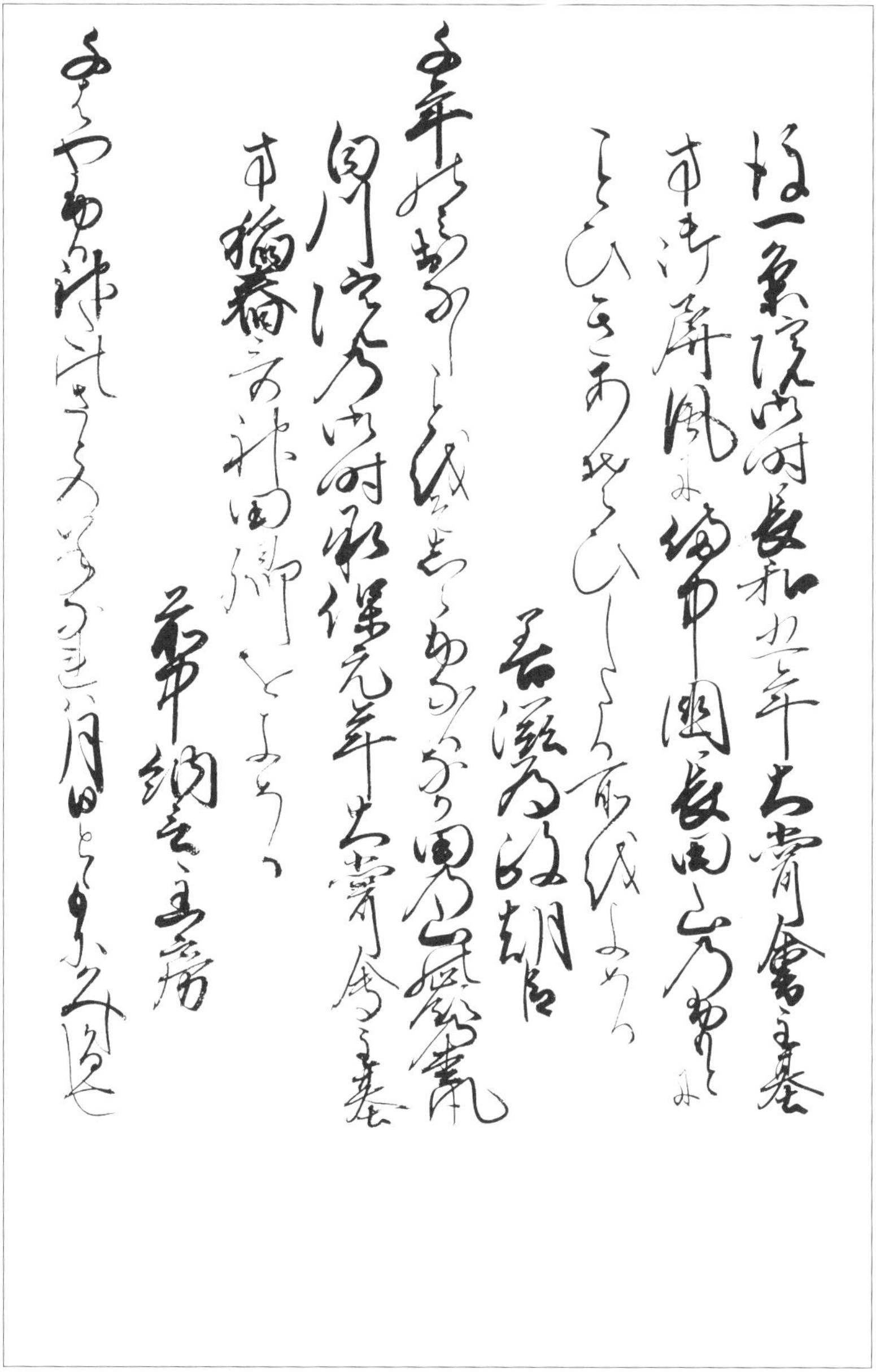

635千はやふる神たのさとのいねなれは月日とゝもに久しかるへし
歌一行書き、詞書二字下り。室町初期写。
635初句は、「千世とのみ」（甲類B系伝本の本文）の異同がある。

③　千載集切

雑中1056～1061、1076～1084（二紙）
楮紙。袋綴の綴糸切れでバラバラになった料紙二葉。たゞし、綴穴はなく、料紙に似た紙で修補されている。虫損の穴が見開きの折のものと、折畳まれた時のものがあり、冊子状態で無くなった後に長く保存されていたことが推定される。

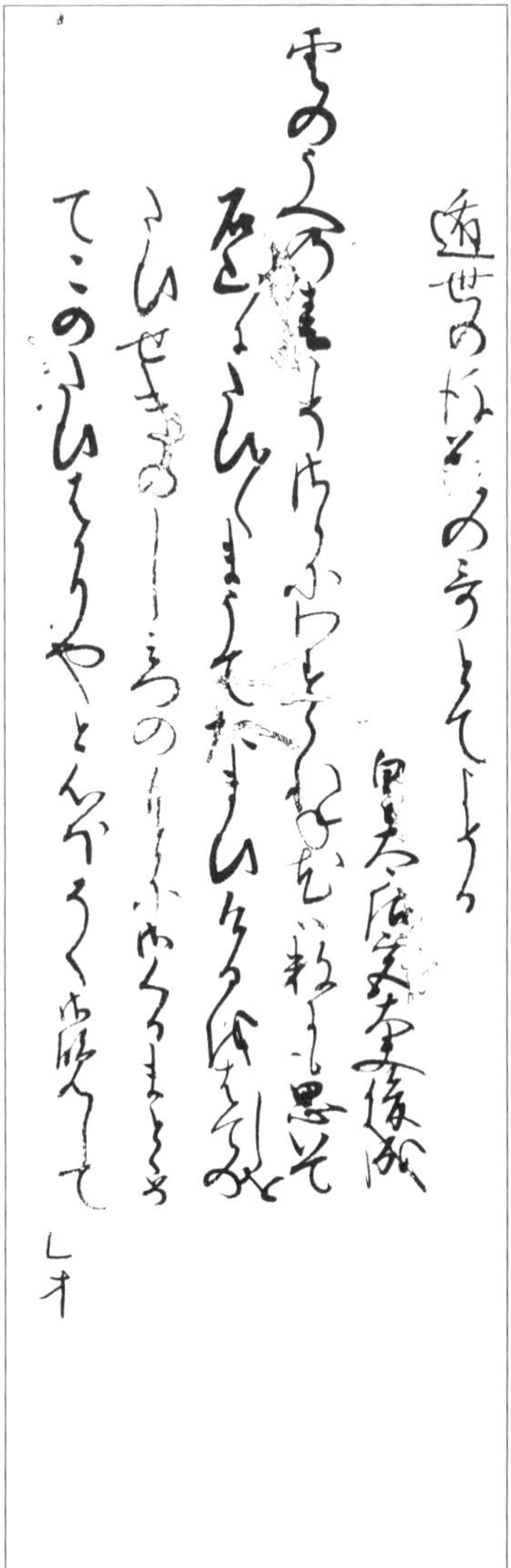

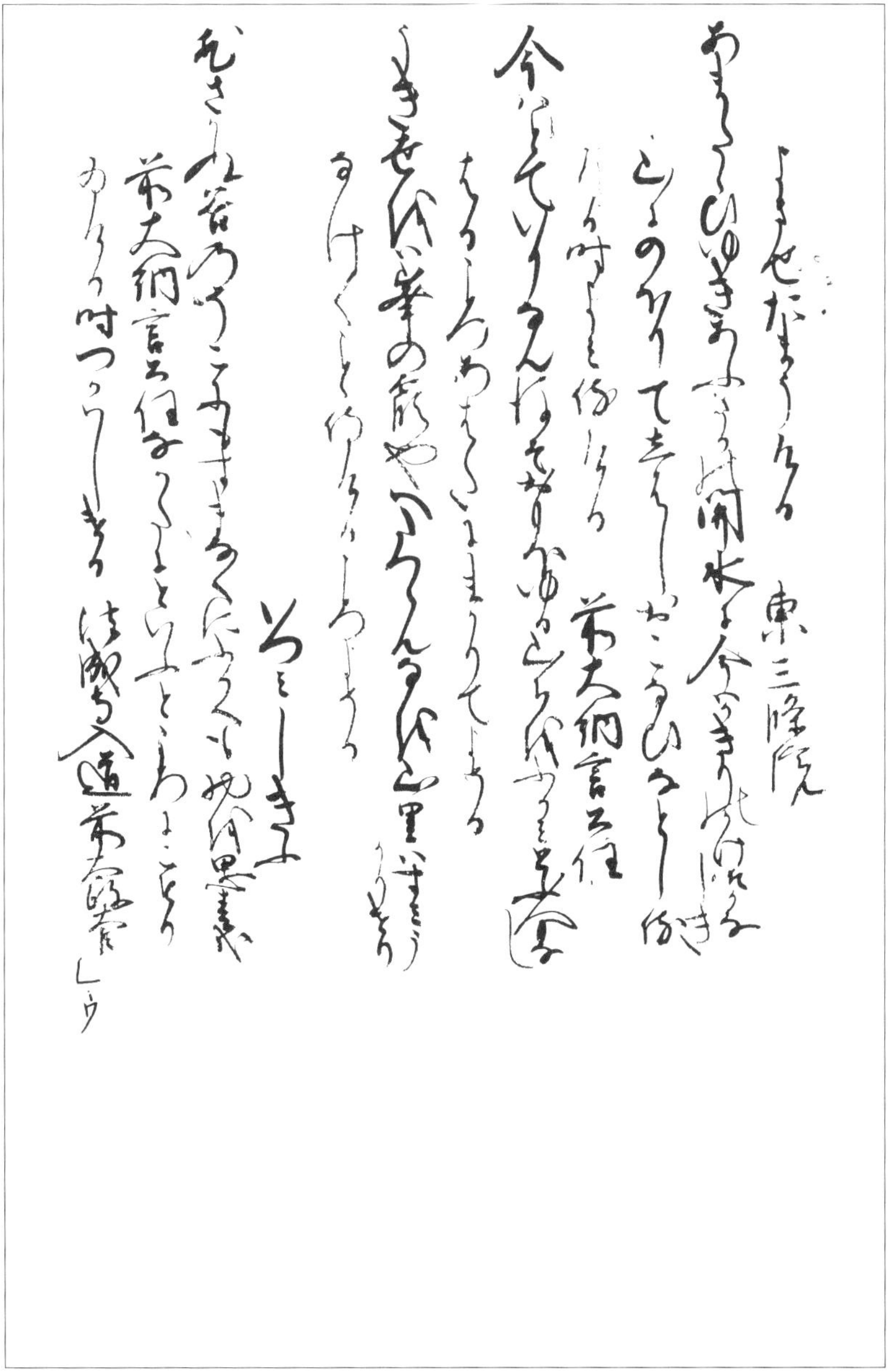

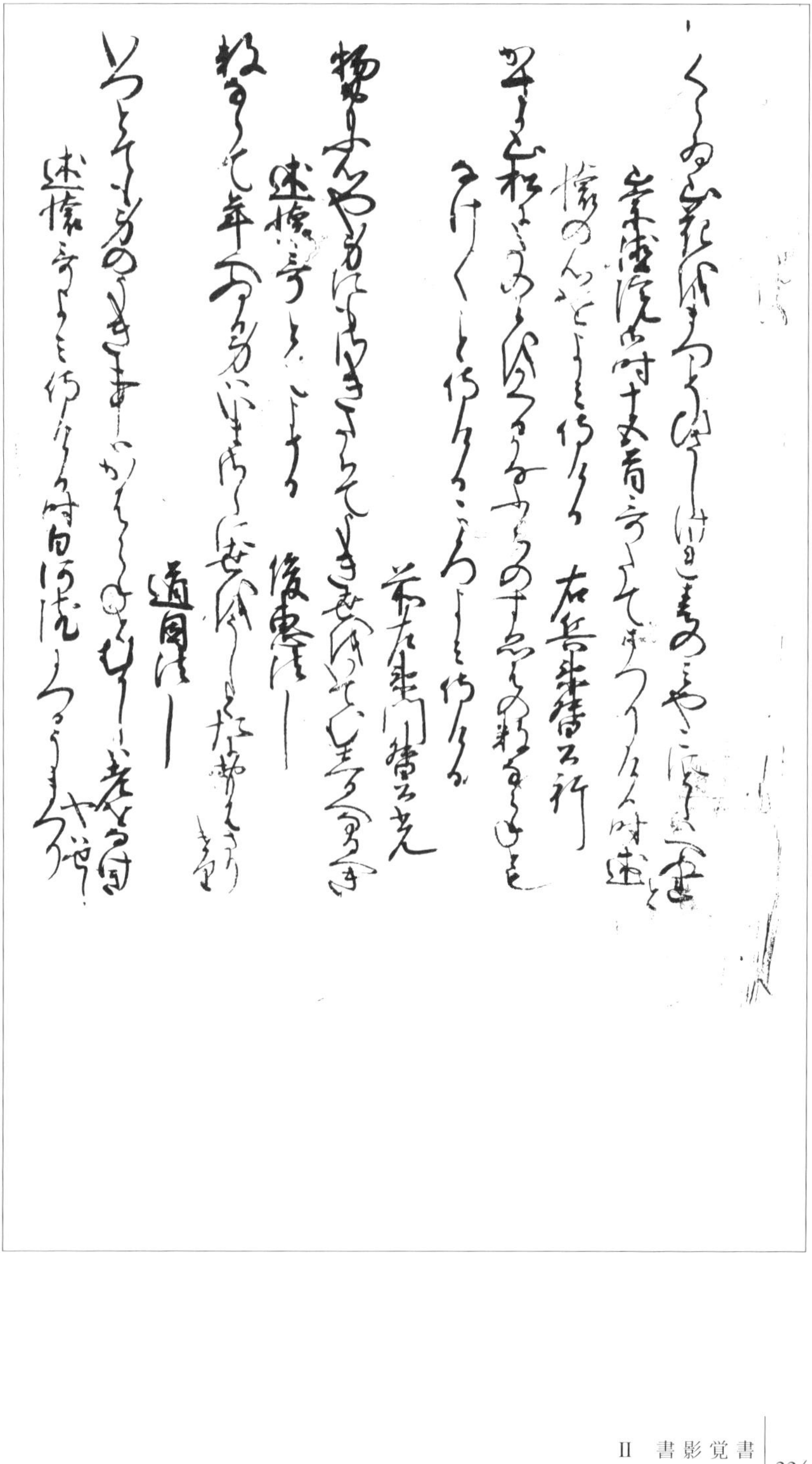

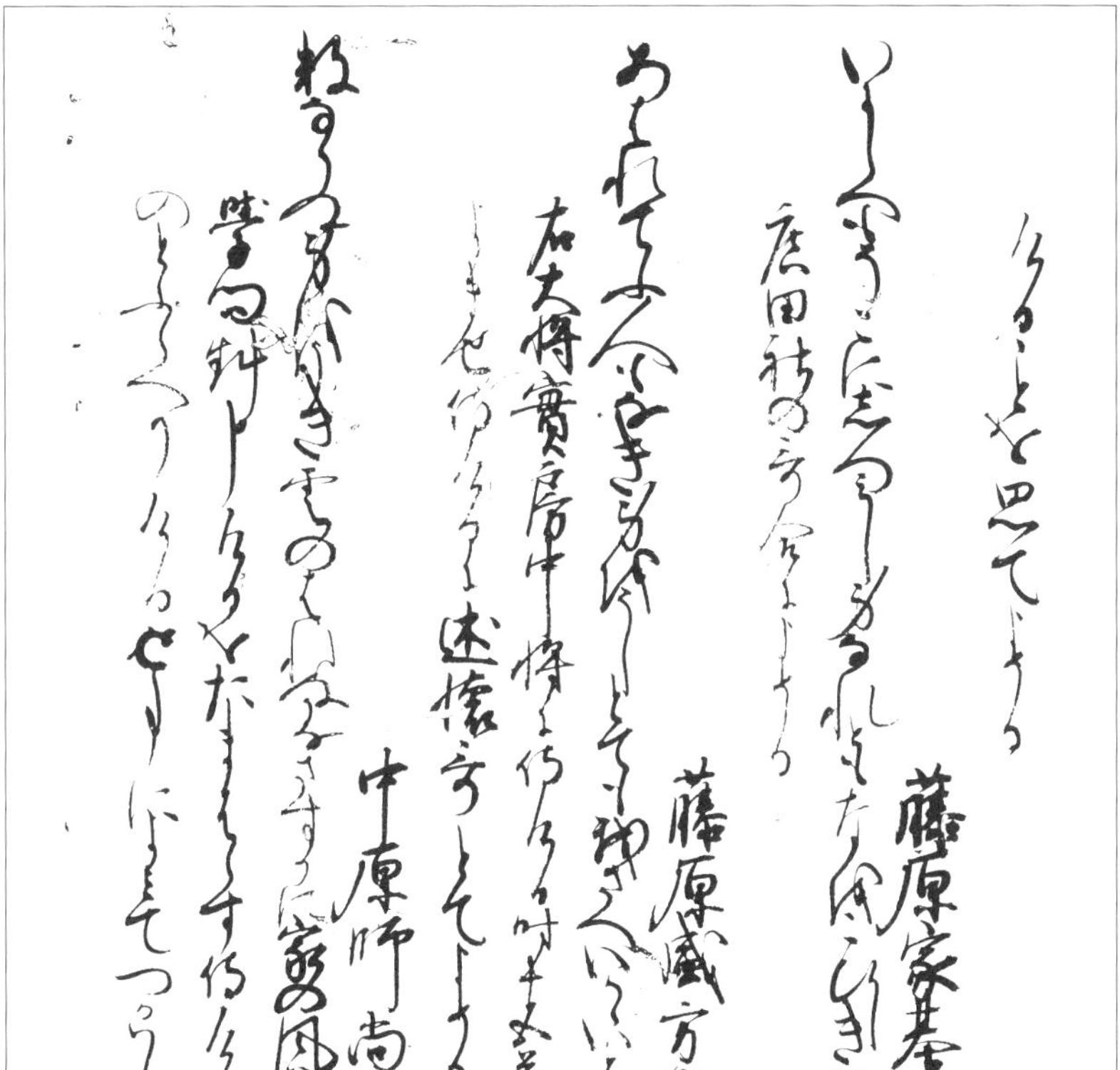
藤原家基
藤原盛方朝臣
中原師尚

第一紙、縦二六・六cm×横三一・二cm
第二紙、縦二六・六cm×横四三・〇cm
江戸前期写。一面一二行。歌一首一行書き、詞書三字下り。

釈文

第一紙　雑中

遁世の後花の哥とてよめる
皇太后宮大夫俊成
1056 雲の上の春こそさらにわすられね花は数にも思いてしを

石山にたひ〳〵まうてたまひけるをはてのたひせきのしみつのもとに御くるまをと〻めて　こ
のたびはかりやと心ほそく御覧して」オよませたまうける
東三條院
1057 あまた〻ひゆきあふさかの関水に今はかきりのかけそかなしき

山にのほりてしはしおこなひなとし侍ける時よみ侍ける
前大納言公任
1058 今はとていりなん後そおもほゆる山ちをふかみとふ人もなし

はるころあはたにまかりてよめる
1059 うき世をは峯の霞やへたつらんなを山里はすみうかりけり

なけくこと侍けるころよめる
いつみしきふ

1060 花さかぬ谷のそこにもすまなくにふかくも物を思春哉

1061 前大納言公任なかたにといふところにこもりゐける時つかはしける

法成寺入道前太政大臣」ウ

第二紙　雑中

1076 くらゐ山花をまつこそひさしけれ春のみやこにとしはへぬれと

崇徳院御時十五首哥たてまつりける時述懐の心をよみ侍ける

右兵衛督公行

1077 かすか山松にたのみをかくるかなふちのすゑはの数ならねとも

なけくこと侍けるころよみ侍ける

前左衛門督公光

1078 物おもふ心や身にもさきたちてうき世をいてむしるへなるへき

述懐哥とてよめる

俊恵法し

1079 数ならて年へぬる身はいまさらに世をうしとたにおもはさりけり

道因法し

1080 いつとても身のうき事はかはらねとむかしは老をなけきやはせし

述懐哥よみ侍ける時白河院につかうまつり」オけることを思てよめる

藤原家基法名素覚

1081 いにしへもそこにしつみし身なれともなをこひしきは白河の水

廣田社の哥合によめる

藤原盛方朝臣

1082 あはれてふ人もなき身をうしとても我さへいかゝいとひはつへき

右大将實房中将に侍ける時十五首哥よませ侍けるに述懐哥とてよめる

中原師尚

1083 数ならぬ身をうき雲のはれぬかなさすかに家の風はふけとも

1084 学問料申けるをたまはらす侍ける時人のとふらへりける返事によみてつかはしける」ウ

大型の楮紙袋綴本の断簡で、精写された本文である点が注目される。

④ 秋篠月清集切

巻下無常部　1564〜1568

斐紙　二六・七cm×二〇・五cm。一三行。

釈文

之春又入人夢似和語彼只傷永夕之別是已／示開暁之詞実知娑婆集漸積泉壌之眠目／驚者歟、愛心

依心棘之艶　抑奉文之幽思而已

1564 見し夢のはるのわかれのかなしきはなかきねふりのさむときくまて

八月十五夜、山の法印のもとへつかはしける

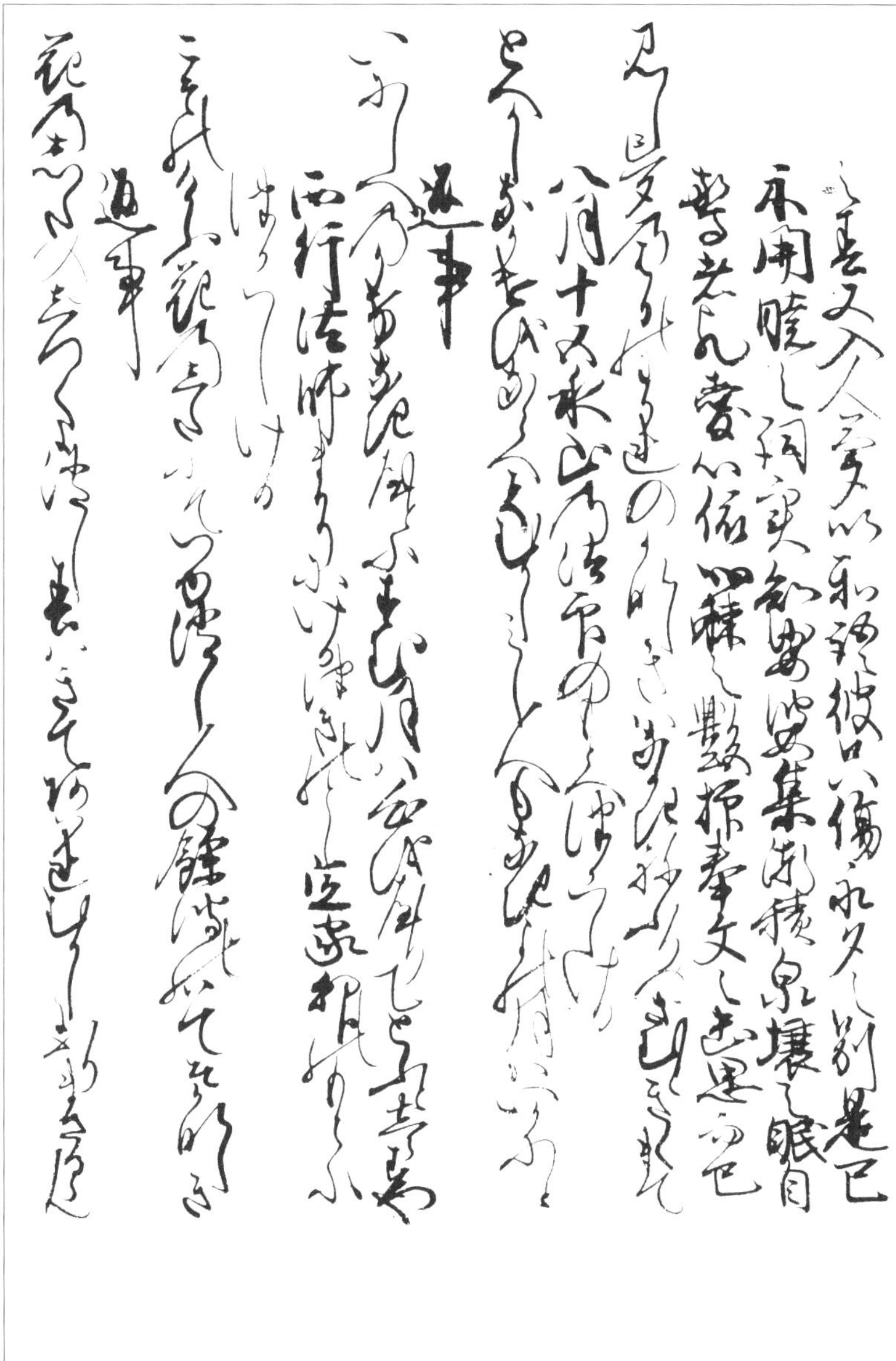

1565 とへかしなかけをならへてむかしみし人もなきよの月はいかにと

返事

1566 いにしへのかけなきやとにすむ月は心をやりてとふとしらすや

西行法師まかりにけるか、つきのとし、定家朝臣のもとにつかはしける

1567 こそのけふ花のしたにてつゆ消し人の餘波のはてそかなしき

返事

1568 花のしたのしつくに消し春はきてあはれむかしにふりまさるらん

歌一行書き、詞書三字下り。室町期写。冒頭の漢文三行（文章全体の後半、二分の一）は、定家筆本月清集では、歌との間に三行の空白を置く。本文の異同もかなり多い。兄良通の没後三年の思いの深さからは、この文と歌との関係は深い。次の叔父慈円との贈答歌一五六五・六七は定家本では、秋部に「内大臣の事侍けるころ無動寺法印のもとへつかはしける」の詞書で重複して入集しているが、教家本では秋部にはない。この点からみると本断簡は教家本系統と考えてよいかもしれない。

⑶　俊成著作

①長秋詠藻（平戸藩松浦家本）写二冊　江戸後期写

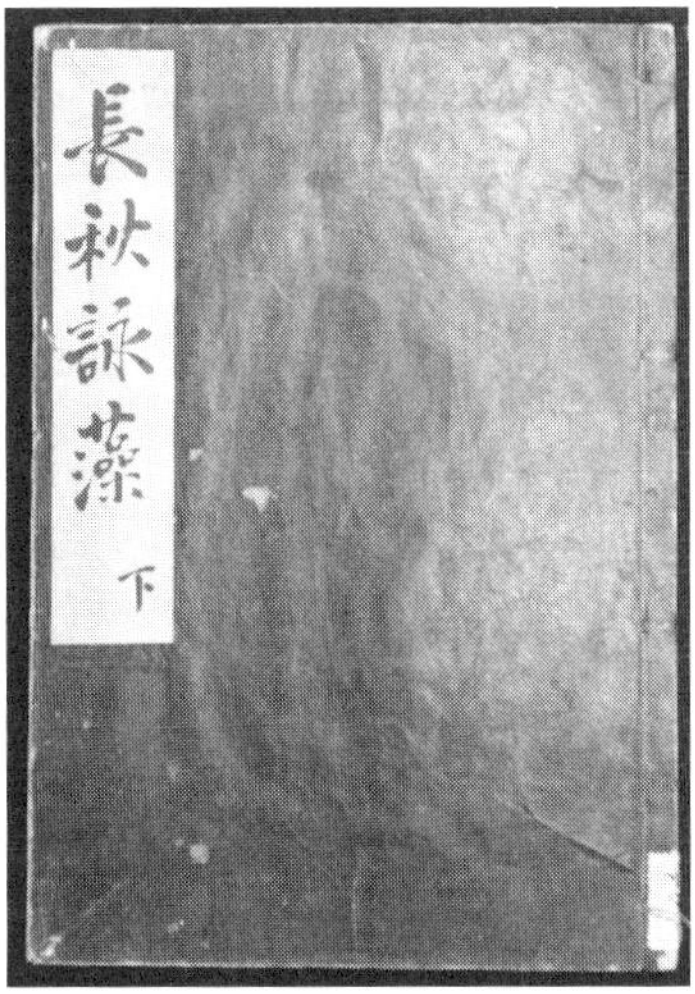

表紙

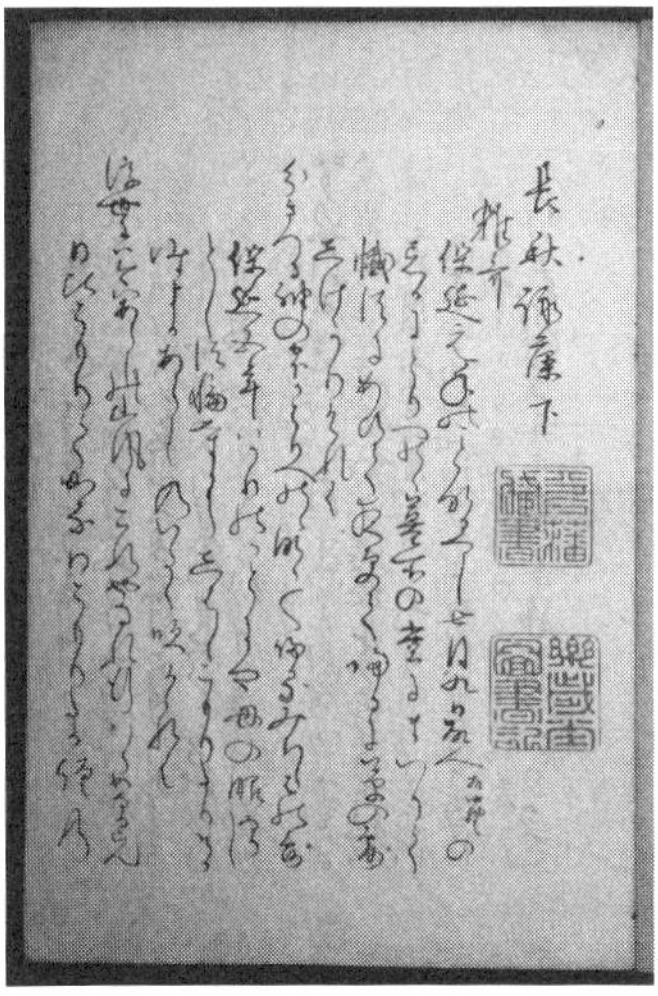

巻頭

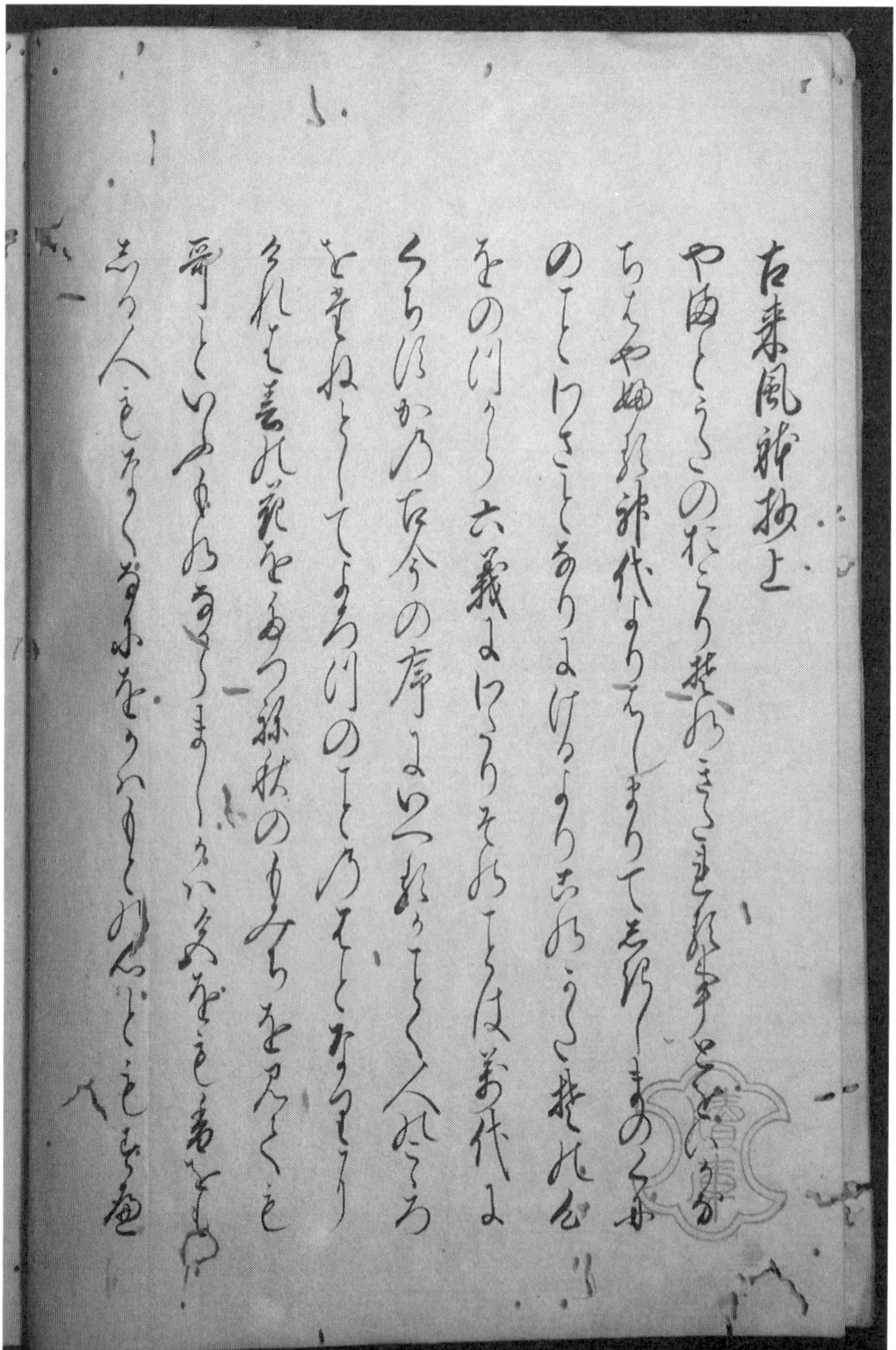
古来風躰抄上

②**古来風躰抄**（平藩内藤家本）写二冊　再撰本。江戸中期写

③九十賀和歌　写一帖　家長日記からの抜書　江戸中期写

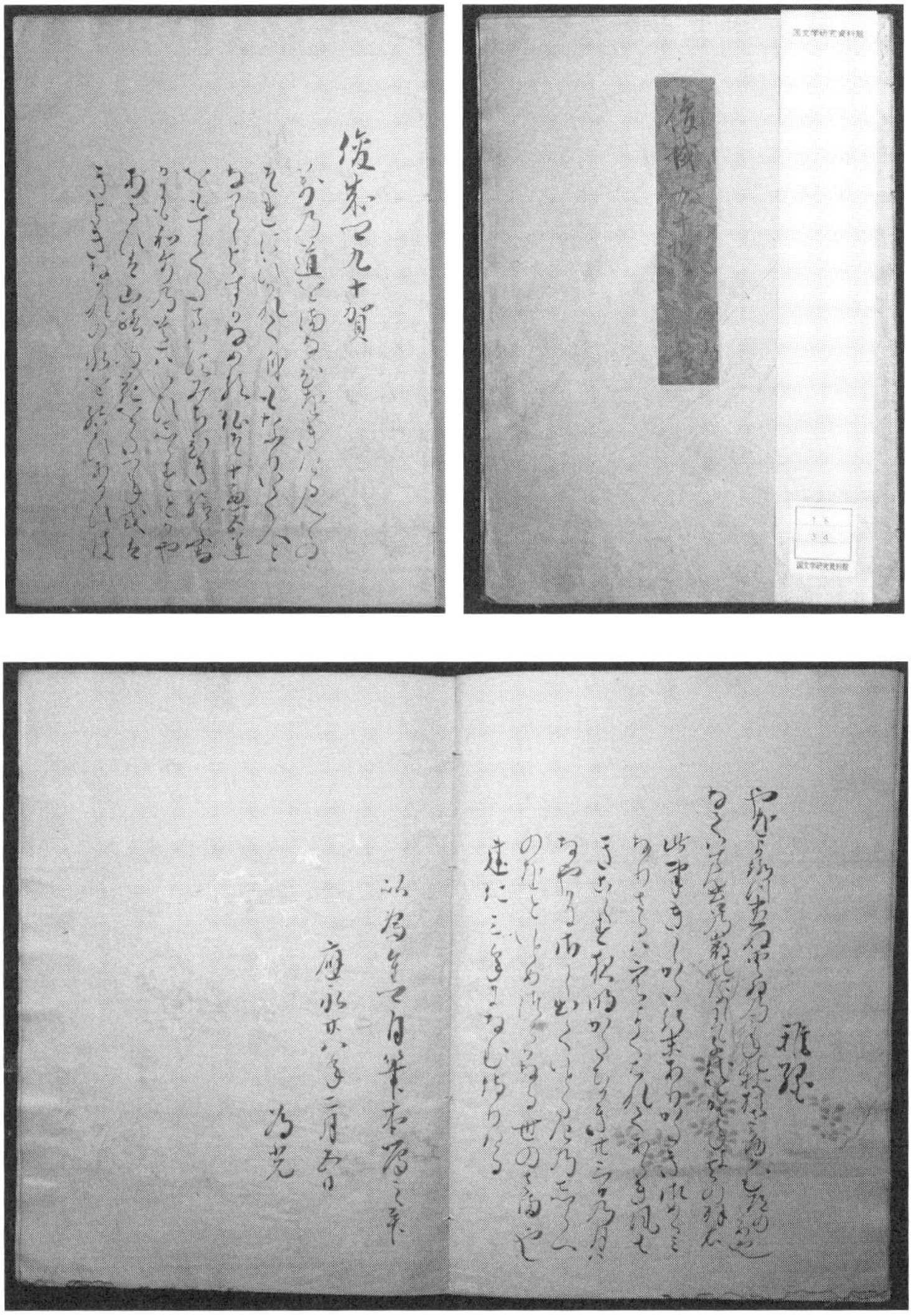

④ 五社百首（俊成　題別百首）写一冊

文治六年（一一九〇）、俊成は、伊勢太神宮・賀茂・春日・日吉・住吉の五社に、堀河百首題の個別の百首歌を奉納した。春日・住吉の両社については、俊成自筆の歌本文の断簡が現存しており、「住吉切」と呼ばれている。一方、俊成家集下帖には、歌題別に再編集された本文が、恋・雑歌のみの残欠ながら残存している。即ち、「五社百首」の同一書名ながら、俊成自身の手で編集された神社別と歌題別の二種類の本文が源流となり、伝本が存在しているのである。

本書はその後者、歌題別の百首である。縦22・6㎝×16・8㎝の袋綴本一冊。改装後五穴の朝鮮綴で、新しい白糸で綴じてあるが、原装（四穴カ）の糸も少し残っている。表紙は藍地に牡丹唐草文様の緞子表紙。題簽は打曇り地文様の斐紙短冊が中央上部に貼られ、「五社百首俊成卿」の外題が墨書されている。

本文料紙は楮紙。補修後、全丁に間紙が入っている。墨付三八丁、遊紙が前に一丁。序・歌題・本文共に九行、歌一首に一行書き。題は三字下り、各歌頭に、伊勢・賀茂・春日・日吉・住吉と、全体に第百首まで小字で付されている。

内題は「五社百首和歌」、端作りはその下に、「老比丘釋阿上」とある。全体に本文と同筆の異文書入が、「いつしかィ」の如く付されている。左注は、

永　春日（行間小字）

壮年當初常参當社、或後寒故云

川　春日（一行どり）

当初毎月参仕當社三ヶ年故云

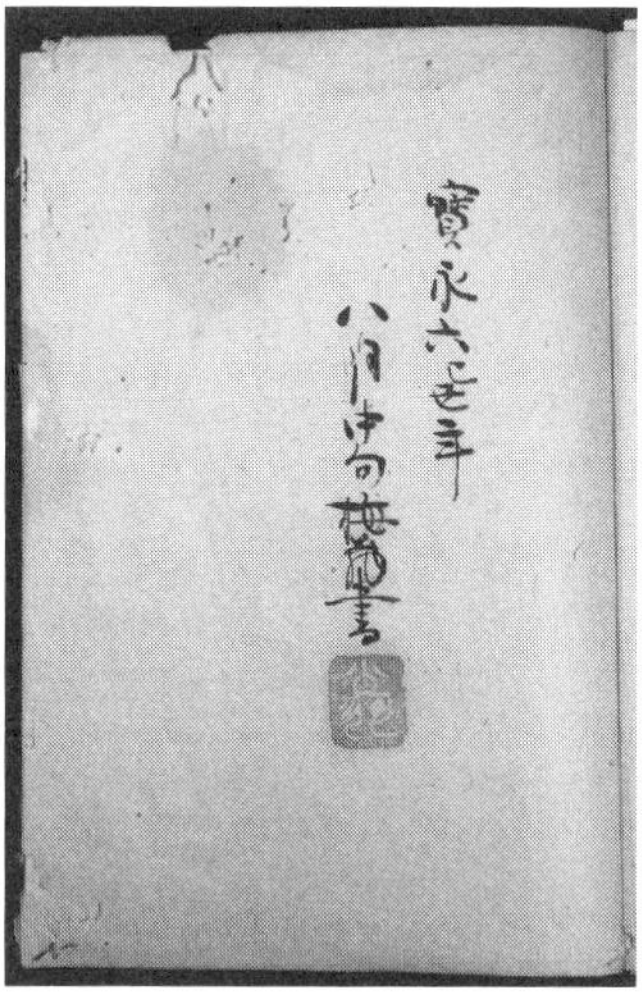

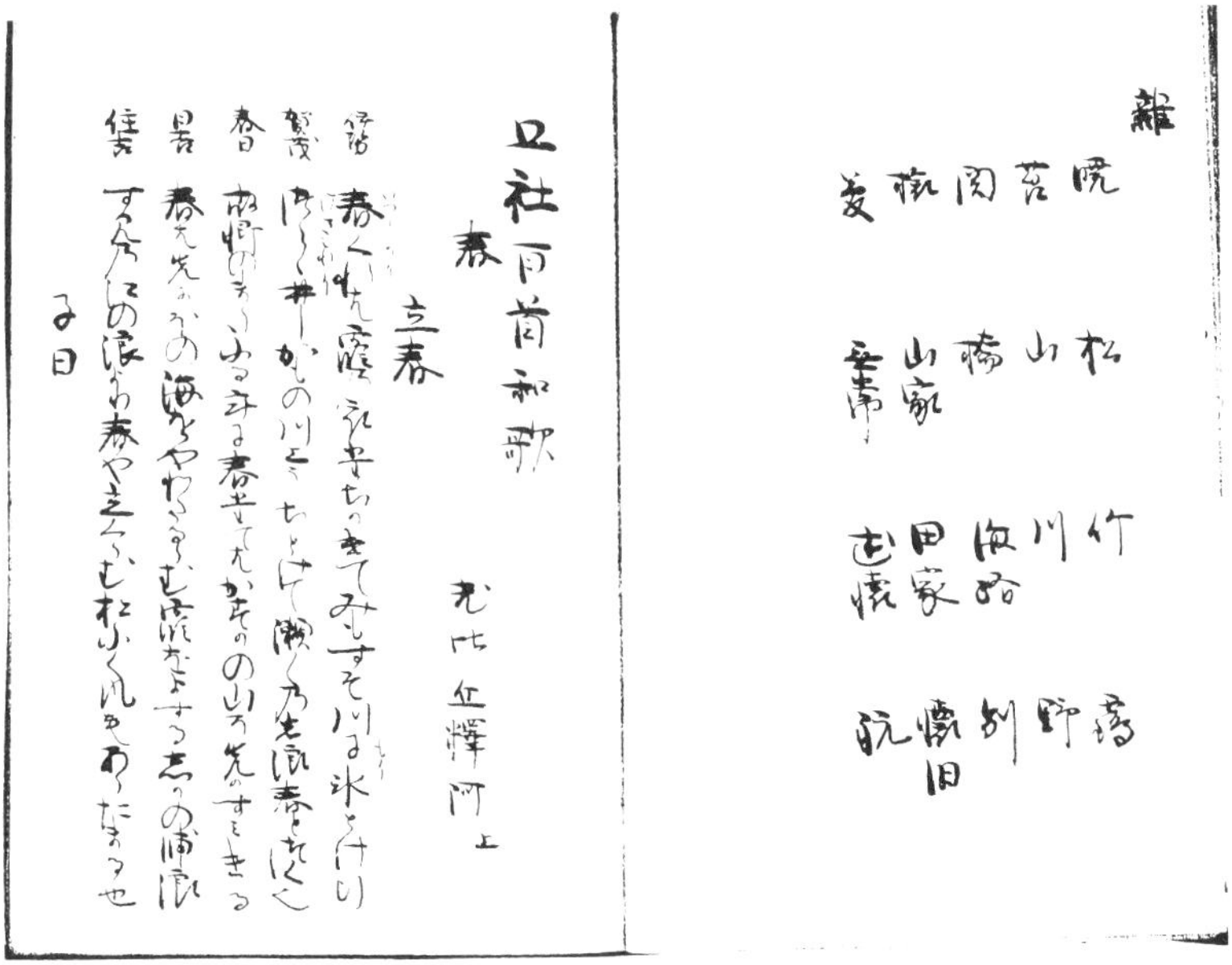

懐旧　春日（一行どり）

先人納言毎月参仕當社事十ヶ年故云

の三ヶ所が付されている。

奥書は最終丁表に、

宝永六巳丑年

八月中旬梅翁書（朱印）

とあり、本書の書写年時、書写者が明記されている。

稿者は、先に吉田薫氏と共編の『藤原俊成全歌集』で、この百首二種それぞれの校訂本文を作成、提示し、解題で伝本群の性格を略述したが、本書は、歴代伝書の中での両系統の接触による混態現象は避けられていないものの、歌題百首本文としては良質なものと評価するものである。

なお、『藤原俊成の研究』に、成立・伝本・本文等の基礎的問題を詳述し、別稿に、和歌史上の意義を論述している。

⑤　文治六年俊成入内屏風和歌　写一軸

文治六年（一一九〇）正月十一日、摂政九条兼実女の任子の後鳥羽天皇への入内に際して詠進された屏風歌である。俊成自序によれば、長保元年（九九九）十月の上東門院彰子の入内屏風歌の先例に倣ったものという。

作者は、兼実・実定・実房・良経・季経・隆信・定家・釈阿俊成の八人で、それぞれ月次十二帖、各月三面、計三十六面の屏風絵と夏・冬二面の泥絵に記すための候補歌、都合三十八首ずつが、同年正月までに詠作された。そして、その中から、各面一首、計三十八首を、釈阿・実定が下選びし、最終的には兼実が選定している（同時に詠出された詩は、兼光が予選し、実定が最終選定したという）。

その八人分全ての本文を収載する伝本には群書類従本、仙台市図書館伊達文庫本、島原松平文庫本の三本があり、その伝本間の本文異同とその問題点については、『藤原俊成の研究』に提示してある。

これとは別に、個人別の三十八首の屏風歌・泥絵歌が、俊成家集、定家の拾遺愚草、良経の秋篠月清集の三集に見ることができる。

本資料はこの後者で、俊成分の三十八首が独立した伝本である。俊成の「述懐百首」の独立した伝本が、長秋詠藻上巻から分離したもので、俊成作の独自の原本から伝承されたものではないのと同様に、本資料も、俊成家集本文の一部が分離したものであろう。しかしながら、俊成家集本文との間に見られる若干の異文は精査する必要があり、俊成家集の部分としてではなく、独立した伝本として、ここでは扱うこととする。

本書は巻子本一軸で、美麗な七宝散らしの金襴緞子の表紙に、本文料紙は地に金粉を撒き、鳳凰、小菊、萩、矢車などの、金、朱、紫の文様を下絵として散らした鳥の子紙、後背裏打ちは、全紙雲母刷り、という重厚な仕立の巻子本である。筆者は、箱書に「日野大納言／弘資御筆」とあるが筆蹟から判断して別筆であるものの、ほぼ江戸前期（正保〜延宝）項の書写と推定され、公家か大名家本であると思われる。

表紙は26・6㎝×25・0㎝、八双の折返し部分約1・0㎝。見返しは鳥の子紙、金粉にて富士、雲霞文様を描く。本文料紙は17紙を継いで、全長780・6㎝。軸は象牙である。

題簽は無く、外題・内題共に無し。巻頭には、俊成家集と同じ俊成序が在るが、「遁世の身なりともなをよみてたてまつるべきよし」の本文を欠く点が注目される。

続く歌本文は、全て散らし書き。詞書に当る画題説明の本文は、八人本と俊成家集本とには差があり、例えば

八人本

六月

山井納涼　人家にも有

夏草

六月秋

俊成家集（本書も）

六月

山井の辺に人々納涼したり、

又人の家もあり

野辺のもりの間に、夏草しげき所

河辺、六月はらへしたる所

の如く、八人本が、題詞で一貫した上、所々で説明文を付加しているのに対し、俊成家集・本書では、全体で、画材の説明文の形になっている。俊成家集と本書の、歌本文を含

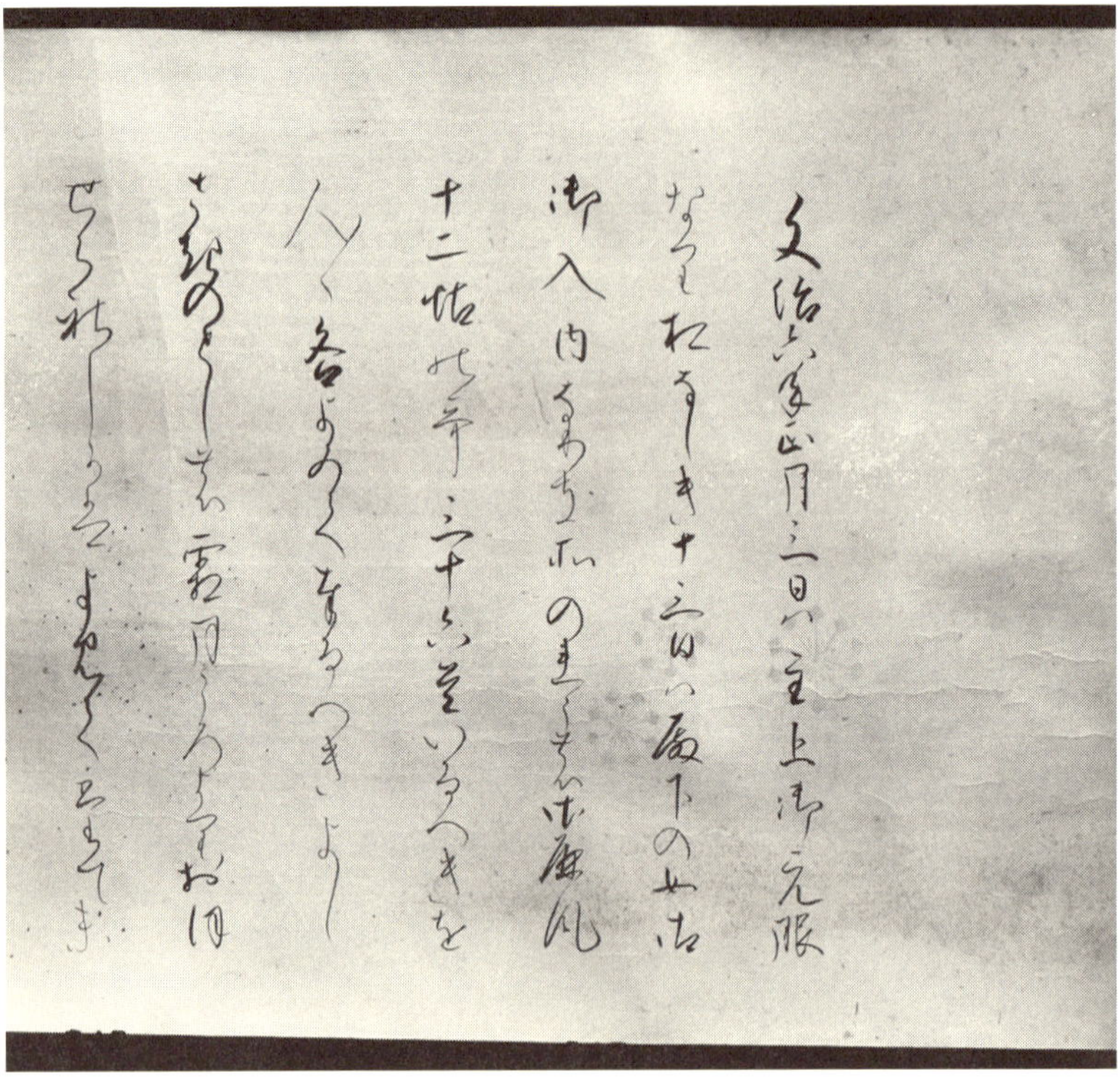

巻頭部分

めての異同では、

十月

俊成家集

海辺に千鳥あり、ある人の
しほやもあり

よものうみのあまのしほやもか
すみそめてうらわの千鳥ちよい
はふなり

本書

海のほとりに千鳥あり　あ
ま人のしほやくもあり

よものうみあまのしほやもかす
そひてうらわの千鳥ちよよはふ
なり

十二月

俊成家集

山野樹竹に雪つもれる所、
人のいへあり

冬ごもりのやましめたるすみかまで花の春にもなせる雪かな

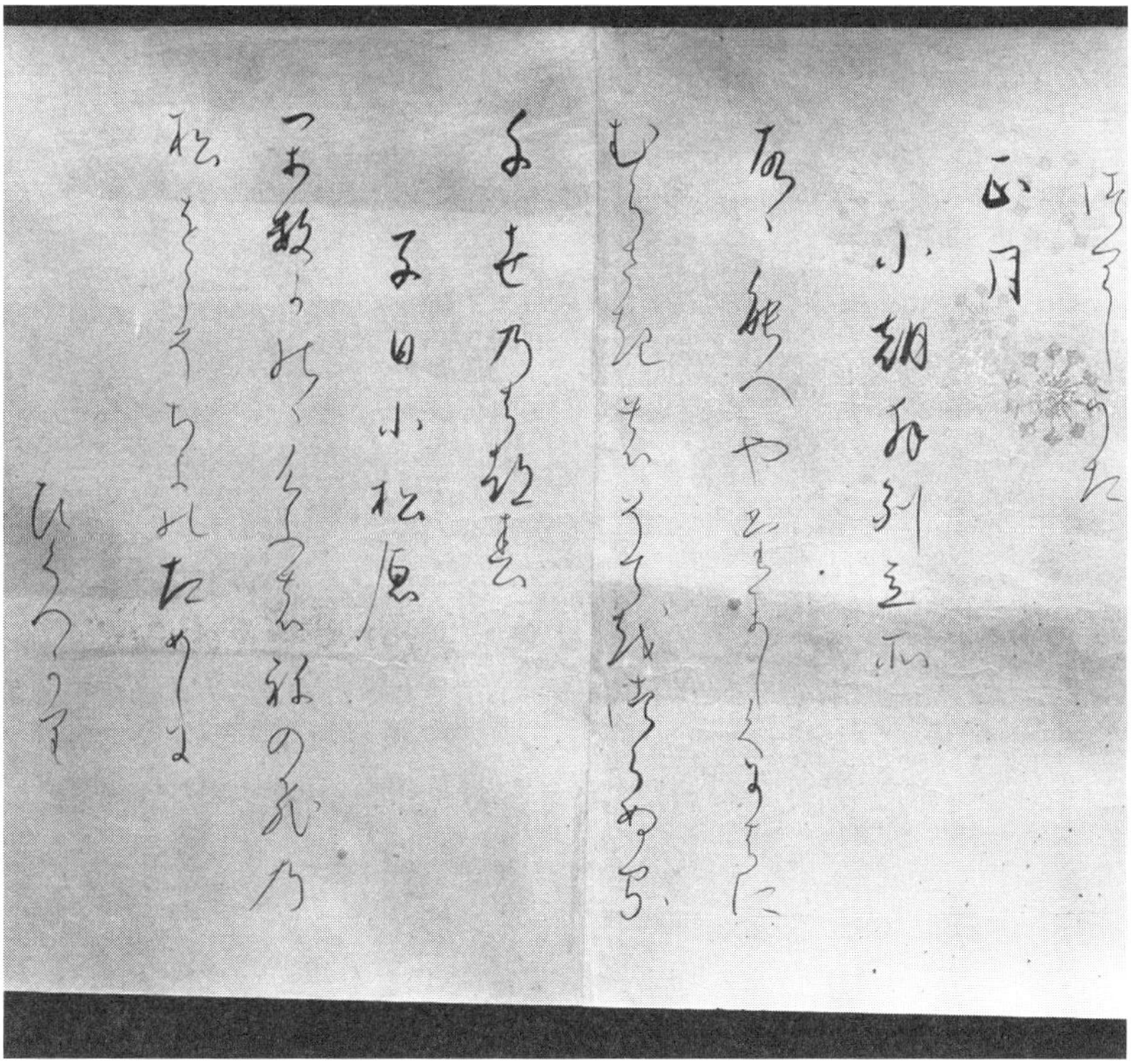

本書

山野樹竹に雪つもりたる所、人のいへあり

冬ごもるのやましめたるけしきまで花の春ともなせる雪かな

俊成家集

としの暮に、山よりまつきりていでたる所

本書

としの暮に、山よりつまききりていでたる所

などが、目につくが、全体としては小異といってよいであろう。
ただ、次の点については留保しておきたい。

十二月

ないしどころの、みかぐらのぎしき

ことわりや天のいはともあけぬらんくもゐの庭のあさくらのこゑ

の第二句「天のいはと」の本文は、『藤原俊成全歌集』でも採用したのであるが、俊成家集の有力伝本である陽明本・冷泉家本（為秀本）共に「あまのいちと」となっているのである。「朝倉の声こそ空に聞こえければ天の岩戸を今や明くらむ」（金葉・冬、切出歌）の先例もあり、「岩戸」でよいと思われるが、何らかの典拠によったとも考えられ、問題点として指摘しておきたいと思う。
なお、歌本文の後に、俊成家集では、長文の俊成識語が付されているが、本書にはない。また、奥書類も一切ない。

(4) その他

① 別雷社歌合　写一帖

①別雷社歌合

表紙

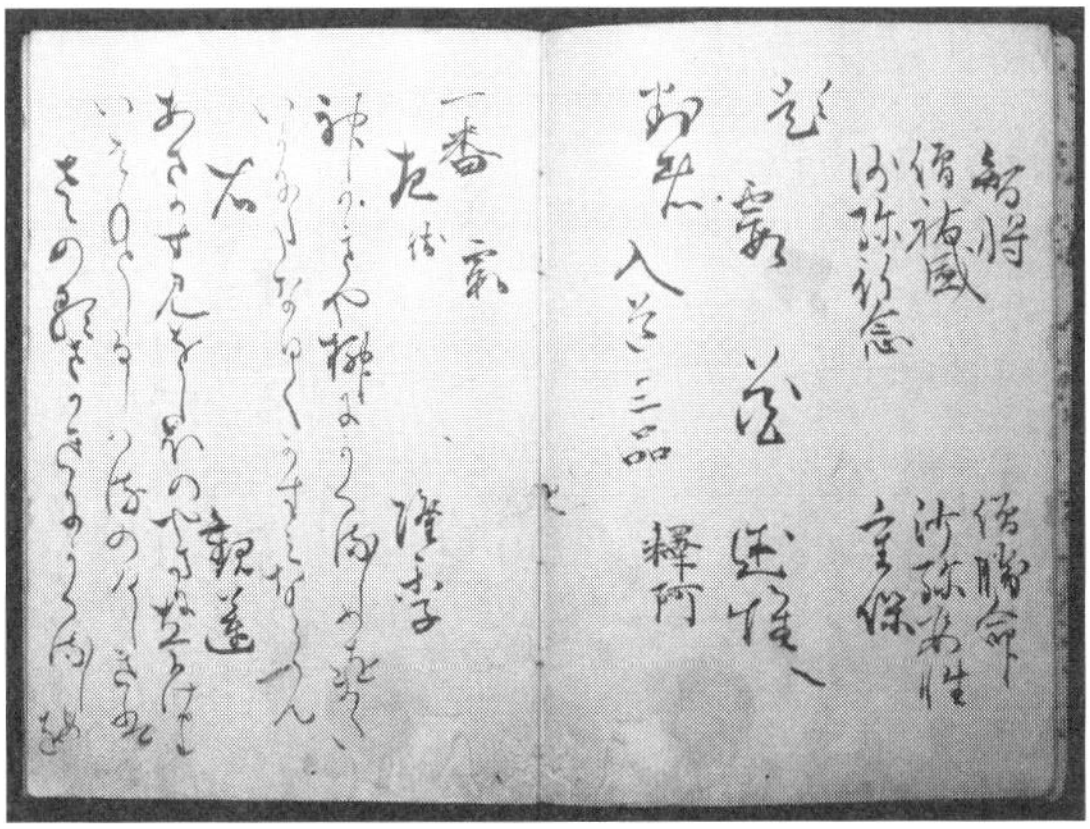

巻頭

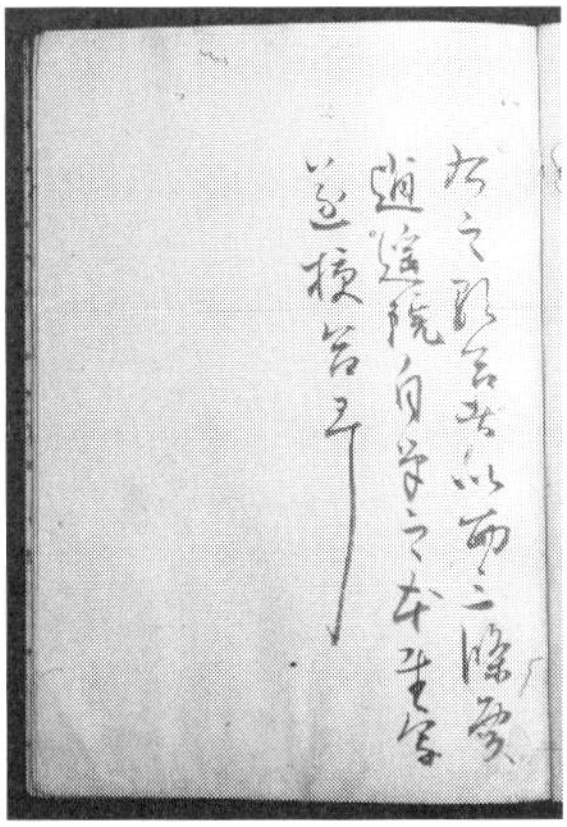

奥書

② 別雷社歌合　写一冊

②別雷社歌合

表紙

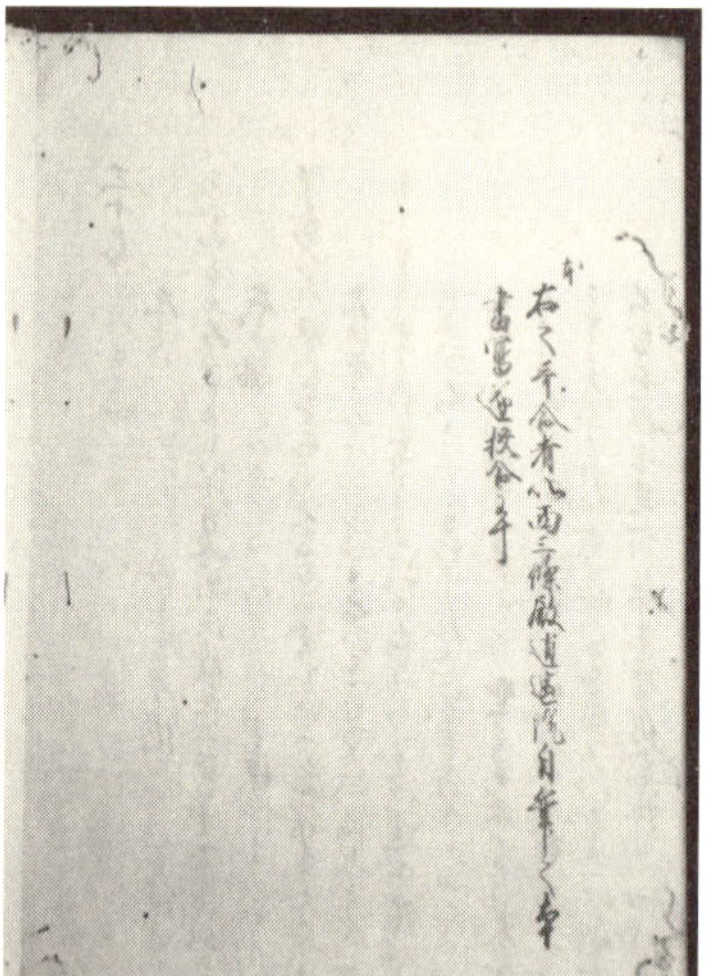

奥書

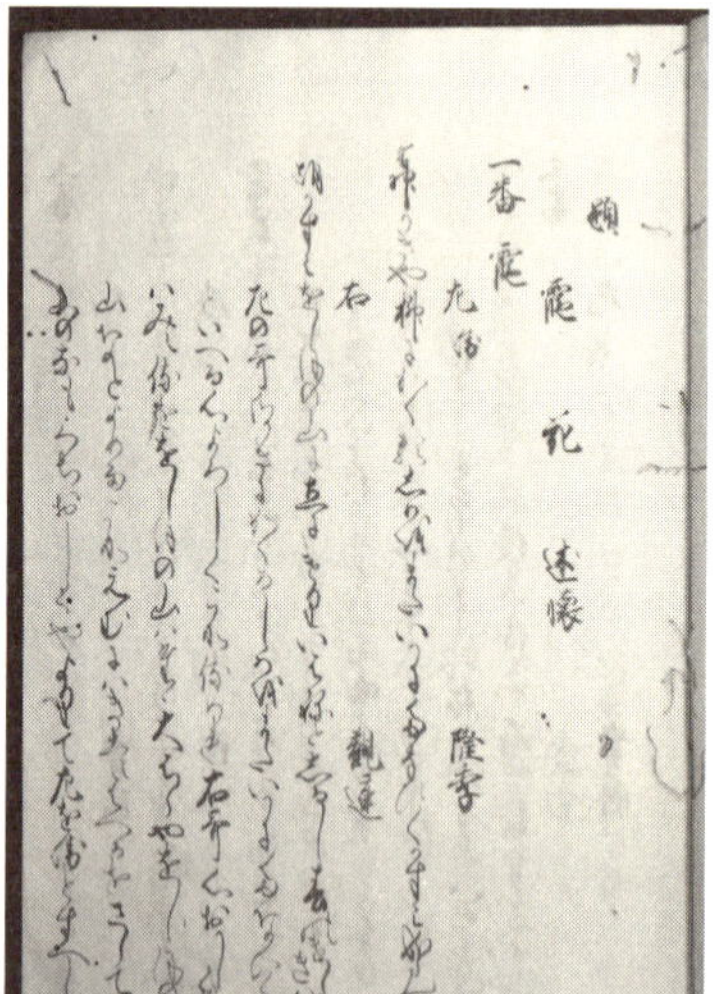

巻頭

③ 和歌一字抄（清輔）　写一冊

③和歌一字抄

表紙

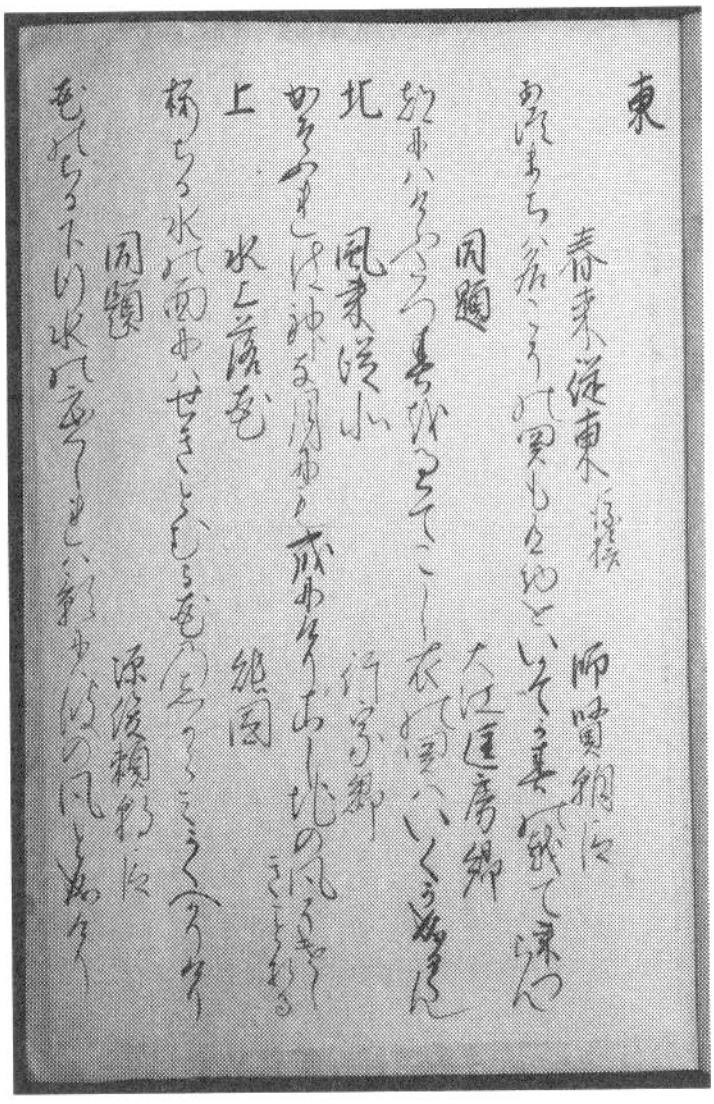

本文巻頭

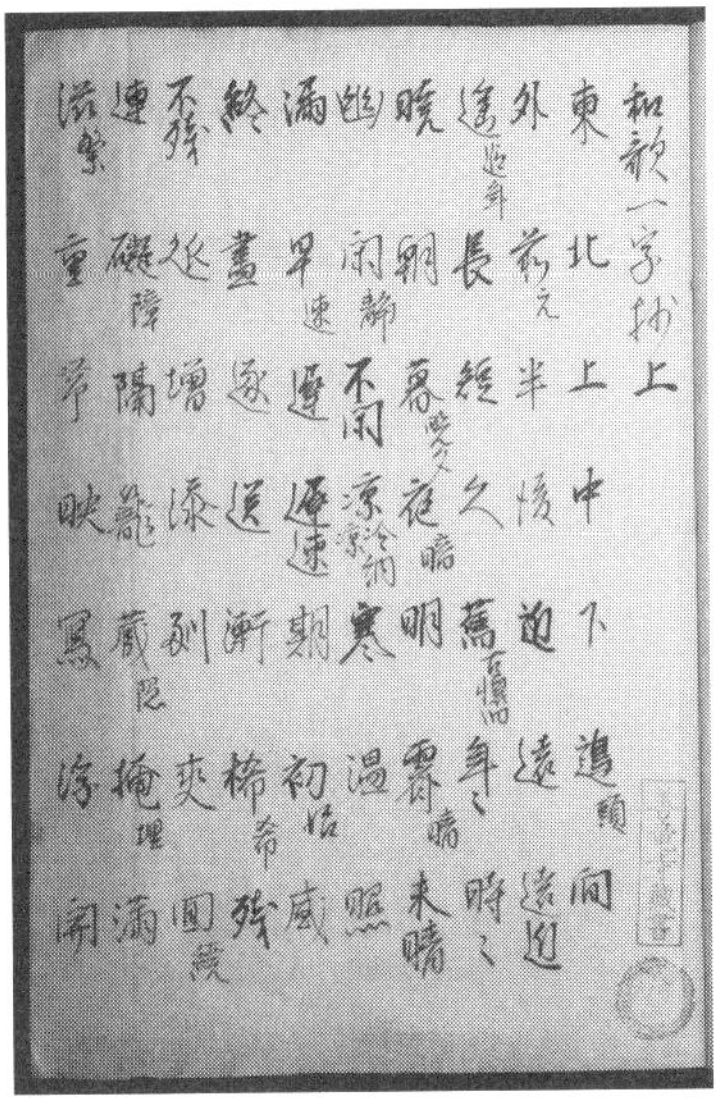

巻頭目録

④ 和歌色葉　写三冊

表紙

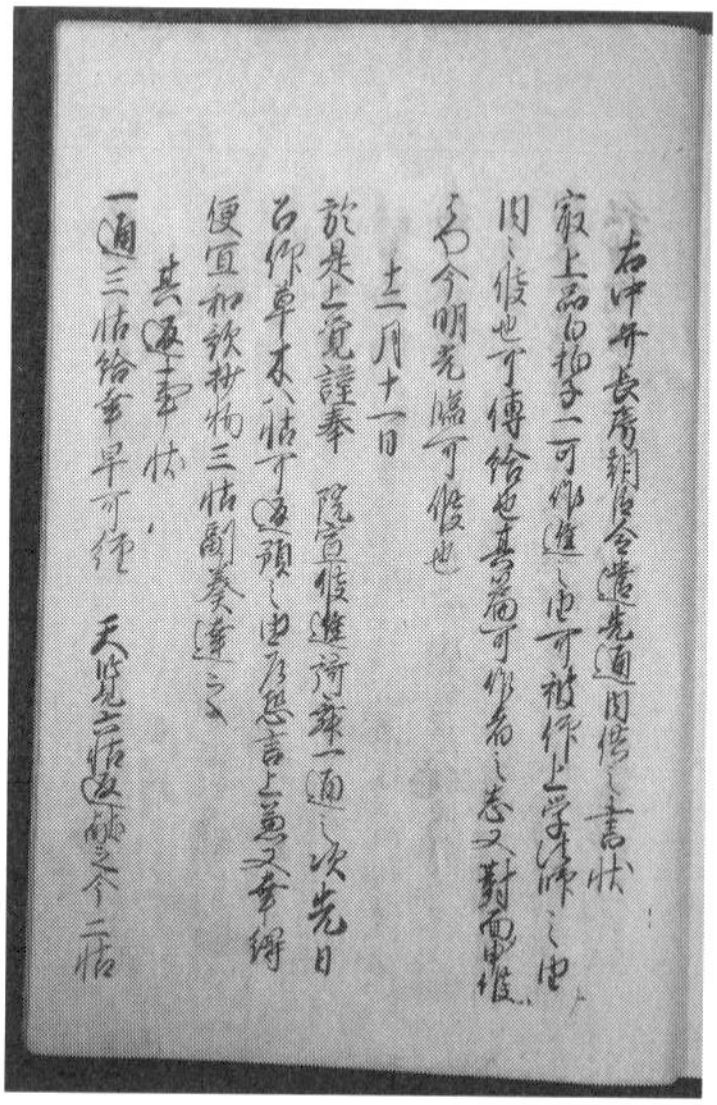

奥書①

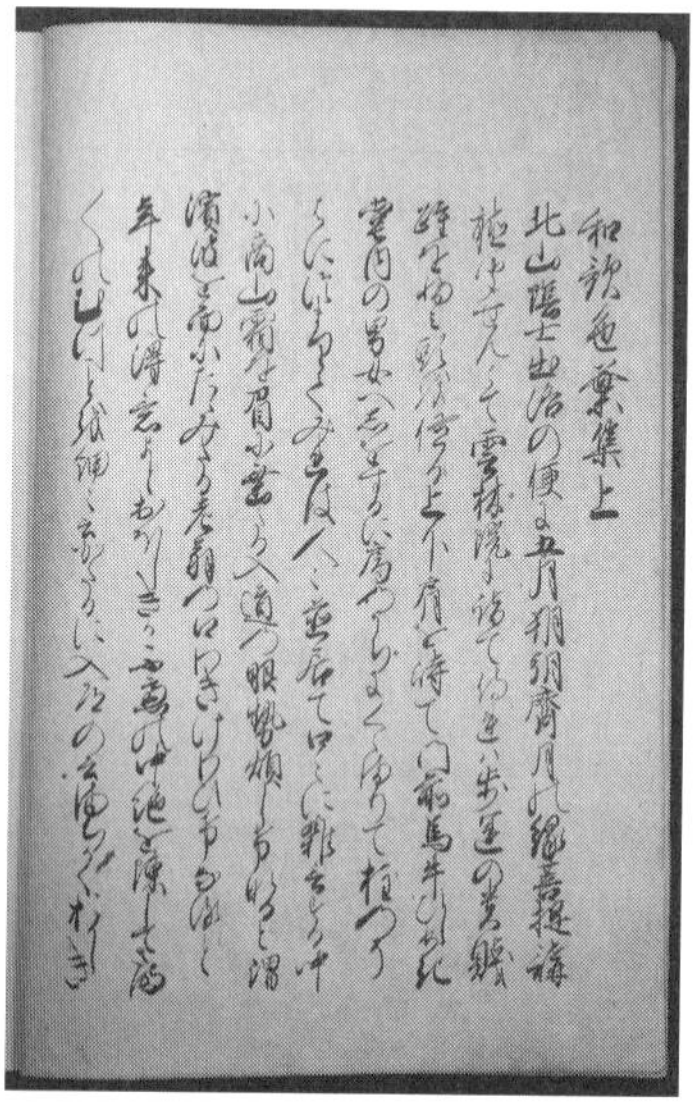

巻頭

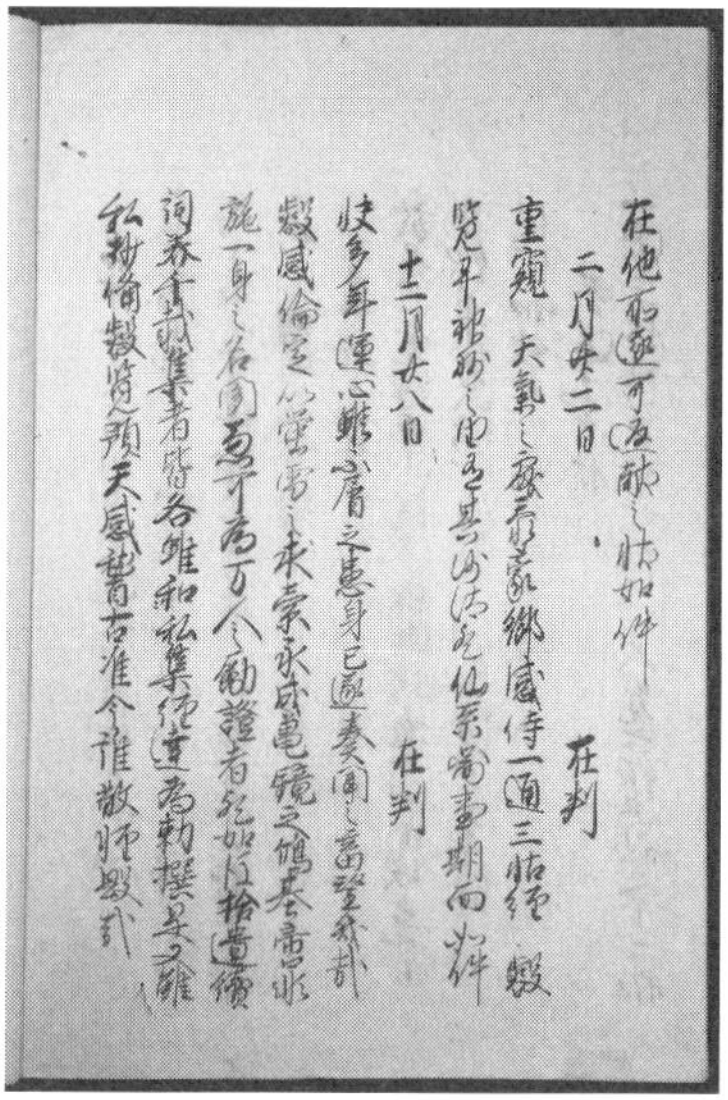

奥書②

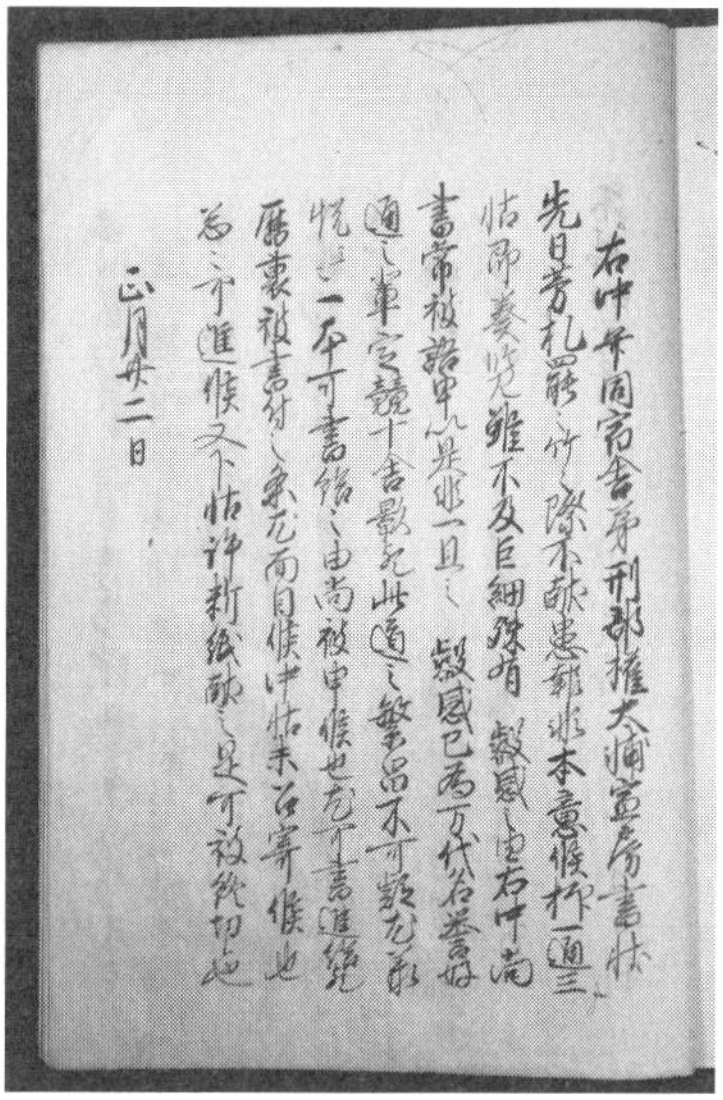

奥書③

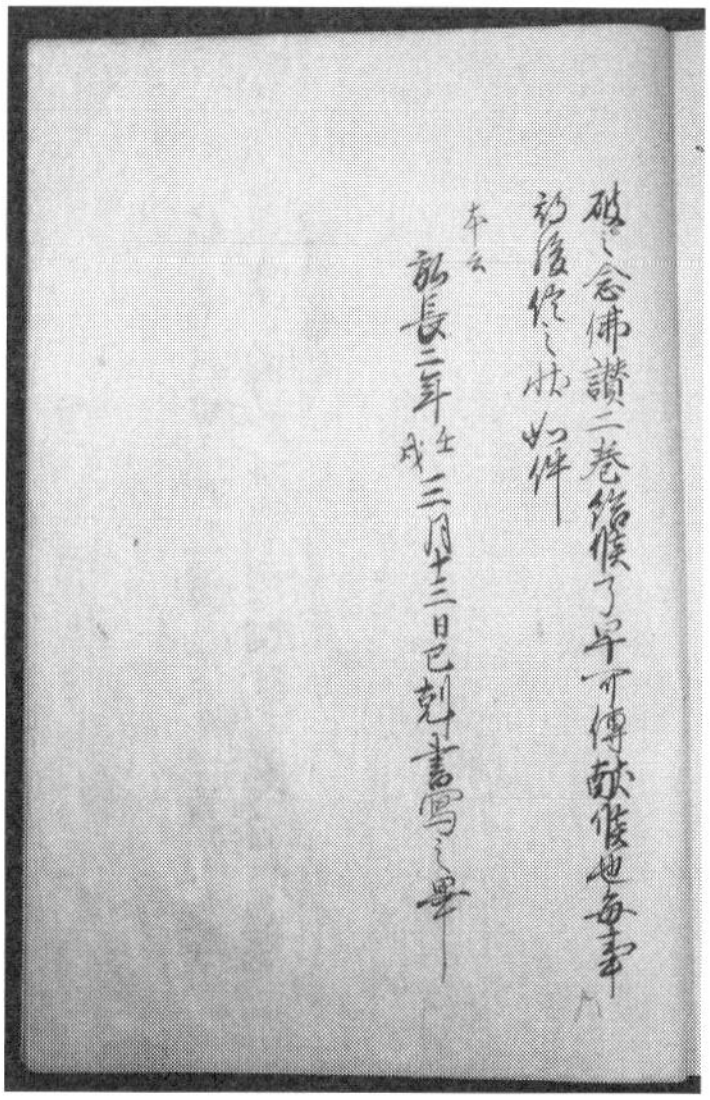

破〻念仏讃二巻綴候了早可傳献候也毎事
頼後便之状如件
本云
弘長二年壬戌三月十三日巳剋書写之畢

奥書④

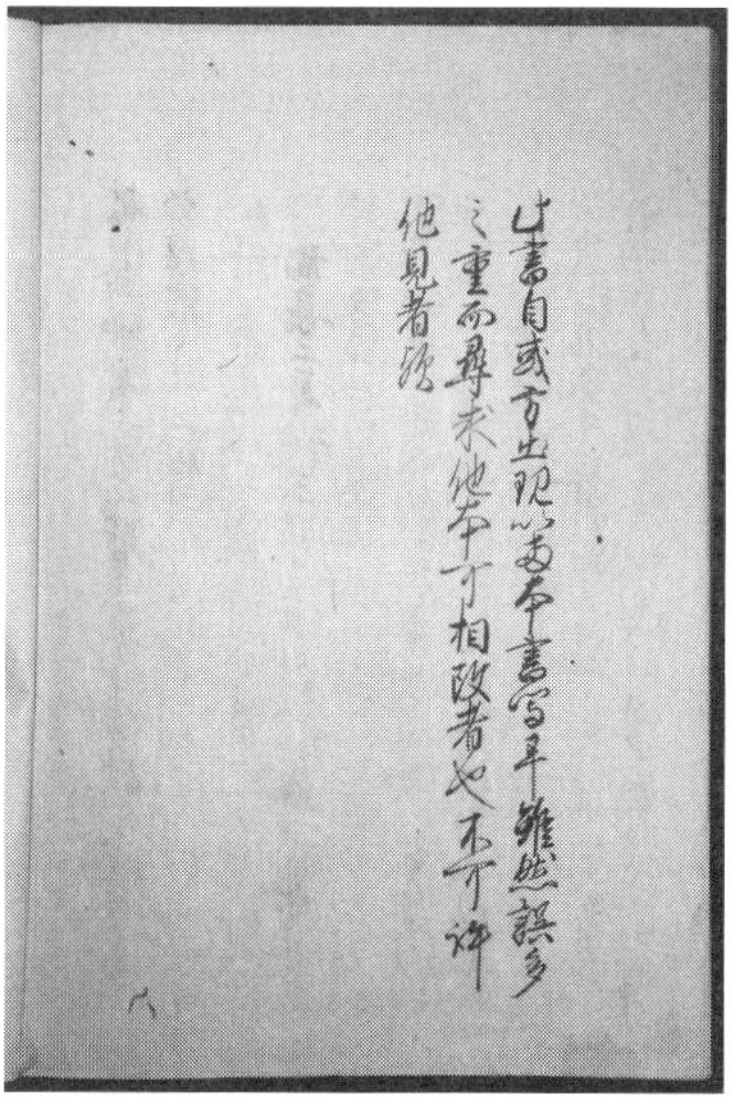

此書自或方出現以或本書写早雖然誤多
之重而尋求他本可相改者也不可許
他見者[illegible]

奥書⑤

⑤ 藤原隆信朝臣家集　写一冊

千載・新古今歌人である隆信には二つの家集がある。一つは寿永元年（一一八二、隆信四一歳）、賀茂神社の神主賀茂重保の求めに応じて撰じた百首（他に他人歌二三首）の歌集で、いわゆる寿永百首中の一本である。二つ目は元久元年（一二〇四、六三歳）頃、最晩年に撰じた、七七七首（他に他人歌一八四首）収録の歌集である。樋口芳麻呂氏は『隆信集全釈』で、寿永本隆信集、元久本隆信集と呼んでおり、本稿ではこ

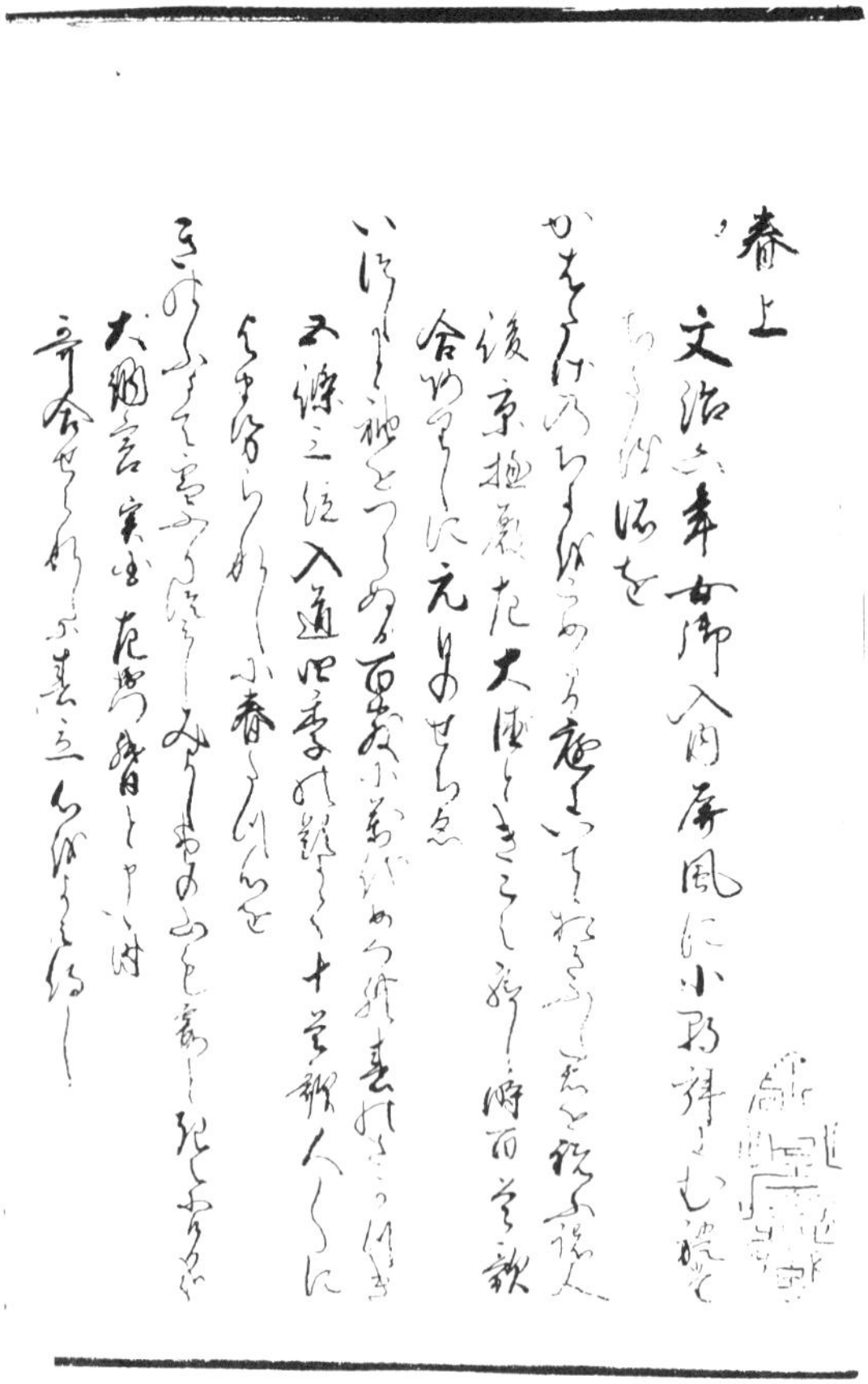

巻頭

の呼称を、略記した寿永本・元久本の形で用いる。

本書は元久本。従来、伝本としては、竜谷大写字台文庫本（新編国歌大観本底本）、河野記念文化館本。筑波大本、神宮文庫本と群書類従本が知られて来たが、これは新出本である。これらの本文は同一系統であるが、前三本は恋六718〜717に次の如き欠脱がある。

これよりはあらぬさまに、人こそ問はねなど言ひたりつるを、また、押し返して

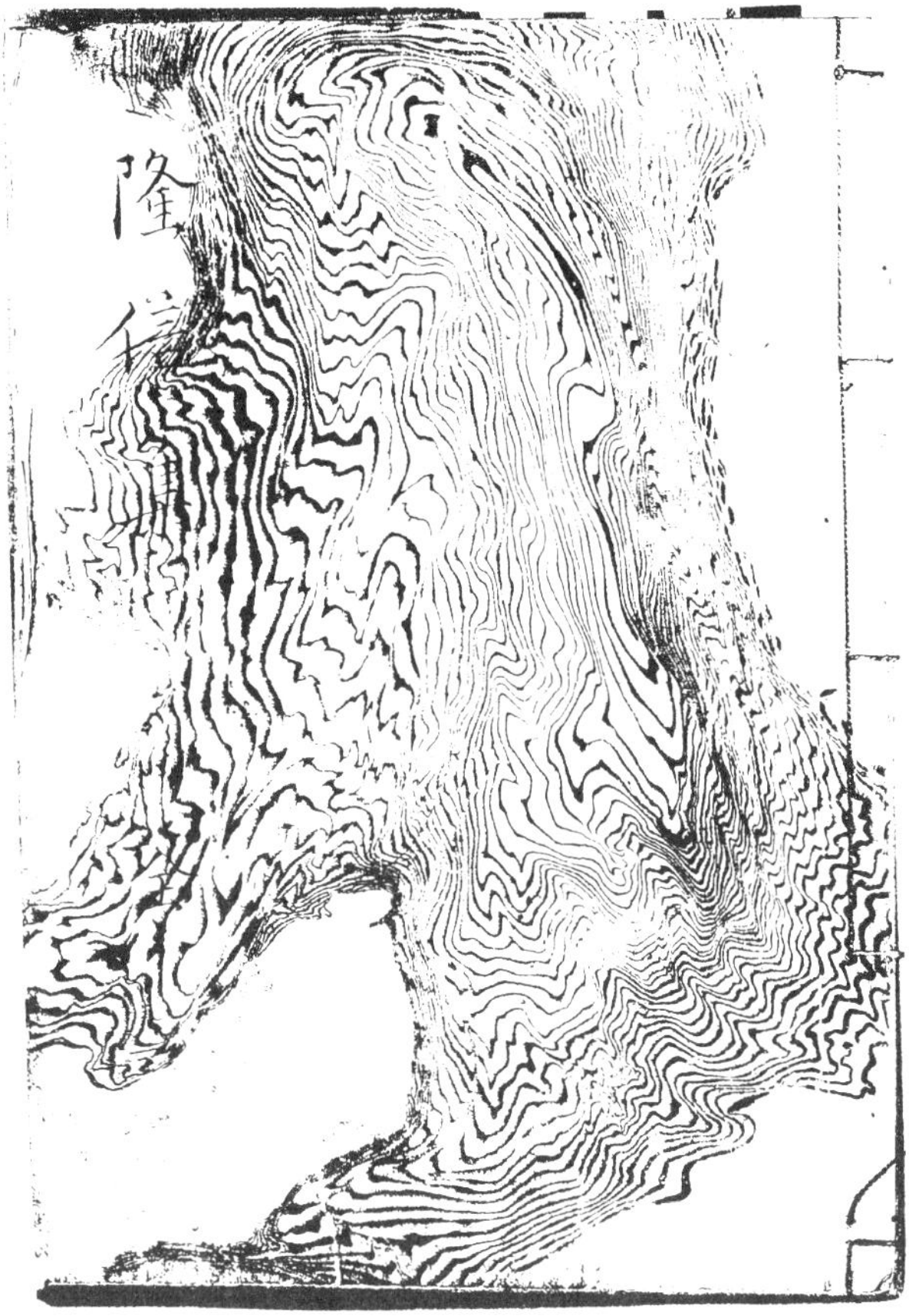

表紙

715さはかりかと思ひけるかな八重むぐら袖敷く
宿と言ひけるものを
返し

716ふりにけるひじきものさへ忘れめや
偽りならぬ思ひなりせは
また、これより

欠脱部分

717ひじきもの忘れてだにもむぐらには
さはらじとこそ言ひし我しも

本書もこれと同じく716歌とその後一行を欠いており、715716717の揃っている神宮本・類従本とは異っている。

本書の独自欠脱は二ヶ所存在する。①は冬289で

ふる雪にふもとの道はあとたえてたれおく
山に冬こもるらん

を欠くが、行間に朱の書入れで補っており、本文と同筆であるので、全巻書写終了直後の補筆と推定され、親本には存在したものと考えられる。②は雑一822〜824の部分で、

822君みずやさくら山吹かさしきて神のめぐみにかゝる藤なみ
　返し
823かさしこし花のにほひにしるき哉みしなの色にのほるへしとは
　おなし頃、山の入道のもとよりいひつかはしたりし

が欠けており、別紙貼紙墨書で、右の通りの記載がある。これも本文と同筆なので、①とは別の機会であろうが、同じ親本から補記されたものと推定される。即ち、親本は、竜谷本・河野本・筑波本とほゞ共通の本文であったと考えられる。

本書は、縦二七・一cm、横一九・六cmの袋綴（五穴）一冊本で、表紙は、薄墨の墨流し文様の鳥の子紙である。外題は、墨の直書きで、右肩に「隆信集　全」とある。表表紙には、版本の俳諧十句が、裏表紙には七句を記した写本の俳書一丁分の見開きが裏打されている。見開きに続く遊紙は本文共紙一丁で、その裏の右肩には短冊が貼られており、「入江昌喜筆隆信集　墨附百十二葉」と墨書がある。

本文料紙は楮紙、百十二丁。内題は無く、部立は小見出しで、春上・春下・夏・秋上・秋下・冬・賀・旅・哀傷・物名・折句歌・沓冠・回文歌・せんとう歌・恋一・恋二・恋三・恋四・恋五・恋六・雑一・雑二・雑三・雑四・釋教・神祇の二六部が記されている。全体に水漬けの汚染のあるほか、虫損も稍々あ

る。

一面一二行、一首一行書き、詞書は二字半下り、全体に整った筆跡である。墨・朱の小字書入れ。入集注記がある。朱の校合注記の外、かなり長文の頭注書入れがある。貞享頃までの書写本か。奥書はない。

第一丁オの右下隅に、紡錘形の朱印が捺されているが、判読不明である（小倉家蔵カ）。

なお、神宮暦を貼った厚紙の帙があり、その暦の断片には「保壬寅」の文字が見える。これが享保壬寅（一七二二）〈もしくは、天保壬寅（一八四二）〉を指すとすれば、この年以降に作成された帙ということになるが、家集本体より後の補作であると思われる。また、帙の表には、「藤原隆信家集入江昌喜筆」とある。前記見返し貼紙と同内容の「入江昌喜筆本」ということになるが、本書の書写年時は恐らく貞享以前と推定されるものであり、入江昌喜は、享保七—寛政一二の江戸中期の人なので、昌喜所蔵本と考えるべきであろう。曽根誠一氏蔵の『海人手古良集・故侍中左金吾家集』にも、巻頭右最下部に同印が捺されており（前半分欠損）、曽根氏は、昌喜以前の所蔵者印と推定されているが、同様の判断をしてよいかと考える。

この、江戸中期、大坂の町人学者である入江昌喜については、曽根氏がこのところ精力的に研究を進めていて、その成果から多くの示教を得た。就中、安永・天明期の小沢芦庵の大規模な私家集集書事業に昌喜が協力していることは、隆信集の場合に直接関わるわけではないが、河野記念文化館の芦庵集書本の頭注との重複部分の存在などの示教を含めて、大いに啓発された。感謝したい。もう少し時間をかけて、本文の性質を明らかにする手がかりを得たのである。

千載集前後　初出一覧

（口絵）〈表〉日野切
〈裏〉歌仙絵（貫之）伝為家筆

Ⅰ　論　考

(1)　千載集本文の源流
（書き下ろし）

(2)　入集〈歌合歌〉から見えること
——金葉期を中心に——
和歌文学研究13　昭37・4

(3)　承暦二年内裏歌合「鹿」歌の撰入
王朝文学　資料と論考　橋本不美男編　笠間書院　平4・8

(4)　伝源義家作「勿来関路落花詠」
——八幡太郎の辺塞歌——
新古今集とその時代　和歌文学論集8　風間書房　平3・5

(5)　福原遷都述懐歌考
軍記物とその周辺　佐々木八郎編　早大出版部　昭44・3

(6)「撰集のやうなるもの」再考
和歌文学研究92 平18・6

(7)『言葉集』の撰集方針
——恋下部の寄物型題配列の意図——
和歌文学の伝統 有吉保編 角川書店 平9・8

(8)版本千載集
付 活字本千載集一覧
国文研調査研究報告15 平6・3

(9)絵入本千載集の挿絵の方法
——奥村政信の菱川師宣図像摂取——
国文研調査研究報告16 平7・3

II 書影覚書

(1)千載集 ①〜⑫

(2)歌切
① 日野切 ② 千載集切 ③ 千載集切 ④ 秋篠月清集切

(3)俊成著作

① 長秋詠藻（松浦家本）写二冊
② 古来風躰抄（再撰本　内藤家本）写二冊
③ 九十賀和歌（家長日記抄出）写一帖
④ 五社百首（題別）写一冊
⑤ 文治六年入内屏風和歌　写一軸

(4) その他

① 別雷社歌合　写一帖
② 別雷社歌合　写一冊
③ 和歌一字抄（清輔）写一冊
④ 和歌色葉　写三冊
⑤ 藤原隆信朝臣集　写一冊

あとがき

千載集については論文集『鳥帚』と大学院生相手の講義録『千載集　勅撰和歌集はどう編まれたか』という小冊子を書いてきた。

後者は、国文学研究資料館で、一九九三年に開講された夏期講座の、タイトル「『千載集』前後」を、翌年刊行する際に改めた書名であった。好むところではなかったが、シリーズもの故の妥協で、今回機会を得て、その書名を採用し得ることゝなった。

国文研は、今では総研大大学院の基盤機関として、博士課程を設置しているが、当時はまだ無く、諸大学の大学院生を対象に公募して、豊富な書籍資料を駆使した研究手法を体得させるという趣旨での講座を設けたのであった。「原典講読セミナー」と名付けられたこの企画には積極的に協力したが、準備期間がほとんど無かったので、本務の、全国にわたる資料調査、収集の最繁忙期である夏休みに、その間を縫って準備するのはなかなか大変だった記憶がある。そのため既発表の論文の要点の幾つかを利用することになり、後に活字化するに際しては、当然それを継承することになったのであった。

この要点の利用は、原論文の詳細な論証を大幅に省略するものであったから、やがては全容を示せる論集をという願望を持ち続けてきた。

本書は、その原論文の幾つかを核に、別稿を加えた論集である。その意味で、これは、『鳥帚』の続編と位置づけるねらいを持った論書でもある。

これに付して後半には、架蔵の千載期資料の書影と略解題を添えた。『書影手帖』には載せ得なかった専門書の提示で、従ってこれも「続編」としたつもりである。

なお、伝本関係の論文は、研究書をまとめる予定なので、本書には(1)以外は載せなかった。


本書の内容について加注しておきたい。

口絵の日野切は、千載集の研究書だからこそ、撰者自筆本文を冒頭に置きたかったのであるが、「身にしたがふは心なりけり」という紫式部の詠嘆が、まさに今のわが嗟咨でもあるからというのがもう一つの理由なのである。俊成はこれをどう読んでいたのか。

もう一枚の歌仙絵(貫之)は、古来風躰抄での貫之への格別の評価から、これを入れた。この図像と書風(伝為家筆)、絵の専家からも書の評家からも高点をいただいていないが、私は気に入っていて、花の時でなくても、折々掛けて楽しんでいる。

Iでは、(1)は、昨年、平成二三年六月、中世文学会大会のシンポジウム「断片から探る中世文学」の基調講演として準備した「千載集『日野切』から見えること――真筆・偽筆・擬筆――」を改稿したものである。本文系統の異同の生成に焦点を合わせた論とした。
(2)は、入集している全ての歌合歌の時系列による整理で、基礎的な単純作業なので省こうと思ったのであるが、(3)の、白河院期歌合歌の、聴覚表現の具体的な処理をする際の、座標軸を提示する意味で入れた。〔補説〕では、歌合歌論研究の始発点から幅を拡げていった研究環境について略述した。
(4)は、辺塞詩(歌)を時事詠に活用した例証として解してみたもの。平忠度の近江荒都詠との関連まで計算した撰集意図を見たものだが、時事詠性の強調のし過ぎとの批判は覚悟の上である。

(5)の「遷都詠」については、この後、大岡賢典氏の卓論が出た。そのため(2)と共に省くつもりであったが、千載入集歌としての叙述をしているので、未熟な若書きながら、入集時事詠の一環として扱うこととした。

(6)(7)は、共に千載集前身の俊成私撰集と同時代の私撰集の姿を窺い見た論。(6)は歌切の断片から真当な手続を踏んだつもりのものだが、予て解明につとめてきた歌壇史的事象を補強し得たか否か。(7)は、活字化された残欠本文の分析から、題詠時代に入った撰集の特質を把えたもの。個別的で多様な在り方をしている恋歌を、撰集方針として題詠化し、寄物型題で配列している。千載集に直接影響を与えたわけではないが、時代様式を典型的に示したという指摘が要点。

(8)(9)は、版本千載集論。(8)は全版種を集成し得たつもり。公家の伝統文化を継承する層に支えられた写本文化圏に対し、商品化して流布した版本世界での千載集の姿を明らかにした。丙類本文を採用した正保版本が源流となり、版種全体がほぼ単一本文であること、明治以降、終戦に至る活字本が、その本文を踏襲していることを叙した。(9)は、絵入本歌集の挿絵は歌本文の内容とは無縁であるという性格が千載の場合も共通していること（物語の場合の挿絵は本文内容との対応が普通である）。第一種挿絵本の奥村政信の絵が、先達の菱川師宣の様々な図像を摂取している、方法上の特色を明らかにした。なお、この(8)(9)は、(3)(4)と共に）前著『千載集――勅撰和歌集はどう編まれたか――』（平凡社）で要点を既述している。

IIでは、架蔵本のうち、千載関係資料の写影と一部の略解題を記した。

(1)千載は、一二点の写本を扱った。版本はI(8)に譲って含めなかった。(2)歌切は多くの方の好意でかなり集まっているが、日野切と千載切二点、良経家集一点だけを取りあげた。(3)俊成著作では、長秋詠藻・古来風躰抄・九十賀和歌は書目だけを掲出し、④五社百首と⑤入内屛風和歌のみ解題を附した。

(4)その他のこの期の歌書では、①②別雷社歌合二点、③清輔の和歌一字抄、④和歌色葉は、一寸面白い点をそれぞれに含むが、特記するような点はないので書目だけにとどめ、⑤隆信集のみ、やや筆を入れてみた。小沢芦庵の歌書蒐集に関連のある資料だからである。

以上、歌切を除く全ては、国文学研究資料館の寄託本として貰ったので、どなたでも利用可能である。五島美術館・大東急紀念文庫、冷泉家時雨亭文庫には写真掲載に関して格別のご配慮をいただいた。御礼を申上げる。

前記の如く、まだ次を書くつもりであるが、これが挨拶のし収めとなるかもしれない。長年の学恩に感謝したい。

いつもながら、笠間書院の橋本孝氏には筆に尽せぬお世話になった。また、本書では、写真撮影で大久保康雄氏に格別の力添えをいただいた。池田つや子社長の御配慮にも御礼申あげる。

松野　陽一（まつの　よういち）

＊略　歴　昭和10（1935）年　東京神田生まれ
34（1959）　早大国文科卒。卒論は六百番歌合
49（1974）　東北大学に赴任
63（1988）　国文学研究資料館に転任
平成９（1997）　同館館長
17（2005）　退休

＊著　書　千載和歌集（校注、久保田淳氏と共編。笠間書院・1969年）
藤原俊成の研究（笠間書院・1973年）
詞花和歌集（校注、和泉書院・1988年）
千載和歌集（校注、片野達郎氏と共編、岩波書店・1993年）
千載集―勅撰和歌集はどう編まれたか（平凡社・1994年）
鳥帚　千載集時代和歌の研究（風間書房・1995年）
藤原俊成全歌集（吉田薫氏と共編　笠間書院・2007年）

書影手帖　しばしとてこそ（笠間書院・2004年）

＊現住所　〒156-0043　世田谷区松原2-6-9

千載集前後（せんざいしゅうぜんご）

2012年５月31日　初版第１刷発行

著者　松野　陽一

装幀　笠間書院装幀室

発行者　池田つや子

発行所　有限会社　笠間書院
〒101-0064　東京都千代田区猿楽町2-2-3
☎03-3295-1331　FAX03-3294-0996

NDC分類：911.1357　振替00110-1-56002

ISBN978-4-305-70589-1

シナノ印刷
乱丁・落丁本はお取り替えいたします。　（本文用紙・中性紙使用）
出版目録は上記住所までご請求下さい。
http://kasamashoin.jp